Una Troy:

Die Pforte zum Himmelreich

Heiterer Roman

Deutsch von Dorothea Gotfurth

Deutscher
Taschenbuch
Verlag

dtv

Dieses Buch liegt auch im Normaldruck als Band 10405 im Deutschen Taschenbuch Verlag vor.

Von Una Troy sind außerdem erschienen:
Mutter macht Geschichten (1286; auch als dtv großdruck 25003)
Ein Sack voll Gold (10619; auch als dtv großdruck 25002)
Trau schau wem (10867)
Kitty zeigt die Krallen (10898)
Stechginster (10989)
Das Schloß, das keiner wollte (11057)
Eine nette kleine Familie (11150)
Läuft doch prima, Frau Doktor! (11214)
Die Leute im bunten Wagen (11350)

Ungekürzte Ausgabe
März 1991
Deutscher Taschenbuch Verlag GmbH & Co. KG,
München

Titel der englischen Originalausgabe:
›The Workhouse Graces‹

Umschlaggestaltung: Celestino Piatti
Gesamtherstellung: C. H. Beck'sche Buchdruckerei,
Nördlingen
Printed in Germany · ISBN 3-423-25052-6

Das Buch

»Es schickt sich nicht, daß Nonnen des Ordens der Gnadenreichen Mutter in einem Eselswagen über Land fahren, sich einfach mit Vornamen anreden, einen kleinen weißen Hund mit sich herumschleppen und zahllose andere Dinge tun, die vielleicht harmlos sind, aber trotzdem nicht geduldet werden können.« Dieser Meinung ist jedenfalls Mutter Rosario, die Äbtissin jenes irischen Klosters, dem die beiden recht unkonventionellen Ordensschwestern Peter und Paul angehören. Dickköpfig und mit allen Mittel verteidigen sie ihre Sonderstellung als Betreuerinnen der einhundertundvier Jahre alten Sarah Slaney und ihr Domizil außerhalb des Klosters. Doch trotz eigener Sorgen sind sie mit Rat und Tat zur Stelle, wann immer ein Bewohner des kleinen Städtchens Ballykeen Hilfe benötigt...

Die Autorin

Una Troy wurde 1913 in Fermoy in Irland geboren. Sie studierte in Dublin und lebt heute als Witwe eines Arztes in ihrer irischen Heimat. Una Troy begann schon früh zu schreiben. Mit der Veröffentlichung des Romans ›Wir sind sieben‹ wurde sie in kurzer Zeit in England, Amerika und dem deutschen Sprachraum bekannt.

dtv großdruck

Erstes Kapitel

»Und was hat Ihnen dazu verholfen, ein so hohes Lebensalter zu erreichen?« fragte der junge Mr. Pepper liebenswürdig.

Mit aufgeschlagenem Notizbuch und gezücktem Bleistift warf er der uralten Mrs. Slaney, die von Kissen gestützt im Bett saß, einen ermutigenden Blick zu.

»Wa-as?« sagte Mrs. Slaney.

Über ihre Schultern war ein himmelblauer gehäkelter Schal gebreitet, auf ihrem schütteren Haar lag ein schneeweißes Spitzentuch – sie sah einfach schauderhaft aus. Ihre bleichen, zahnlosen Gaumen schimmerten unheimlich, ihre Knopfnase zuckte, und aus dem zerknitterten Gesicht starrten zwei kleine braune Augen Mr. Pepper mißtrauisch an.

»Wa-as?« fragte sie nochmals unfreundlich und strich sich mit zitternder Hand eine kokette weiße Haarsträhne aus der Stirn.

George Pepper starrte fasziniert auf das unheimliche weiße Löckchen und auf den fast kahlen rosa Schädel, der durch das zarte Spitzentuch schimmerte; von dort schweifte sein Blick auf den mit einem dicken Zuckerguß bedeckten Geburtstagskuchen, der auf einem Krankentisch über Mrs. Slaneys Magen thronte. Er versuchte sich auf den Kuchen zu konzentrieren, während Mrs. Slaney ihr beharrliches Schweigen nur gelegentlich mit einem verächtlichen Seufzer unterbrach. Schließlich warf er den beiden Nonnen vom Orden der Gnadenreichen Mutter, die am Kopfende des Bettes standen, einen hilfeflehenden Blick zu.

Seitdem sie ihn in das Schlafzimmer geleitet hatten, war kein Wort über ihre Lippen gekommen.

Schwester Peter war kräftig und untersetzt und hatte ein breites Gesicht. Die schweren Falten ihres schwarzen Gewandes verbargen die bewegungslose Gestalt und verliehen ihr das Aussehen einer ultramodernen Skulptur. Schwester Paul dagegen war groß und dünn, und da sie, fast unwahrnehmbar, hin- und herschwankte, zitterten die Falten ihres Habits wie die Blätter eines Baumes in der leichten Abendbrise. Aus ihrem langen bleichen Gesicht leuchteten gute alte Pferdeaugen. Durch ihr Schweigen gaben die Nonnen George zu verstehen, daß seinem Interview mit Sarah Slaney nichts im Wege stehe. Jetzt jedoch regte sich Schwester Peter und faltete die Hände über den wallenden Falten, an der Stelle, an der man ihre Taille vermutete. Sie sah ihren trotzigen Schützling durchdringend an, während sie langsam und deutlich sagte: »Mr. Pepper möchte gern wissen, wie Sie es fertiggebracht haben, so lange zu leben, Sarah.«

Nach einer dreimonatigen Lehrzeit beim ›Argus‹ in Ballykeen hatte es sich George Pepper zur Regel gemacht, keine allzu direkten Fragen zu stellen, und Schwester Peters Frage schien ihm zu unverblümt zu sein. Deshalb sagte er schnell: »Bei diesem festlichen Anlaß möchte ich allen unseren Lesern mitteilen, auf welche Weise es Ihnen –«

»Ich bin nicht taub«, unterbrach ihn Mrs. Slaney vorwurfsvoll, »ich hab' Sie sofort richtig verstanden, aber jedes Jahr fragen mich diese Zeitungsleute dasselbe, und ich hab' keine Lust, es immer wieder zu erklären. Sie sollten wirklich schon Bescheid wissen.«

»Ich bin ein Neuer«, entschuldigte sich George Pepper.

»So sehn Sie auch aus«, erwiderte Sarah herausfordernd, und dann verfiel sie wieder in ihr mürrisches Schweigen.

George Pepper ließ sich jedoch nicht so leicht abschrecken. Er war blond, schlank und dreiundzwanzig Jahre alt; allerdings wirkte er noch jünger, und er machte sich sein knabenhaft unschuldiges Aussehen zunutze, wann immer er es für angebracht hielt. Jetzt warf er den beiden Nonnen nochmals flehende Blicke zu. Schwester Paul griff daraufhin sofort in die Verhandlungen ein.

Mit leicht vorwurfsvollem Lächeln sagte sie zu Sarah: »Mr. Pepper ist nämlich ein sehr vielversprechender junger Journalist.« Dann wandte sie sich an George. »Wir hatten natürlich nicht Platz für hundertvier Kerzen, deshalb verzierten wir den Rand des Geburtstagskuchens mit zehn großen – eine für jedes Jahrzehnt – und taten in die Mitte noch vier kleinere.«

»Äußerst geschmackvoll«, lobte George.

»Aber nur von außen«, meinte Sarah mit einem kritischen Blick auf den Kuchen, »schmecken wird er wohl nicht besonders gut, denn Borgia bäckt nicht mehr so wie früher – sie wird eben alt.«

»Schwester Borgia ist unsere Laienschwester«, erklärte Schwester Peter und fügte nachdrücklich hinzu: »Eine ausgezeichnete Köchin.«

George Pepper nickte. Die kleine lebhafte Schwester Borgia hatte ihm die Haustür geöffnet. Sie war rund und rosig, und ihre Küche schien ihr selbst gut zu bekommen. Eines nur konnte er nicht verstehen – warum sie sich diesen für eine Nonne höchst ungeeigneten Namen zugelegt haben mochte.

»Wir sind hier nur zu dritt, Mr. Pepper – Schwester Paul, Schwester Borgia und ich.«

»Stimmt«, bestätigte Mrs. Slaney seufzend, »und alle drei pflegen mich; außer uns ist niemand mehr im alten Armenhaus übriggeblieben.« George Peppers Hand glitt dankbar über den Stenogrammblock. »Ich entsinne mich noch der Zeiten, als wir eine Oberin hatten – einen richtigen Drachen – und einen Vorsteher – den reinsten Teufel –

und Hunderte von Armenhäuslern. Schwere Zeiten waren das.« Sie machte eine Pause. »Schreiben Sie auch alles mit?«

»Ja, natürlich«, erwiderte George glückstrahlend.

»Schwere Zeiten. Nichts als Haferbrei und Magermilch, und man mußte noch dankbar sein, wenn es genug davon gab, um satt zu werden.«

Schwester Peter räusperte sich, und George hörte taktvoll auf zu schreiben.

»Wenn wir krank waren, haben sie uns wenigstens genug zu essen gegeben; wenn's nach dem Vorsteher, dem alten Teufel, gegangen wäre, hätten wir gehungert, aber Peter und Paul haben für uns gesorgt. Sie waren gute Schwestern, das muß man ihnen lassen.« Georges Bleistift sauste wieder über das Papier. »Jetzt sind sie ja leider nicht mehr die Jüngsten und Borgia auch nicht.« Mrs. Slaney sah Schwester Peter herausfordernd an. »Ein Springinsfeld sind Sie wirklich nicht mehr – mindestens siebzig müssen Sie sein!«

»Achtundsechzig«, sagte Schwester Peter ungerührt.

»So sehn Sie auch aus, keinen Tag jünger«, erwiderte Sarah. Sie fuhr mit einem verschlagenen Blick auf George fort: »Werd' ich am Freitag auf der ersten Seite des ›Argus‹ stehen, junger Mann?«

»Ja, bestimmt«, versicherte George.

»Und meine Fotografie auch, ja? Ich werde nämlich immer fotografiert.« Mrs. Slaney zeigte auf das Wasserglas auf dem Nachttisch, aus dem zwei Reihen falscher Zähne grinsten. »Die setz' ich mir zum Fotografieren ein.«

»Großartig! Aber vielleicht könnten Sie mir erst noch etwas aus Ihrem Leben erzählen. Sie sind für uns ein Verbindungsglied mit der Vergangenheit.«

»Das sagen sie alle.« Mrs. Slaney seufzte tief. »Schwere Zeiten waren das, schwere Zeiten.«

Auch George seufzte, denn er wurde sich darüber klar, daß sich bisher weder Mrs. Slaney noch er durch besondere Originalität ausgezeichnet hatten. Es war zweifellos nicht leicht, Hundertjährigen gegenüber eine neuartige Einstellung zu finden, da sie in den meisten Fällen nur deshalb bemerkenswert waren, weil sie das Alter von hundert Jahren erreicht hatten. Jedoch sollte es einem tüchtigen Journalisten gelingen, solche Schwierigkeiten zu überwinden. »Ein guter Journalist muß imstande sein, Alltägliches so geschickt zu servieren, daß es außergewöhnlich erscheint«, hatte es in dem Korrespondenzkursus für Journalismus geheißen, den George Pepper absolviert hatte. Obwohl er jetzt über das blaugoldene Diplom lächelte, das ihm am Schluß verliehen worden war, mußte er zugeben, daß es sich vielleicht doch gelohnt hatte, das Geld für den Kursus auszugeben.

»Wenn ich mich nicht irre, müßten Sie sich noch an die Zeit der großen Kartoffelknappheit erinnern, nicht wahr?«

»Muß ich wohl – aber fragen Sie lieber mal Peter und Paul.«

»Nun, ich glaube, doch nicht ganz, schließlich sind Sie ja erst hundertundvier Jahre alt«, meinte Schwester Paul.

»Hundertundvier«, wiederholte Sarah enttäuscht.

»Ein ganz wundervolles Alter«, erklärte George begeistert.

»Das schon«, sagte Sarah sichtlich erheitert.

»Die älteste Frau in Irland – wunderbar!«

»In ganz Irland«, echote Sarah strahlend.

George dachte an Girlie, die mit Ungeduld den ersten von ihm gezeichneten Artikel im ›Argus‹ erwartete, und an den brieflichen Rat des garantiert berühmten Journalisten des Korrespondenzkursus: »Es ist das Geheimnis des guten Interviewers, den zu Befragenden zum Reden zu bringen.«

George fragte so liebenswürdig wie nur irgend möglich: »Würden Sie mir nun vielleicht ein paar Einzelheiten aus Ihrem langen und reichen Leben in Ihren eigenen Worten schildern?«

Mrs. Slaney kicherte.

»Kann ja nur meine eigenen Worte benutzen.«

George lachte herzlich, und Mrs. Slaney lehnte sich voller Stolz auf ihre witzige Antwort in die Kissen zurück.

»Na, dann wollen wir mal überlegen«, sagte sie schließlich. »Ja, ja, harte Zeiten waren das.«

George ließ sich nicht beirren.

»Inwiefern waren die Zeiten so hart?« fragte er.

»Weil sie hart waren«, erwiderte Mrs. Slaney verächtlich. »Alles war schwer, das weiß doch jeder. Heutzutage würden sich die Leute so was nicht mehr gefallen lassen.«

»Die Menschen haben sich geändert«, gab George traurig zu.

»Schlapp sind sie, schlapp«, sagte Mrs. Slaney.

»Da kann ich Ihnen nur recht geben.«

»Wir waren nicht schlapp«, prahlte Mrs. Slaney, und George nickte respektvoll. »Nichts als Kohlrüben hat's im Winter gegeben, Kohlrüben und Kohlrübenschnaps. Vater und Mutter haben sich zu Tode getrunken, aber eigentlich war das gar kein schlechter Tod.« Sie machte eine kurze Pause, dann sagte sie nachdenklich: »Schnaps soll ja jetzt so teuer sein, früher war er billig – na ja, manches ist eben früher auch besser gewesen.« George nickte verständnisvoll. »Na, und dann hab' ich geheiratet. Ich kann mich nicht mehr an meinen Mann erinnern, aber er wird wohl nicht anders als andere Männer gewesen sein – er kann gar nicht anders gewesen sein, denn wir hatten zehn Kinder oder vielleicht sogar elf. Sind jetzt alle tot, glaube ich, nicht wahr, Peter und Paul?«

»Soviel wir wissen, hat Mrs. Slaney keine Blutsverwandten mehr.«

»Tot oder lebendig – ich hab' nie was von ihnen

gehabt. Nachdem mein Alter starb und ich diese Arthritis kriegte, bin ich ins Armenhaus gekommen. Na, und dann später bin ich eben bettlägerig geworden. Wie lang lieg' ich schon im Bett, Peter und Paul?«

»Dreißig Jahre.«

George Peppers steinernes Reporterherz schlug einen Augenblick mitleidig für das arme alte Geschöpf, aber dann fuhr er unbewegt fort zu schreiben.

»Na, und eines Tages kam eine neue Regierung, und wir Armenhäusler –«

»Der irische Freistaat wurde gegründet«, erklärte Schwester Peter.

»Stimmt – wir haben die Engländer vertrieben. ›Hand und Herz und Lieb und Leben will ich dir, mein Irland, geben‹«, krächzte Sarah Slaney gefühlvoll und erhob ihre vertrocknete Hand. »Und dann gab's kein Armenhaus mehr, dann hieß es plötzlich – wie hieß es eigentlich, Peter und Paul?«

»Altersheim«, sagte George Pepper.

»Ist ja alles dasselbe, aber es klingt besser. Damals haben sie dieses Armenhaus geschlossen und die Armenhäusler in ein Altersheim geschickt, aber Peter und Paul und sechs Alte durften hierbleiben. Die anderen fünf sind schon lange tot – keine Widerstandskraft«, endete Mrs. Slaney verächtlich.

»Sie sind aus anderem Holz geschnitzt«, sagte George Pepper galant.

«Ja, und meine fünf Sinne hab' ich auch noch beisammen. Vergessen Sie nur nicht, das aufzuschreiben, junger Mann, und auch nicht, daß ich die letzte Armenhäuslerin bin und daß – und daß –«

»Und daß Sie Ihre geistige und körperliche Frische nicht zuletzt der rührenden Pflege der guten Schwestern verdanken?« schlug George vor.

Sarah seufzte kläglich.

»Leider nicht; mir hat eigentlich keiner geholfen, ich hab' immer alles allein schaffen müssen, ganz allein.«

Ihre Nase begann wieder zu zucken, während sie George lange und nachdenklich betrachtete. »Weil Sie ein Neuer sind, werd' ich Ihnen einen guten Rat geben, junger Mann. Ich werde Ihnen verraten, wie man ein hohes Alter erreichen kann.« Sie machte eine Pause. »Viel essen, viel trinken –« Sie unterbrach sich und fuhr dann mit einem herausfordernden Blick auf die beiden Nonnen fort: »Und viel – Sie wissen schon, was ich meine.«

»Sie ist manchmal etwas verwirrt, und das ist ja auch nur zu natürlich«, flüsterte Schwester Paul mitleidig.

»Ich bin gar nicht verwirrt«, zischte Sarah, deren Gehör zweifellos ausgezeichnet war. Sie blickte George kokett an.

»Mangel an Gelegenheit, junger Mann.«

»Möchten Sie Mrs. Slaney jetzt vielleicht fotografieren?« sagte Schwester Paul.

Es dauerte lange, bis Sarahs Gebiß befestigt war. Merkwürdigerweise sah sie mit den falschen Zähnen noch abstoßender aus als ohne. Es dauerte ebenfalls lange, sie zu fotografieren, da sie darauf bestand, aus einem ganz bestimmten Winkel aufgenommen zu werden, und weil sie sich für jede neue Aufnahme so sorgfältig, wie es ihre Lage gestattete, in Positur setzte. George war froh, als er sich endlich von ihr verabschieden konnte. Nachdem er Sarah im Namen des ›Argus‹ eine riesige Schachtel Konfekt überreicht hatte, folgte er den beiden Nonnen in ihr Wohnzimmer.

Als sie das Zimmer betraten, sprang ein Hund von einem Stuhl herunter. Es war ein kleiner, dikker weißer Hund mit kurzen Beinen und einem Stummelschwanz, der einem Terrier nicht unähnlich sah. Geduckt, mit schlangenartigen Bewegungen, kroch er drohend und knurrend auf George zu.

»Braver Hund, Tim«, sagte Schwester Paul liebevoll. »Streicheln Sie ihn, Mr. Pepper.«

George bückte sich mutig und streichelte den Hund, der sich zuerst steif machte, dann aber nachgab und Georges Schuh ableckte.

»Sie gefallen ihm«, sagte Schwester Paul und drückte ihm herzlich die Hand. »Hunde wissen Bescheid ... Girlie Dillon hat uns so viel von Ihnen erzählt, Mr. Pepper.« George fragte sich, wieviel Girlie den Nonnen erzählt haben mochte – anscheinend ziemlich viel, denn Schwester Paul fuhr mit gerührtem Ausdruck fort: »Es geht wohl nichts über junge Liebe.«

»Wir haben uns sehr darauf gefreut, Sie kennenzulernen«, sagte Schwester Peter und sah ihn nachdenklich an. »Sie sind der Richtige«, stellte sie schließlich befriedigt fest.

»Girlie wird sehr glücklich mit Ihnen sein«, bestätigte Schwester Paul mit einem weiteren festen Händedruck. »Sie bat uns, dafür zu beten, daß Sie und Girlie bald ein eigenes Heim haben werden. Wir werden versuchen, Ihnen zu helfen.«

»Das ist überaus freundlich von Ihnen«, erwiderte George höflich. »Leider sind alle anderen gegen uns. Meine Eltern finden mich zu jung zum Heiraten, und Girlies Eltern halten mich nicht für eine gute Partie.«

»Ich kann den beiden Elternpaaren nicht ganz unrecht geben«, sagte Schwester Peter nachdenklich. »Eine Heirat ist eine sehr ernste Sache, und Sie beide sind wirklich noch recht jung – immerhin, das gibt sich im Lauf der Jahre. Meiner Ansicht nach kommt es hauptsächlich darauf an, daß Sie etwas aus Ihrem Leben machen. Es wäre ein guter Anfang, wenn Sie einen wirklich interessanten Artikel über Sarah Slaney schrieben. Paul und ich werden Ihnen gern alle gewünschten Auskünfte geben.«

Er sah sich stirnrunzelnd im Zimmer um, das im

üblichen Stil eines Kloster-Empfangszimmers eingerichtet war. An den Wänden hingen einige fromme Bilder; sonst war der Raum kahl und blank gescheuert, und nur die drei bequemen, schäbigen alten Sessel, die beim Kamin standen, brachten eine wohnliche Note in die klösterliche Nüchternheit. Tim hatte es sich auf einem der Sessel bequem gemacht. Schwester Peter ging vorwurfsvoll auf ihn zu. Tim blickte unschuldig auf, schloß die Augen und gab vor zu schlafen. Paul schob George schnell einen der leeren Sessel hin, den anderen gab sie Peter, und sie selbst nahm auf einem einfachen Holzstuhl Platz. Peter warf noch einen strafenden Blick auf Tim, dann wandte sie sich an George.

»Mr. Pepper!«

»Dürfen wir Sie George nennen?« fragte Schwester Paul. »Girlie Dillon hat uns soviel von Ihnen erzählt, daß Sie uns wie ein alter Bekannter erscheinen, und außerdem – außerdem sehen Sie so jung aus, im Vergleich mit uns natürlich, nicht etwa im Vergleich mit Ihren Altersgenossen.«

»Aber gern, bitte nennen Sie mich doch George.«

»Also – George«, sagte Schwester Peter etwas ungeduldig. »Wie ich schon erwähnte, werden wir Ihnen gern die gewünschten Informationen über Sarah geben, aber auch Sie können uns mit Ihrem Artikel helfen – sehr wesentlich sogar.« Peter und

Paul tauschten bedeutungsvolle Blicke aus. »Ich weiß, daß wir Ihnen vertrauen können.«

Während seiner kurzen Laufbahn beim ›Argus‹ war George sich bereits darüber klargeworden, daß in seinen Adern Tinte statt Blut floß – und wehe dem, der sich auf seine Diskretion verließ. Aber die beiden alten Nonnen vom Orden der Gnadenreichen Mutter, »die Gnädigen«, wie sie in ganz Ballykeen genannt wurden, appellierten an seine edelsten Gefühle. Er senkte den Kopf – er würde die Gnädigen nicht enttäuschen.

Peter und Paul rückten etwas näher an ihn heran.

»Wir sind in einer ziemlich schwierigen Lage«, begann Peter feierlich. »Bitte öffnen Sie Ihr Notizbuch, George, und hören Sie gut zu. Ich werde Ihnen alles der Reihe nach erzählen.«

Die Geschichte begann vor fast fünfzig Jahren, als die Bauerntöchter Teresa Mulligan und Bridget O'Meara die Novizen Peter und Paul beim Orden der Gnadenreichen Mutter wurden. Von ihren Zellen in dem schönen Kloster östlich der Ballykeen-Bucht konnten sie auf die am westlichen Ufer gelegene Stadt am Meer und auf das düstere, grimmige Armenhaus blicken. Der Orden der Gnadenreichen Mutter bildete seine Nonnen als Lehrerinnen aus, aber nach alter Tradition gewährte er Hilfe, wann und wo sie benötigt wurde. Nachdem Peter und Paul ihre endgültigen Gelübde abgelegt hatten und Nonnen geworden waren, schickte man sie ins Armenhaus, damit sie die Insassen pflegten.

»Damals hatten wir nicht viel Erfahrung als Krankenpflegerinnen«, fuhr Paul fort, »immerhin waren wir besser als unsere Vorgängerinnen, die auch keine geprüften Krankenschwestern waren, dafür aber tranken. Das kam allerdings in dieser Zeit häufig vor«, fügte sie entschuldigend hinzu.

»Man konnte sich kaum darüber wundern, wenn man die Zustände in Betracht zog«, sagte Peter.

»Im Lauf der Zeit lernten wir es, die Kranken zu pflegen. Dr. Gorman, der Armenhausarzt, der noch heute unsere Sarah Slaney betreut, war ein guter und geduldiger Lehrer; auch von den Armenhäuslern selbst lernten wir manches – hauptsächlich allerdings das Leichenwaschen.«

George wußte, daß sich Oliver Twist vor vierzig Jahren in einem irischen Armenhaus wie zu Hause gefühlt hätte, denn er hatte vor seinem Besuch bei Sarah etwas über die Geschichte der Armenhäuser nachgelesen, und auch über die Gnädigen hatte er sich informiert. Ehe er sie kennenlernte, hatte er ein gewisses Vorurteil gegen sie gefaßt, weil sie allgemein als Engel in Menschengestalt bezeichnet wurden. Inzwischen aber hatte er diese vorgefaßte Meinung geändert. Die beiden Gnädigen waren lieb, natürlich und durchaus nicht engelhaft. Wäre er ein alter Armenhäusler gewesen, hätte er sich gern von ihnen pflegen lassen.

Als das Armenhaus geschlossen und alle Insassen in eines der neuen Altersheime geschickt werden sollten, stellte es sich heraus, daß einige der alten Leute die gewohnte Umgebung nicht verlassen wollten, und so setzten sich die wohlwollende Äbtissin und eine verständnisvolle Regierung dafür ein, daß Peter, Paul und die Laienschwester Borgia weiter im Armenhaus bleiben und für ein halbes Dutzend alter Armenhäusler sorgen durften.

»Damals war die Ehrwürdige Mutter Assumpta die Äbtissin unseres Klosters«, flüsterte Paul. »Sie half allen, Armen und Reichen, und sie ließ es nicht zu, daß diesen sechs alten Frauen, die ein schweres Leben hinter sich hatten, neuer Kummer zugefügt wurde.«

»Wir alle hoffen und beten, daß sie bald heiliggesprochen wird«, sagte Peter.

George und allen Bewohnern von Ballykeen war es bekannt, daß das Städtchen bald seine eigene Schutzheilige und damit ein ungeahntes Prestige bekommen werde.

»Die Ehrwürdige Mutter Assumpta hat uns befohlen hierzubleiben, bis die letzte der alten Frauen von uns gegangen ist – bitte notieren Sie sich das, George: ›bis zum Tod der letzten Armenhäuslerin‹.«

Obwohl auch das allgemein bekannt war, machte sich George eine Notiz. Peter setzte ihre Erzählung nach einer kurzen Pause fort.

Vor fünfunddreißig Jahren, mit sechs lebenden Armenhäuslerinnen, war alles in schönster Ordnung gewesen, aber vor zwanzig Jahren, mit nur noch einer Armenhäuslerin, hatten die ersten Schwierigkeiten begonnen. Die Ehrwürdige Mutter Assumpta war verschieden, und ihre weltlichere und geschäftstüchtigere Nachfolgerin machte den Vorschlag, das alte Armenhaus zu schließen und Schwester Peter, Schwester Paul, Schwester Borgia und Sarah im Kloster aufzunehmen. Peter und Paul hatten mit zitternden Stimmen, aber mit unerschütterlicher Festigkeit darauf hingewiesen, daß die Ehrwürdige Mutter Assumpta ihnen die Aufgabe erteilt habe, im Armenhaus auszuharren, bis der letzte ihrer Pfleglinge dahingegangen sei. Seither bemühte sich die neue Oberin vergeblich, die beiden Nonnen zu überreden; sie bat den Priester und sogar den Bischof um Unterstützung, aber Peter, Paul und Borgia blieben fest. Zum Erstaunen von ganz Ballykeen war es den dreien bisher gelungen, die Festung zu halten.

Jetzt aber war eine neue Äbtissin vom Mutterhaus des Ordens in Dublin nach Ballykeen gekommen, und die Ehrwürdige Mutter Rosario setzte alles daran, die drei eigensinnigen Nonnen zurück ins Kloster zu holen, wohin sie ihrer Meinung nach unbedingt gehörten. Mutter Rosario war kultiviert, aristokratisch, intelligent und fest entschlossen, ihren Willen durchzusetzen. Peter und Paul hatten größeren Respekt vor ihr als vor dem Bischof selbst, und obwohl die neue Äbtissin Sarah Slaney, hinter der die drei Nonnen sich verschanzten, nicht aus der Welt schaffen konnte, empfanden sie ihre Lage als äußerst bedrohlich. Sie baten die selige Mutter Assumpta täglich in ihren Gebeten um Hilfe und Rat.

»Mutter Rosario erwähnte neulich ein Gerücht, demzufolge gewisse Geschäftsleute eine Fabrik aus dem Armenhaus machen wollen, sobald es frei werde. Angeblich beabsichtigen sie, religiöse Statuen zu fabrizieren, und das läßt uns noch egoistischer erscheinen«, bemerkte Paul traurig.

»Machen Sie sich darüber keine Sorgen«, tröstete George. »Jeder gute Journalist muß sich auf seinen sicheren Instinkt verlassen können, und mein Instinkt sagt mir, daß die ganze Stadt auf Ihrer Seite ist.«

Paul legte die Hand trostsuchend auf Tims Kopf. Der Hund ließ seine warme Zunge über ihren Handrücken gleiten, dann seufzte er tief, legte den Kopf zur Seite und schlief weiter.

»Wir können uns auf unsere alten Tage leider nicht wieder an das Klosterleben gewöhnen«, sagte Paul unglücklich.

Pünktlich jeden Morgen machten sich zwei der

Armenhaus-Gnädigen auf den Weg zur Klosterkirche, um an der Frühmesse teilzunehmen, während die dritte zurückblieb, um Sarah zu betreuen. Pünktlich jeden Abend gingen zwei von den Gnädigen zur Abendmesse, so daß jede der drei Nonnen täglich einige Zeit in der kühlen Ruhe des dämmerigen Klosters verbrachte, den Duft von Weihrauch und Bohnerwachs atmete, um dann dankbar von dem schönen, gepflegten Kloster in das häßliche alte Armenhaus zurückzukehren.

»Es war ein großer Fehler, uns so sehr an unsere eigene, selbständige Lebensweise zu gewöhnen«, stellte Peter fest, aber heimlich dankten die drei Nonnen ihrem Schöpfer für seine große Güte. Sie dankten ihm für das unermeßliche Glück, gleichzeitig seine gehorsamen Dienerinnen sein zu dürfen, sich eines verhältnismäßig freien Lebens zu erfreuen, von ganz Ballykeen geliebt und verehrt zu werden und die unschuldigen Freuden dieser Welt zu genießen, während sie sich bereits auf die himmlischen Freuden der nächsten Welt vorbereiteten.

»Bitte glauben Sie nicht, daß die Äbtissin uns befohlen hat, ins Kloster zurückzukehren, George, denn in diesem Fall würden wir ihr selbstverständlich gehorchen; sie hat es uns nur nahegelegt«, erklärte Peter.

Paul schauderte.

»Sie hat es uns sehr nachdrücklich empfohlen.«

»Ich verstehe«, erwiderte George. »Dieser Fall wird am Freitag eine ganze Seite einnehmen – falls man mir den Artikel nicht zusammenstreicht.«

»Wir könnten den Redakteur vielleicht dazu bewegen, es nicht zu tun. Wir haben gewisse Beziehungen«, sagte Paul schüchtern.

»Schwester Paul ist nämlich ›Viola‹«, erläuterte Peter.

George starrte fassungslos auf ›Viola‹, über deren gefühlvolle Naturgedichte, die gelegentlich im ›Argus‹ erschienen, er oft herzlich gelacht hatte. Schließlich murmelte er ein paar anerkennende Worte, während die errötende Schwester Paul verschämt in ihren Schoß blickte.

George verließ das Armenhaus mit sechs engbeschriebenen Seiten. Die beiden Nonnen und Tim geleiteten ihn zur Haustür.

Unter dem hohen Torbogen blieb er stehen, um sich noch einmal umzusehen. Sein Blick fiel auf den kiesbestreuten Vorhof und auf das häßliche Granitgebäude des halbleeren Armenhauses, hinter dessen breiten Mauern sich die Bucht, das Städtchen und das stattliche schöne Kloster der Gnadenreichen Mutter verbargen. Peter und Paul winkten ihm von der Haustür freundlich zu. Sie wirkten klein und verloren, und jeder, dem die Tatsachen nicht bekannt waren, würde den Wunsch gehabt haben, die beiden alten Nonnen aus dem düsteren grauen Haus zu befreien und in eine freundlichere Umgebung zu verpflanzen. Der Grundton meines Artikels im ›Argus‹ muß Bewunderung für die aufopfernde Selbstlosigkeit der Gnädigen sein, dachte George und winkte den beiden Nonnen und auch Tim zum Abschied noch einmal zu.

Peter und Paul kehrten nachdenklich zurück in ihre Wohnstube, wo Tim, der ihnen gefolgt war, sofort auf seinen Sessel sprang. Peter, noch immer in Gedanken versunken, streichelte ihn geistesabwesend. Paul brach das Schweigen.

»Es hat fast den Anschein, als habe uns Gott diesen jungen Mann gesandt.«

»Und Girlie Dillon«, bemerkte Peter trocken.

»Bist du davon überzeugt, daß es Gottes Wunsch ist, Peter? Will er wirklich, daß wir hierbleiben?«

Wie immer, wenn Paul von Gewissensbissen gepeinigt wurde, sagte Peter: »Denk doch nur an Sarah.«

Paul lächelte dankbar. Dann erhoben sie sich beide und gingen in schweigendem Einverständnis zu Sarah, wie sie es oft zu ihrer eigenen Beruhigung taten.

Sie fanden Sarah schlafend vor. Sie hatte sich vor dem Einschlafen den Mund und das Gesicht mit einem Stück Schokolade vom ›Argus‹ beschmiert; der Rest des Konfekts war über die Bettdecke verstreut, und der Geburtstagskuchen lag auf der Erde.

Borgia kniete vor dem Bett, um den Schaden zu beseitigen. Paul rang verzweifelt die Hände.

»O Borgia! Ihr schöner Geburtstagskuchen!«

Borgia stand schweratmend auf, befestigte die Bänder ihrer blau-weiß karierten Schürze und sagte: »Macht nichts, Schwester Paul, nur der Zuckerguß ist beschädigt, der Kuchen selbst ist heil geblieben.«

»Wer hätte gedacht, daß Sarah noch soviel Kraft hat«, stellte Peter befriedigt fest.

»Sie hat es in meinem Beisein getan, nur um mich zu ärgern«, sagte Borgia.

Alle drei blickten liebevoll auf die schlafende Sarah. Sie atmete – und mehr verlangten die Armenhaus-Gnädigen nicht von ihr.

Zweites Kapitel

Nach Ballykeen mit dem goldenen Strand
kommen alt und jung aus ganz Irland.
Man trinkt vom Brunnen, man badet im Meer,
die Ferien sind herrlich, der Abschied ist
schwer.

(Ballade aus dem 18. Jahrhundert)

»Kennst du die Melodie, Liebling?« fragte Girlie Dillon.

»Die Melodie, Liebling?« gab George Pepper zurück.

»Ja, die Melodie zu der Ballade. Ich hab' sie noch nie gehört.«

»Gibt's nicht und die Ballade auch nicht. Das Verschen hab' ich selbst geschrieben.«

»O George, wie begabt du bist«, sagte Girlie und sah ihn voller Bewunderung an.

»Es liest sich hoffentlich nicht zu schlecht«, entgegnete George bescheiden.

»Es ist ausgezeichnet, besser hättest du deinen Artikel gar nicht anfangen können.«

Sie betrachteten die erste Seite des ›Argus‹ in schweigender Verzückung. Georges Artikel war nicht gekürzt worden und nahm das ganze Blatt ein. Möglicherweise verdankte er dies ›Violas‹ Einfluß; er hoffte jedoch, daß der Redakteur ganz einfach endlich seine große journalistische Begabung erkannt habe.

Der frische Juniwind fuhr jetzt auch um den Felsvorsprung herum, hinter dem sie Schutz gesucht hatten, und drohte ihnen den ›Argus‹ aus der Hand zu reißen. Sarah Slaneys Gesicht, das auf der Mitte der Seite prangte, begann zu flattern. Girlie strich die Zeitung glatt, legte sie auf den Sand und beschwerte sie mit vier Steinen.

»Sarah sieht entsetzlich alt aus«, bemerkte Girlie.

»Sie ist entsetzlich alt.«

»Und häßlich, und gar nicht nett sieht sie aus.«

»Sie ist nicht nett«, stellte George fest.

»In deinem Artikel beschreibst du sie aber ganz anders«, sagte Girlie nachdenklich. »Sag mal, hättest du nicht beim Fotografieren irgendwelche Tricks anwenden können?«

»Wir haben alles mögliche versucht, um das Bild etwas zu mildern und die Konturen zu verwischen.«

Gemildert, verwischt und noch immer furchtbar häßlich starrte Sarahs Gesicht hämisch grinsend auf das junge Paar.

Girlie überflog noch einmal den Artikel, dann legte sie ihren Arm um Georges Schulter.

»Jetzt werden sie sich wundern. Ein langer Artikel auf der ersten Seite ...«

»Auf der ersten Seite des ›Argus‹!«

Girlie nahm ihren Arm von Georges Schulter und richtete sich auf. Sie sagte scharf: »Also gut, nur im ›Argus‹. Irgendwo muß man doch anfangen.«

George murmelte, daß es nicht auf den Anfang, sondern auf das Endresultat ankäme, und da er ausnahmsweise einmal einen recht verzagten Eindruck machte, beschloß Girlie, ihre Taktik zu ändern. Ihrer weiblichen Intuition folgend, sah sie ihn aus großen Kinderaugen an und sagte mit zitternder Stimme: »O George, du bist mir doch nicht böse?« George schloß sie in seine Arme, und nachdem er sein schwaches, hilfloses kleines Mädchen zehn Minuten lang getröstet hatte, sah er der Zukunft wieder mutig und vertrauensvoll entgegen. Girlie glättete zufrieden ihr Haar. »Wenn sie dich erst einmal persönlich kennenlernen, werden sie dich sofort liebgewinnen, George, und in zwei Jahren, wenn ich einundzwanzig bin, können wir auf jeden Fall heiraten, auch ohne ihre Einwilligung.« George erklärte ihr – und nicht zum erstenmal –, daß es ihr wahrscheinlich nicht gelingen würde, ihre bürgerlichen Instinkte jemals völlig zu verdrängen. Girlie war sich darüber klar, daß es äußerst bourgeois sei, die Tochter eines wohlhabenden Ladenbesitzers zu sein, aber sie war fest davon überzeugt, daß sie George zuliebe alles Bisherige ändern und vergessen könne. »Wenn ich mit dir verheiratet bin, gehöre ich auch zu den Intellektuellen; schon unsere Verlobung hat einen anderen Menschen aus mir gemacht.«

»Du sollst dich gar nicht ändern, Liebling, du sollst nur meine Frau werden.«

»Darauf kannst du dich verlassen«, erwiderte Girlie mit einem liebevollen Lächeln.

»Mrs. Slaney berührte die Rosenknospen aus Zuckerguß, die ihren Geburtstagskuchen zierten, und sagte schlicht: ›Die Schwestern wissen, daß ich Blumen über alles liebe.‹ Sie blickte auf die purpurroten Heckenrosen auf ihrem Tisch. Die engelhaft guten Schwestern hatten das Zimmer in einen Garten verwandelt.«

Mrs. Dillon legte ihre Brille ab und seufzte. Obwohl ihr der Gedanke, in George Pepper ihren zukünftigen Schwiegersohn zu sehen, äußerst unsympathisch war, fand sie seinen Artikel wunderschön, ja ergreifend. William nickte und gab widerwillig brummend zu, daß der Artikel nicht schlecht sei.

Mrs. Dillon, die nichts so leidenschaftlich liebte wie sentimentale Liebesgeschichten, legte in ihrem eigenen Leben auf Romantik keinen Wert. Sie lebte recht zufrieden mit ihrem völlig unromantischen William, und sie sah nicht ein, warum Girlie nicht auch eine Vernunftehe schließen sollte. Nachdem sie allerdings diesen gefühlvollen und rührenden Artikel gelesen hatte, konnte sie ihre Tochter zum ersten Male fast verstehen. Sie zuckte zusammen, als William sagte: »Ich weiß wahrhaftig nicht, was das Kind in diesem Burschen sieht.« Er schneuzte sich ärgerlich die Nase: »Läppischer Federfuchser!«

»Er ist ein recht guter Journalist, William.«

Mr. Dillon antwortete nicht. Für ihn gab es nur ein Talent: das Talent des Geldverdienens. Er schneuzte sich nochmals.

»Sie ist noch sehr jung«, sagte seine Frau beruhigend.

»Alt genug, um etwas mehr Vernunft zu haben. Wo ist sie eigentlich?«

»Aus.«

»Aus«, wiederholte Mr. Dillon und starrte seine Frau wütend an.

»Wenn du sie besser erzogen hättest ...«

»Wir haben sie gemeinsam erzogen«, erwiderte Mrs. Dillon mutig, »außerdem hat das nichts damit zu tun, daß sie ausgegangen ist. Immerhin, zu deiner Beruhigung werde ich mich mal mit den Gnädigen vom Armenhaus über das Kind unterhalten.«

Sie erkannte zu spät, daß die Erwähnung der Gnädigen William nur noch mehr aufbringen würde. Wutschnaubend und purpurrot angelaufen stand er auf.

»Das hat mir gerade noch gefehlt! Warum müßt ihr immer zu den Nonnen laufen, wenn irgend etwas schiefgeht? Was wissen denn die, die alten ...«

»Nonnen«, sagte seine Frau warnend.

»Mittelalterliche Einstellung! Unfaßbar! Nur in Irland möglich! In keinem anderen Land wäre es denkbar, daß eine wichtige Industrie leidet, weil zwei alte Weiber darauf bestehen, weiter in dem alten Kasten wohnen zu bleiben, anstatt zurück ins Kloster zu ziehen – wo sie hingehören. Dabei handelt es sich noch um religiöse Statuen! Da sollten sie eigentlich mit Freuden ausziehen.«

»Tun sie aber nicht«, erwiderte Mrs. Dillon kurz. Ihr Mann ging ihr plötzlich auf die Nerven.

»Sollten sie aber«, brüllte William, »bitte bestell den beiden alten –«

»Nonnen, William!«

Eine Tür knallte. William hatte das Zimmer unter Protest verlassen.

»Mrs. Slaneys Blick glitt zum Fenster und verweilte auf der Aussicht, die sich ihr bot. ›Hier ist das einzig wirkliche Heim, das ich jemals besaß‹, sagte sie versonnen. ›Es würde mir das Herz brechen, es zu verlassen.‹«

Die Ehrwürdige Mutter Rosario runzelte die Stirn, als sie den ›Argus‹ auf den Empfangszimmertisch legte.

»Sarahs Aussicht besteht aus einer hohen Mauer«, stellte sie fest.

Vater Hanlon hustete und rutschte verlegen auf seinem unbequemen Stuhl herum. Er empfand alle Kloster-Empfangszimmer mit ihren übertrieben glatt gebohnerten Fußböden und ihrer erschrekkenden Reinlichkeit als äußerst ungemütlich, und hier saß er heute wie auf Kohlen, weil er wußte, daß eine Diskussion über Peter und Paul unvermeidlich war, denn auch er hatte den ›Argus‹ gelesen.

»Die Situation ist einfach lächerlich«, sagte die Äbtissin.

Der Priester gab ihr heimlich erfreut recht. Er besaß viel Sinn für Humor, und er hatte nichts dagegen einzuwenden, Mutter Rosario im Mittelpunkt einer lächerlichen Situation zu wissen. Er hatte sich mit ihrer Vorgängerin glänzend verstanden und manchen Scherz mit ihr geteilt. Mit dieser Äbtissin verband ihn nichts, und obwohl es ihm nicht immer gelang, seine scharfe Zunge im Zaum zu halten, ließ er sich niemals dazu verleiten, mit ihr zu scherzen. Sie war zum Katholizismus übergetreten und daher besonders dogmatisch; sie war hochgebildet und die Nichte eines Grafen. Zweifellos gereichte sie dem Kloster zur Zierde, aber Vater Hanlon bedauerte es sehr, daß sie gerade das Kloster von Ballykeen mit ihrer überragenden Persönlichkeit schmückte. Trotz ihrer betonten Höflichkeit brachte sie es fertig, anzudeuten, daß er schließlich nur ein ungehobelter junger Hilfsgeistlicher sei.

»Ich bin davon überzeugt, daß Sarah brennend gern ihre letzten Tage bei uns im Kloster verbringen würde, weil sie es als schmeichelhaft empfände, zu unseren Damen zu gehören.«

Vater Hanlon verglich im Geist Sarah mit den verarmten alten Damen, die ihren Lebensabend würdig – und sehr billig – in dem Damenstift verbrachten, das dem Kloster angegliedert war. Er hatte gewisse Zweifel. Sein unausgesprochener Kommentar wurde sofort beantwortet.

»Sarah würde selbstverständlich für sich leben.« Die Äbtissin senkte die Augen. »Wir würden dafür sorgen, daß sie bei uns glücklich ist.«

»Sie macht auch jetzt einen ganz glücklichen Eindruck – soweit sie glücklich sein kann«, sagte Vater Hanlon. »Sie ist eine höchst undankbare alte Person; ich beneide Peter und Paul keineswegs. Es ist bestimmt nicht leicht, mit Sarah fertig zu werden.«

»Peter und Paul bringen alles zuwege. Sie glauben selbst mit ihr fertig werden zu können«, erklärte die Äbtissin gereizt.

»Ein halsstarriges Paar«, sagte Vater Hanlon bewundernd.

»Sie suchen Schutz bei unserer verehrten seligen Mutter Assumpta.« Die Äbtissin betrachtete stirnrunzelnd das Bild der verstorbenen frommen Nonne an der gegenüberliegenden Wand, während Vater Hanlon dachte, daß sich Peter und Paul keine bessere Schutzherrin hätten wählen können, da gerade jetzt im Vatikan über ihre bevorstehende Kanonisation verhandelt wurde. Nur aus diesem Grund sah sich die Regierung veranlaßt, Mutter Rosarios Wünsche zu ignorieren und die Armenhaus-Gnädigen weiter im alten Armenhaus leben zu lassen; nur aus diesem Grund weigerte sich selbst der Bischof einzugreifen.

»Es ist fast – sündhaft«, sagte die Äbtissin.

»Aber nicht ganz«, erwiderte der Priester, »und außerdem kann Sarah Slaney nicht ewig leben. Mit ihrem Tode ist das Problem ja auf jeden Fall gelöst.«

»Man weiß von mehreren Fällen, in denen Menschen hundertzwanzig Jahre alt geworden sind«, stellte die Äbtissin mit mühsam unterdrückter Hysterie fest.

»Aber nicht in Irland – vielleicht in Albanien oder ähnlichen Gegenden«, wandte Vater Hanlon ein.

»Allerdings.« Mutter Rosario war wieder kühl und ruhig wie gewöhnlich. »Wollen Sie nicht noch einmal mit ihnen sprechen, Vater?«

Da Vater Hanlon wiederholt und vergeblich mit

den Gnädigen den Fall diskutiert hatte, da er wußte, daß auch der Bischof nichts bei den beiden erreichen konnte, sagte er fest: »Ich fürchte, das wäre ganz sinnlos. Selbst der Papst würde Peter und Paul nicht überreden können, ihre Entschlüsse zu ändern. Natürlich kann ich Ihren Standpunkt verstehen«, fuhr er liebenswürdig fort. »Trotzdem muß ich zugeben, daß ich eine gewisse Bewunderung für die beiden habe. Außerdem sind sie in der ganzen Stadt beliebt, und das kann der Kirche nicht schaden, denn selbst in Irland liebt man uns nicht mehr so uneingeschränkt wie früher.«

»Es ist mir bekannt, daß die beiden in Ballykeen beliebt sind«, erwiderte die Äbtissin kühl. »Ich weiß auch, daß sie sich mehr oder weniger als Beichtmütter etabliert haben und daß sie außerdem zweimal in der Woche freie ärztliche Beratungen geben.«

Sie sprach in einem vernichtenden, beinahe gehässigen Ton.

»Ich habe nichts dagegen einzuwenden, daß sie dem Doktor und mir etwas Arbeit abnehmen«, sagte Vater Hanlon unbekümmert.

Die Äbtissin warf ihm einen eisigen Blick zu.

»Ich fürchte, Sie *wollen* mir gar nicht helfen, Vater.«

»Ganz im Gegenteil«, sagte Vater Hanlon scheinheilig. »Aber da sich selbst der Bischof für geschlagen erklärt hat, muß auch ich den Kampf aufgeben, und ich würde Ihnen raten, dasselbe zu tun.« Er stand auf. »Überlassen Sie es der Zeit, die bekanntlich alle Wunden heilt.«

»Nein, ich habe nicht die Absicht, das zu tun«, erwiderte die Äbtissin, während sie den Priester hinausgeleitete. Vater Hanlon blieb bei der Tür stehen und sah sie von der Seite an.

»Ganz unter uns – legen Sie wirklich solchen Wert darauf, die drei alten Nonnen wieder in Ihrem Kloster aufzunehmen?«

»Nein«, gab die Äbtissin nach kurzem Zögern zu. »In ihrem Alter und nach so vielen Jahren der Unabhängigkeit wird es ihnen nicht leichtfallen, sich im Kloster einzuordnen, aber darauf kommt es nicht an. Sie gehören ins Kloster; es schickt sich nicht, daß Nonnen des Ordens der Gnadenreichen Mutter in einem Eselswagen über Land fahren, sich mit Vornamen, ohne den Schwesterntitel zu benutzen, anreden, einen kleinen weißen Hund mit sich herumschleppen und zahllose andere Dinge tun, die vielleicht harmlos sind, aber trotzdem nicht geduldet werden können.« Dann begann sie plötzlich und ohne Übergang mit erhobener Stimme über den wirklichen Anlaß ihres Ärgers zu sprechen. »Außerdem kann ich es keinesfalls zulassen, daß sie im ›Argus‹ ganz öffentlich gegen mich Stellung nehmen.«

»Das ist es also«, sagte Vater Hanlon mit leiser

Ironie. »Leider gibt es, selbst in Irland, eine freie Presse.«

Die Äbtissin lächelte kühl.

»Ich sehe mich jetzt natürlich gezwungen, meinen eigenen Ausweg zu suchen, und ich glaube ihn bereits gefunden zu haben.«

»Sie sind eine gescheite Frau, und ich wünsche Ihnen viel Erfolg, aber ich habe meine Pflicht getan und möchte Sie bitten, mich nicht in Ihre neuen Pläne zu verwickeln«, sagte Vater Hanlon und verließ das Zimmer.

»Im Kurhotel Ballykeen gibt es eine Zimmerflucht, in der König Eduard VII. einmal eine Nacht verbrachte. Er soll erklärt haben, daß er Brighton gern an Irland abtreten würde, wenn Ballykeen dafür nach England versetzt werden könnte.«

Seit zehn Minuten war die Ruhe im Wohnzimmer des Damenstifts nur vom Rascheln der Blätter des ›Argus‹ unterbrochen worden. Jetzt hob Miß Bessie Byrne ihre verblichenen, aber noch immer lebhaften blauen Augen von ihrer Zeitung.

»Erstaunlich, daß Seine Majestät Ballykeen amüsant gefunden hat.« Sie machte eine Pause, dann fuhr sie nachdenklich fort: »Oder sollte es doch eine besondere Attraktion gehabt haben?«

Die beiden anderen Damen sahen sie erstaunt an.

»Die Quelle natürlich«, sagte Mrs. Murphy.

»Ja, sicher – die Quelle«, erwiderte Miß Byrne.

Sie wandte sich erneut der Lektüre des ›Argus‹ zu, während die beiden anderen sie verstohlen betrachteten. Miß Byrne war gestern von Dr. Smith-Crowley in das Damenstift gebracht worden, nachdem sie, gleich nach ihrer Ankunft im Kurhotel, in der Halle ohnmächtig geworden war, als sie erfuhr, daß das Hotel infolge der Rennwoche im nahen Tramore voll besetzt war. Der Hoteldirektor verständigte sofort den Arzt und schlug vor, Miß Byrne umgehend in eine Privatklinik zu schicken, aber Miß Byrne protestierte heftig gegen diesen Vorschlag. Daher war Dr. Smith-Crowley auf den guten Gedanken gekommen, sie ins Stift zu bringen, wo sie sich in Ruhe erholen konnte.

Mrs. Murphy und Mrs. O'Donnell lebten schon seit zwölf Jahren sehr billig und angenehm in dem dem Kloster angegliederten Stift. Das Fleisch mochte zwar gelegentlich etwas zäh sein, und während der Stachelbeersaison mochte diese köstliche Frucht etwas zu oft serviert werden, sonst aber gab es wenig Grund zur Klage. Ihrem langen Hiersein verdankten sie gewisse Vorteile. Sie bewohnten die beiden besten Zimmer, mit Seeblick; sie nahmen am Eßtisch die Ehrenplätze ein; und sie wurden von den übrigen Gästen mit der entsprechenden Hochachtung behandelt. Das Leben hätte ideal sein können, wenn die anderen Gäste erträglicher gewesen wären. Selbstverständlich gaben sich alle sehr damenhaft, aber die meisten waren alt, verkalkt und entsetzlich langweilig.

Mrs. O'Donnell und Mrs. Murphy zählten über siebzig Jahre, hatten sich jedoch, seitdem sie Witwen geworden waren, geistig jung erhalten. Die Ankunft von Miß Byrne war eine höchst anregende Abwechslung. Obwohl gut erhalten, schien auch sie in den Siebzigern zu sein; auch sie machte einen geistig jungen Eindruck. Zuerst begegneten sie Miß Byrne mit einer gewissen Zurückhaltung, denn sie waren nicht daran gewöhnt, Damen dieses Alters in einer so mondänen Aufmachung zu sehen. Miß Byrnes Haar hatte einen goldenen Schimmer, ihre Wangen waren zartrosa getönt, sie trug ein gutsitzendes Korsett, war modisch elegant gekleidet, hatte gute Manieren und sprach ein kultiviertes Englisch; nur ihr lautes, fröhliches Lachen schien in dem würdigen Damenstift etwas unangebracht zu sein. Mrs. Murphy sprach die Befürchtung aus, daß Miß Byrne vielleicht nicht ganz so damenhaft sei, wie man anfangs gehofft habe. Mrs. O'Donnell dagegen war der Ansicht, daß sie eine wirkliche Dame sei und es daher nicht nötig habe, sich allzu damenhaft zu benehmen. Sie habe schon Aristokratinnen gekannt, die sich nicht davor scheuten, zu fluchen und starken Alkohol zu trinken. Mrs. Murphy erwiderte hochnäsig, daß auch sie durchaus nicht weltfremd sei – Mrs. O'Donnell ließ es jedoch nicht zu einem Streit kommen und sagte abschließend, es spiele wirklich keine Rolle, ob Miß Byrne eine Dame sei oder nicht, sie bringe doch wenigstens einmal eine angenehme Abwechslung in das eintönige Leben des Damenstiftes.

»Der König soll in seiner Jugend sehr gut ausgesehen haben«, sagte Mrs. Murphy, um die Unterhaltung aufrechtzuerhalten.

»Ich persönlich habe mir nie viel aus Bärten gemacht«, meinte Miß Byrne. Mrs. O'Donnell fragte, ob Miß Byrne vielleicht einmal das Glück gehabt habe, den König in London vorbeifahren zu sehen.

»Ich habe ihn gekannt«, erklärte Miß Byrne zum Erstaunen der beiden anderen Damen, »allerdings nur flüchtig – nur eine kurze Zeit.« Sie lachte laut und fröhlich. »Ich bin nämlich Schauspielerin gewesen.« Sie blickte aus dem Fenster, und ihr Blick schweifte über den gepflegten Rasen zum blauen Meer. Ihre Augen waren feucht und verträumt. »Kunst und Theater hatten Seiner Majestät viel zu verdanken.«

Mrs. Murphy und Mrs. O'Donnell warfen sich bedeutungsvolle Blicke zu. Das also war des Rätsels Lösung – eine Schauspielerin! Selbstverständlich waren sie moderne, großzügige Menschen, ohne Vorurteile gegen ausübende Künstler – obwohl sie bisher kaum Gelegenheit gehabt hatten, mit dem munteren Künstlervölkchen in Berührung zu kommen.

»Ich war eine miserable Schauspielerin«, stellte Miß Byrne lachend fest.

»Das glaube ich nicht«, sagte Mrs. Murphy liebenswürdig. »Ihr Name sollte uns wahrscheinlich bekannt sein. Leider muß ich gestehen, daß ich sehr wenig vom Theater weiß.«

»Der Name Bessie Byrne war nie in Leuchtbuchstaben über dem Theatereingang zu lesen, außerdem habe ich schon seit langer Zeit nicht mehr auf der Bühne gestanden.«

»Es muß ein sehr anstrengendes Leben sein«, meinte Mrs. O'Donnell.

Miß Byrne stimmte ihr zu, dann vertiefte sie sich wieder in den ›Argus‹. Sie betrachtete Sarah Slaneys Bild und erkundigte sich nach ihr. Mrs. Murphy erzählte ihr alles Wissenswerte über die Gnädigen und das alte Armenhaus. Sie hoffte, daß Miß Byrne sie bei der nächsten Gelegenheit dorthin begleiten würde. Miß Byrne erwiderte, daß sie gern mitkommen werde, falls sie noch im Stift sei.

»Ich hoffte, daß Sie eine Zeitlang in Ballykeen bleiben würden«, sagte Mrs. O'Donnell enttäuscht.

»Das will ich auch, aber eigentlich hatte ich vor, für ein paar Monate ein Haus zu mieten.«

»Inzwischen können Sie gern bei uns bleiben«, schaltete sich die Äbtissin in die Unterhaltung ein.

»Dr. Smith-Crowley ist der Ansicht, daß Sie vorläufig sehr ruhig leben sollten, und Ruhe haben Sie bei uns im Stift ja wirklich.«

»Ich habe, ehrlich gesagt, leider mit dem Herzen zu tun«, erklärte Miß Byrne. »Dem Doktor hab' ich das allerdings nicht gesagt, weil er sonst darauf bestanden hätte, mich in die Klinik zu schicken. Aber jetzt geht es mir wieder ganz gut, und ich möchte Ihnen keinesfalls zur Last fallen.«

»Bitte machen Sie sich darüber keine Sorgen«, erwiderte die Äbtissin höflich. »Dr. Smith-Crowley wußte, daß wir zufällig ein Zimmer frei haben.«

»Ich möchte Ihnen trotzdem nicht –« Miß Byrne zögerte, aber bevor sie weitersprechen konnte, griff Mrs. Murphy in die Unterhaltung ein und bat: »Bitte bleiben Sie doch bei uns, bis Sie ein Haus gefunden haben. Wir würden uns wirklich sehr freuen.«

»Ich passe eigentlich nicht recht hierher«, meinte Miß Byrne, »aber wenn ich nicht störe, will ich gern noch bleiben.«

»Man trinkt vom Brunnen, man badet im Meer,
die Ferien sind herrlich, der Abschied ist
schwer«,

sang Jane Joyce während der Schulpause, und die dritte Klasse des Gymnasiums der Klosterschule klatschte Beifall.

»Das ist natürlich nur eine improvisierte Melodie«, sagte Jane stirnrunzelnd; »außerdem bezweifle ich, daß die Ballade authentisch ist.«

Janes Wortschatz war erstaunlich für eine Zwölfjährige, und jedem anderen Kind hätten die Mitschülerinnen vorgeworfen, daß es sich aufspielen wolle, aber bei Jane lag der Fall anders. Sie konnte nichts dafür, denn sie hatte leider ganz unmögliche Eltern.

Die Klosterschule war ein Internat, und Jane war die einzige Tagesschülerin. Die dritte Klasse wußte, daß ihre Eltern Agnostiker waren und nicht wollten, daß Jane völlig unter den Einfluß der Nonnen geriet. Jane fand, daß die Abende und die langen Wochenenden im Elternhaus psychologisch gesehen schlecht für ihre geistige Entwicklung seien. Ihre Klassenkameradinnen machten sich darüber jedoch keine Gedanken, sondern freuten sich schon immer auf den Montag und auf die hochinteressanten Schilderungen der letzten Ereignisse in Janes Elternhaus.

Jane beschrieb ihr Heim, ihre Eltern, Margaret und vor allem Pompey mit völliger Offenheit. Bevor Janes Eltern es kauften, hieß das Haus »Bella Vista« und war wohnlich und hübsch. Jetzt hieß es schlicht »Das Gartenhaus«, und sein wohnlicher Charakter war einer spartanischen Einfachheit gewichen. Die Wände waren weiß getüncht, die Fußböden blank gescheuert. Teppiche gab es keine. Die Möbel waren aus glattem Naturholz. Mr.

Joyce war klein und dünn, er hatte ein schütteres rotes Bärtchen, und er schrieb Artikel und Bücher über Volkskunde. Mrs. Joyce trug lose, kittelartige Kleider, und sie schrieb Romane, die in Irland verboten waren. »Aber das besagt gar nichts«, erklärte Jane. Mr. und Mrs. Joyce glaubten, daß alle Menschen Brüder seien. Deshalb duldeten sie keine Dienstboten, und Margaret vertrat sie nur im Haus, während sie ihrer eigenen Beschäftigung nachgingen. Margaret war das schlechteste Mädchen, das Janes Eltern jemals »vertreten« hatte. Sie konnte nicht kochen, sie war faul und schmutzig, und sie trug heimlich jedes Kleidungsstück der Familie Joyce, das ihr gefiel. Glücklicherweise war ihr das meiste nicht elegant und modern genug. Das »Gartenhaus« wäre Jane oft ganz unerträglich erschienen, wenn es die Katze Pompey nicht gegeben hätte.

Pompey war himmlisch. Er hatte blaßblaue Augen, dunkelbraune Ohren und Pfoten und eine braune Schwanzspitze. Der Rest war ein zartes Rehbraun. Sein Schnurren klang wie ein rostiges Krächzen, sein Miauen wie ein schriller Schrei. Wenn Jane abends nach Hause kam, mauzte und krächzte er nach Leibeskräften, als wolle er ihr die Ereignisse des Tages erzählen. Leider erzählte er auch tagsüber lange Geschichten und störte beim Studium der Volkskunde sowie beim Romanschreiben, aber da Jane gedroht hatte, sich im Badewasser die Pulsadern durchzuschneiden, wenn man ihr Pompey fortnähme, glaubte sie, seiner sicher sein zu können.

»Bitte sing uns noch mal die Ballade vor, J. J.«, bat eine unvorsichtige Mitschülerin. Hierauf folgte ein peinliches Schweigen. Die dritte Klasse wußte, daß Janes unmögliche Eltern sie mit J. J. anredeten, weil es außergewöhnlich klang. Die arme Jane dagegen hatte kein größeres Bestreben, als ein ganz gewöhnliches junges Mädchen zu sein und in keiner Weise aus dem Rahmen zu fallen. Die taktlose Mitschülerin entschuldigte sich.

Obwohl Janes Eltern von ihrer Tochter mit Fred und Alice angeredet werden wollten, nannte Jane sie beharrlich Vati und Mutti, auch wenn sie sich noch so ärgerten. Sie hatte es auch erreicht, einfache Kleider statt der von ihrer Mutter bevorzugten kunstgewerblichen Kittel tragen zu dürfen und sich das Haar zu locken. Sie gab sich die größte Mühe, in keiner Weise aufzufallen. Sie achtete sogar darauf, daß ihre Schulaufsätze nicht besser als die der anderen waren. Wenn sie erst erwachsen wäre, würde sie einen netten, unkomplizierten Mann heiraten, nette, unkomplizierte Kinder haben und in einem gemütlichen Haus wohnen.

»Wann wirst du uns endlich die Katze Pompey vorführen?« fragte ein anderes Mädchen ablenkend, und alle waren froh, daß der peinliche Zwischenfall vergessen war.

»Dieses Wochenende wird's nicht gehen«, erwiderte Jane. »Wir haben nämlich Besuch, und Pompey haßt Besuch; er ärgert sich und wird müde – und wenn er müde ist, sieht er nicht gut aus.«

Man begriff, daß Jane Wert darauf legte, der Klasse ihren Pompey nur in seiner ganzen Schönheit vorzustellen, aber man war erstaunt, daß er so ungesellig war. Jane erklärte, daß die meisten Besucher des »Gartenhauses« abscheulich seien, und die Gäste, die an diesem Sonnabend erwartet wurden, seien besonders unerträglich; daher könnte man Pompeys Widerwillen nur zu gut verstehen.

»Er ist Maler, sie ist Nationalökonomin. Zuerst werden sie viele Stunden im Wirtshaus sitzen, und dann werden sie noch die halbe Nacht über zu Hause hochgebildet weiterreden.« Jane seufzte. »Vielleicht kann ich Pompey nächstes Wochenende in die Schule mitbringen«, sagte sie. »Außerdem wollte ich mit ihm einen Besuch im Armenhaus machen und ihm die berühmte alte Mrs. Slaney zeigen, die ihn sicher sehr interessieren wird.«

»›Ich bin hundertundvier Jahre alt, und Dr. Gorman sagt, ich sei kerngesund‹, erklärte Mrs. Sarah Slaney stolz.«

Dr. James Smith-Crowley, von seinen Freunden kurz Dr. Jim genannt, lachte spöttisch.

»Sehr erfreulich, daß der arme alte Dr. Gorman

sich über seine einzige Patientin keine Sorgen zu machen braucht, nicht wahr?«

Miß Brown, die gleichzeitig Sekretärin und Krankenschwester war, antwortete nicht und fuhr fort, Instrumente zu reinigen und sie ordentlich ausgerichtet auf die Glasplatte des dafür bestimmten Tischchens zu legen. Der Arzt, dessen Gesicht hinter einer aufgeschlagenen Zeitung verborgen war, betrachtete sie stirnrunzelnd. Bis vor kurzem war er mit Miß Brown sehr zufrieden gewesen, die Patienten mochten sie gut leiden, und er fand sie weitaus tüchtiger als alle ihre Vorgängerinnen. Da Dr. Jim es für falsch hielt, Arbeit und Vergnügen zu vereinigen, störten ihn Miß Browns große vorstehende Zähne ebensowenig wie ihr schlechter Teint. Jetzt fragte er sich allerdings, während er vorgab, den ›Argus‹ zu lesen, ob er vielleicht einen Fehler gemacht habe, eine Arzttochter zu engagieren, die höchstwahrscheinlich Vergleiche mit ihrem Vater und dessen Methoden anstellte.

Er legte die Zeitung auf die Schreibtischplatte und fragte lächelnd: »Habe ich noch viel zu tun, Melly?«

Sein Lächeln war berühmt. Es hatte ihm, mehr als irgend etwas anderes, zu seiner großen und einträglichen Praxis verholfen. Er besaß jedoch auch noch andere Vorzüge: ein asketisch wirkendes Gesicht und durchdringende blaue Augen, dunkles, kleidsam graumeliertes Haar und eine tiefe, beruhigende Stimme. Auch seine Manieren waren charmant. Dr. Jim war fünfzig Jahre alt und Junggeselle, daher hegten viele seiner Patientinnen geheime Hoffnungen und Wünsche.

Melisande Brown reagierte instinktiv auf sein Lächeln und zeigte ihre großen Zähne.

»Ich habe die Liste auf Ihren Schreibtisch gelegt, Herr Doktor.«

»Am liebsten möchte ich sie mir gar nicht ansehen. Ist das Wartezimmer leer, Melly?«

»Ja. Miß Bradley kommt später für ihre Einspritzung.«

»Und Colonel O'Shea?«

»Kommt morgen, nach ihm erwarten wir den Erzbischof.«

»Ist noch genügend Penizillin da?«

»Ich habe es heute morgen nachbestellt.«

»Sie vergessen wirklich niemals etwas, Melly. Es ist fast unheimlich, eine ganz ideale Sekretärin zu haben. Wie steht es übrigens mit B_{12}?«

»Wir haben noch zehn Ampullen. Im großen Stil verbrauchen wir eigentlich nur destilliertes Wasser«, stellte sie in einem leicht vorwurfsvollen Ton fest.

»So, so«, erwiderte Dr. Jim geistesabwesend und trommelte einen Marsch auf der Schreibtischplatte. Dann setzte er wieder sein berühmtes Lächeln auf. »Könnte ich vielleicht eine Tasse Tee bekommen, bevor ich in meine Tretmühle gehe?«

Die Tretmühle begann mit einem Besuch der Sancta-Maria-Klinik. Mrs. Magee, die Oberin, war im allgemeinen nicht von großer Herzlichkeit, aber sie begrüßte Dr. Jim freudig, denn ohne seine Hilfe wäre ihre Privatklinik nicht halb so gut gegangen. Er schien fast ein Monopol auf alle reichen Patienten in Ballykeen zu haben. Hätte Mrs. Magee nur auf die anderen Ärzte zählen müssen, würde ihre Klinik bestenfalls halb voll gewesen sein. Dr. Jim sorgte dafür, daß sie immer bis auf den letzten Platz besetzt war. Er schritt liebenswürdig lächelnd von Zimmer zu Zimmer, er nahm eine Rosenknospe aus der Vase der Patientin mit dem Nervenzusammenbruch und steckte sie in sein Knopfloch, er streichelte eine rheumatische Hand, schob ein Kissen unter den Kopf eines Herzkranken und diskutierte die Verstopfung eines weiteren Patienten mit ernster Miene. Nach seinem Besuch fühlten sich alle neurotischen Patienten wesentlich besser und die anderen zum mindesten nicht schlechter.

Nach den Krankenbesuchen zog sich Dr. Jim, wie gewöhnlich, mit Mrs. Magee zu einer Besprechung in ihr Wohnzimmer zurück. Sie arbeiteten seit langem zusammen, und sie verstanden sich gut. Heute, nachdem sie ihren Bericht abgegeben hatte, fragte Mrs. Magee zögernd: »Glauben Sie, daß wir Mrs. O'Halloran eine etwas größere Dosis geben können, Herr Doktor?«

Auch Dr. Jim zögerte einen Augenblick.

»Ich weiß nicht, ob eine noch größere Dosis ratsam wäre.«

»Leider wirken die Spritzen nicht mehr«, sagte Mrs. Magee. »Sie ist sehr unruhig – und sehr verwöhnt und anspruchsvoll.«

»Nun, sie zahlt gut und hat natürlich Anspruch auf sorgfältige Pflege«, meinte Dr. Jim. »Andererseits haben Sie genug zu tun und können nicht ununterbrochen auf die Launen einer alten Frau Rücksicht nehmen. Schließlich ist uns nichts wichtiger, als für die Ruhe und Zufriedenheit unserer Patienten zu sorgen.«

Sie sahen sich einen Augenblick an – weitere Worte waren überflüssig.

»Ihre Patientin Mrs. Hardwick hat mir bestellen lassen, daß sie morgen nicht zu uns in die Klinik kommt, sondern ins Krankenhaus geht.« Dr. Jim sah erstaunt aus. »Das haben wir wieder einmal Peter und Paul zu verdanken«, stellte Mrs. Magee ärgerlich fest.

»Schade, daß man Nonnen nicht wegen Verleumdung verklagen kann.« Dr. Jim runzelte die Stirn. »Ich gehe heute nachmittag sowieso ins Kloster; bei dieser Gelegenheit werde ich mit der Äbtissin reden.«

Auch im Kloster war Dr. Jim äußerst beliebt. Die Nonnen umschwärmten ihn wie die Bienen den

Honig und erlagen seinem Charme auf unschuldige Weise. Sie lachten entzückt über seine liebenswürdigen, manchmal fast gewagten Scherzchen.

Heute entzog er sich ihren bewundernden Blikken so schnell wie möglich, um eine private Unterredung mit der Äbtissin zu haben.

»Ich weiß natürlich, daß Schwester Peter und Schwester Paul es gut meinen, aber« – er schüttelte nachdenklich den Kopf – »es gibt Fälle, bei denen unsachgemäße Behandlung zu bedauerlichen Komplikationen führen kann. Man sollte es ihnen gegenüber in ihrem eigenen Interesse erwähnen.«

Die Äbtissin seufzte.

»Sie wissen ja, daß ich auch gegen ihre Quacksalberei bin.«

»Das ist ein viel zu hartes Wort, Frau Äbtissin. Allerdings glaube ich, daß die guten Schwestern mich einen Quacksalber nennen«, meinte er mit einem humorvollen Lächeln.

Die Äbtissin sah ihn entsetzt an.

»In einem kleinen Ort wie Ballykeen wird nun einmal viel geklatscht, das ist unvermeidlich. Außerdem ist es ganz natürlich, daß Schwester Peter und Schwester Paul einzig und allein auf ihren Freund, Dr. Gorman, schwören.«

»Das ist durchaus kein Grund, Sie zu kritisieren«, erwiderte Mutter Rosario ärgerlich. »Ich kann dieses törichte Benehmen wirklich nicht begreifen.«

Er lachte herzlich.

»Vielleicht verdiene ich es.«

Die Äbtissin lächelte, aber ihr Ausdruck blieb besorgt.

»Ich weiß, daß Sie viel zu vernünftig sind, um es ihnen übelzunehmen. Sie sind, im Grunde genommen, brave Seelen, aber ich glaube, es ist an der Zeit, daß sie ins Kloster zurückkehren. Ich habe mich seit meinem Amtsantritt dafür eingesetzt, aber meine Schwierigkeiten sind Ihnen ja bekannt, Herr Doktor.«

Beide betrachteten das Konterfei der Urheberin all dieser Schwierigkeiten.

»Meine verehrte Mutter Rosario, wir wissen beide, daß die Gnädigen vom Armenhaus zu einem Begriff geworden sind. Es wird nicht ganz leicht sein, sich ihrer zu entledigen.«

Er wiederholte diesen Satz eine Stunde später in der Bar des Kurhotels. Sein Freund, der Anwalt Higgings, antwortete nicht sofort. Er starrte in sein Kognakglas. Schließlich meinte er, daß man das Vertrauen, das die Gnädigen genossen, unterminieren könne. »Man läßt hier und dort ein Wort fallen, Jim . . .«

»Genau das ist die Taktik der Gnädigen«, sagte Dr. Jim ironisch.

»Kann man sie darauf festnageln?«

»Kaum.«

»Dann weiß ich, als Ihr Anwalt, nicht recht, worüber Sie sich Gedanken machen.«

»Zum Beispiel darüber, daß ich gestern durch die Schwestern eine sehr gute Patientin verloren habe«, erwiderte Dr. Jim ärgerlich. »Ich bin außerdem ziemlich sicher, daß sich erst vor kurzer Zeit etwas Ähnliches ereignet hat.«

»Ich weiß – es handelt sich um das Vermächtnis von Mrs. Mackenzie, habe ich recht?«

Dr. Jim nickte.

»Sie, als mein Anwalt, hielten es doch auch für eine glänzende Idee, nicht wahr?«

»Einfach großartig«, antwortete Mr. Higgings verträumt. »Es wurde niemand anders ein Schaden zugefügt, weil sie keine Verwandten besaß.«

Dr. Jim sah ihn durchdringend an.

»Leider haben Sie den Vetter vergessen, der später auftauchte und sich mit Peter und Paul über alles aussprach.«

»Was ist schon ein Vetter! Es ist sowieso besser für einen jungen Mann, auf eigenen Füßen zu stehen; außerdem war Ihre eigene Lage damals nicht gerade rosig – wenn ich mich recht entsinne«, schloß Mr. Higgings anzüglich.

»Auch Sie waren nicht auf Rosen gebettet.«

»Wir haben nun einmal beide einen exklusiven Geschmack.« Mr. Higgings machte eine Pause. »Und das Leben wird täglich teurer.«

»Selbst wenn es noch dreimal so teuer werden

sollte, habe ich nicht die Absicht, noch einmal ein derartiges Risiko einzugehen«, erwiderte Dr. Jim scharf. »Sie werden wohl einsehen, daß ich keinen Wert darauf lege, von der Ärztekammer meiner Praxis enthoben zu werden.«

»Das geschieht nicht so leicht«, stellte Mr. Higgings spöttisch fest. »Wenn Sie nichts mehr von Ihren Patientinnen erben wollen, müssen Sie dafür sorgen, daß die alten Damen Sie nicht so gern haben – und das wird Ihnen gar nicht leichtfallen«, schloß er mit einer liebenswürdigen Verbeugung.

Dr. Jims Hand schloß sich fest um sein Glas. Higgings lächelte.

»Ich wünschte nur, diese klatschhaften alten Weiber wären wieder im Kloster, wo sie den Mund zu halten haben.«

»Dann könnten wir endlich mit der Anfertigung der frommen Figuren beginnen. Sie wollen sich doch beteiligen, nicht wahr? Dillon will auch mitmachen.«

Dr. Jim legte seine Hand mit einer müden Bewegung auf die Stirn.

»Ich glaube, ich muß bald einmal Ferien machen. Selbst Melly geht mir auf die Nerven.«

»Melly? Warum? Was hat Ihre ideale Miß Brown verbrochen?«

»Nichts Bestimmtes. Ich habe nur den Eindruck, daß meine Miß Brown bezüglich der medizinischen Etikette sonderbare Begriffe hat. Es ist kein reines Vergnügen, mit einer Person zu arbeiten, die ein gar zu hohes ethisches Niveau hat.«

»Für mich wäre das auch nicht das Richtige«, gab Higgings ehrlich zu, »aber Miß Brown macht auf mich einen sehr vernünftigen Eindruck. Sie sollte Verständnis für einen modernen Arzt und eine gute Praxis haben. Übrigens verehrt sie Sie ebensosehr wie Ihre Patientinnen.« Jim lächelte müde und nickte mit dem Kopf. »Arme Person! Über Vierzig – ein gefährliches Alter! Sie müßten sich eigentlich damit auskennen und sie richtig behandeln können.«

»Maul halten«, zischte Dr. Jim mit zusammengepreßten Zähnen.

»Nichts für ungut«, sagte Higgings. »Sie sollten sich das Geschwätz der alten Armenhaus-Gnädigen wirklich nicht so zu Herzen nehmen, Doktor.« Er klopfte ihm begütigend auf die Schulter. »Ich weiß, daß ihr Ärzte ein schweres Leben habt, aber ich nehme an, daß – statistisch gesehen – nicht mehr Ihrer Patienten sterben als Patienten anderer Ärzte, nicht wahr?«

»Nein, natürlich nicht.«

»Das hab' ich mir gedacht – statistisch gesehen.«

»›Ich habe alle fünf Sinne beisammen‹, sagte Sarah Slaney stolz, und ein verschmitztes Lächeln breitete sich über ihr liebes altes Gesicht.«

In der schmalen Diele des Hauses »Seeblick« schwenkte Mrs. Finnegan zur Begrüßung den ›Argus‹.

»Ich hörte Sie die Tür aufschließen, Miß Brown, und ich habe Ihnen sofort die Zeitung gebracht, weil sie heute besonders interessant ist – ein langer Artikel von Mr. Pepper auf der ersten Seite. ›Und so verließ ich sie – freiwillige Gefangene ihrer eigenen Mildtätigkeit und Herzensgüte.‹ Er meint Peter und Paul. Wunderbar, nicht wahr? Hätten Sie das Mr. Pepper zugetraut?« fragte sie atemlos.

»Nein«, erwiderte Melly trocken.

»Heute gibt's frische Makrelen zum Abendbrot, erst vor einer halben Stunde gefangen. Können Sie zwei essen?«

»Nein, danke, an einer habe ich reichlich genug.«

»Sie sind ziemlich klein, aber wenn Menschen an Appetitlosigkeit leiden, soll man sie nicht zum Essen zwingen.«

Sie sah Melly besorgt an. Der »Seeblick« nahm nur solide Gäste auf. Miß Brown, als Tochter und Sekretärin eines Arztes, galt als eine erstklassige Pensionärin; sie bewohnte das beste Zimmer im ersten Stock, mit Blick aufs Meer. Mr. Pepper lebte in einem kleinen Dachzimmer und aß seine Mahlzeiten in der Küche, aber auch er, ein junger Journalist, war in seiner Art ein wünschenswerter Gast. Mrs. Finnegan war eine brave, gewissenhafte Wirtin, die ihren Pensionsgästen gutes Essen vorsetzte, aber leider schlugen die sorgsam gekochten Mahlzeiten bei Miß Brown in letzter Zeit nicht an. Mrs. Finnegan legte den Kopf zur Seite und betrachtete sie prüfend.

»Möchten Sie vielleicht einen Tropfen Rotwein trinken? Um den Appetit anzuregen?«

Melly schüttelte lächelnd den Kopf und legte die Hand auf die Klinke ihrer Zimmertür.

»Hier, vergessen Sie die Zeitung nicht! Die ganze Stadt wird trauern, wenn Sarah einmal von uns geht. Zu schade, daß Dr. Jim sie nicht behandelt, aber die Gnädigen bestehen ja auf ihrem armen alten Dr. Gorman. Na ja, Nonnen sind eben auch nur Menschen«, meinte Mrs. Finnegan verständnisvoll.

»Das stimmt«, erwiderte Melly.

»Ach du liebe Zeit, jetzt habe ich die Makrelen vergessen! Hoffentlich sind sie mir inzwischen nicht in der Pfanne angebrannt.«

Melly ging in ihr Zimmer und blieb einen Augenblick mit geschlossenen Augen an die Tür gelehnt stehen. Dann warf sie einen Blick auf den Spiegel über dem Kaminsims, nur um die Augen schnell wieder zu schließen.

Manchmal träumte sie einen wunderschönen Traum, in dem nicht Melly, sondern Melisande aus dem Spiegel zurückblickte. Der Traum war nicht allzu phantastisch; sie sah das gleiche Gesicht, nur mit geraden Zähnen und einer klaren Haut. Das nußbraune Haar, das das Traumgesicht umrahmte, war nicht von grauen Strähnen durchzogen. Hin und wieder machte sie den Versuch, das Traumgesicht wahrzumachen. Dann begann sie viel Obst und Gemüse zu essen und sich das Haar mit einem teuren farbigen Haarwaschmittel zu tönen, aber sie schreckte davor zurück, ihre großen, gesunden, vorstehenden Zähne für zwei Reihen perfekter, blütenweißer Porzellanzähne einzutauschen.

Melly setzte sich an den sorgfältig gedeckten Tisch, stützte den Kopf in die Hand und dachte, wie so oft, an ihre vorstehenden Zähne und an Dr. Jim.

Hätte sie geahnt, daß ihr die große Liebe ihres Lebens in Ballykeen begegnen sollte, sie würde jeden Preis bezahlt haben, um ihr mit einem gewinnenden Lächeln entgegenzutreten. Melly war schon oft verliebt gewesen, obwohl die Leidenschaft immer einseitig geblieben war, aber noch niemals hatte sie so heiß geliebt wie jetzt. Jenes Lächeln hätte ihrem und Dr. Jims Leben eine andere Wendung geben können ... Sie starrte traurig auf das Salzfaß und dachte an ihren geliebten Doktor, der sein Auto jetzt mit leichter Hand durch Ballykeen lenkte, und sie erinnerte sich auch an die gutmütige alte Mrs. Mackenzie, die mit einer etwas konservativeren medizinischen Behandlung vielleicht noch unter den Lebenden wäre.

»Oder bin ich völlig verrückt?« flüsterte Melly dem Salzfaß zu, als Mrs. Finnegan mit der gebratenen Makrele das Zimmer betrat.

»Sarah Slaney blickte mit ihren sanften alten Augen voll tiefer Dankbarkeit auf die getreuen Nonnen.«

Der »Stromer« Coyle saß in seinem bescheidenen kleinen Haus am Fuß des Armenhaushügels und spuckte zielsicher über seinen ›Argus‹ hinweg in das Küchenfeuer.

»Dankbarkeit! Wetten, daß die getreuen Nonnen ganz schön an Sarah Slaney verdienen.«

Aus ihrer Ecke, in der sie seine Stiefel putzte, fragte seine Frau ängstlich: »Aber wieso denn, Tom? Sie ist doch nur eine Armenhäuslerin.«

»Bekommt sie deshalb vielleicht keine Altersrente? Viel wird sie davon nicht zu sehen kriegen, darauf kannst du dich verlassen.«

»Wirklich nicht?«

»Frag nicht so dumm! Warum würden sie sich denn sonst mit dem alten Weib abgeben?« Er spuckte nochmals ins Feuer, dann sagte er verächtlich: »Ausbeuter!«

Mr. Coyle, allgemein als der Stromer bekannt, lebte in einer Welt, in der jeder jeden ausbeutete, der sich nicht dagegen wehren konnte. Er selbst gehörte zu den Ausgebeuteten. Er glaubte vom Unglück verfolgt zu sein, ein vom Schicksal geschlagener, gebrochener Mensch, der von Arbeitslosenunterstützung lebte und von Frau und Kind ausgenutzt wurde. Jetzt blickte er von seiner Zeitung auf und erkundigte sich mißbilligend bei seiner Frau, warum sie faul herumsitze und nicht bei den Dillons sei.

Mrs. Coyle stellte die geputzten Schuhe ordentlich auf den Fußboden.

»Mrs. Dillon hat mich nur zum Großreinemachen gebraucht, und damit sind wir fertig.«

»Kannst du in ganz Ballykeen keine andere Arbeit bekommen?« erkundigte sich Mr. Coyle höflich.

Mrs. Coyle strich sich eine verblichene Haarsträhne aus der Stirn.

»Die viele Hausarbeit ist sehr anstrengend; ich fühle mich nämlich augenblicklich nicht recht wohl, Tom, und ich wollte mir gern ein oder zwei Tage Ruhe gönnen.«

»Du siehst aber ganz wohl aus«, sagte Tom und betrachtete sie mit unverhohlenem Widerwillen. Sie war klein und dürr, wie ein gerupftes altes Huhn, und sie hatte auch die gleiche gelbe Hautfarbe. »Manchmal hab' ich das Gefühl, mit meiner eigenen Großmutter verheiratet zu sein.«

»Ich fühle mich leider nicht ganz wohl«, wiederholte sie mit eintöniger Stimme.

»Das hat mir noch gefehlt«, sagte Mr. Coyle. »Wenn du nicht arbeiten willst, mußt du's bleiben lassen, aber verschone mich wenigstens mit deinem wehleidigen Gestöhne. Ich bin ja nicht schuld, daß du so ein alter Jammerlappen bist. Solange ich konnte, hab' ich für dich gesorgt – oder vielleicht nicht?«

»Ja«, erwiderte Mrs. Coyle matt und verzog sich wieder in ihre Ecke.

Der Stromer gähnte und reckte sich. Seine Frau hatte seine Frage zu Recht mit einem Ja beantwortet. In seiner Jugend galt Tom Coyle als gutaussehender, kräftiger Mann – und das war er eigentlich noch immer. Er war Bauarbeiter gewesen, und es hatte ihm niemals an Arbeit gemangelt. Außerdem war er ein Trinker, ein Raufbold und ein Dieb – daher der Spitzname Stromer, der ihm selbst wohlbekannt war. Da er sich nur mit kleinen Diebereien abgab und man ihn wegen seiner Streitsucht fürchtete, wagte es keiner, ihn anzuzeigen. Jedenfalls ließ es sich nicht bestreiten, daß der Stromer auf ehrliche und unehrliche Weise für Frau und Kind sorgte, bis er eines Tages bei der Arbeit vom Dach einer Garage fiel, das er reparieren sollte.

Seine Verletzungen waren verhältnismäßig leicht, aber die Folgen waren schwer. Dr. Jim warnte ihn von Anfang an, vorsichtig zu sein, und der Stromer beklagte sich auch wirklich bald über Kopf- und Rückenschmerzen, Schlaflosigkeit und Nervosität. Alle diese Symptome zeigten sich, sobald der Stromer es wieder mit der Arbeit versuchen wollte. Dr. Jim war durchaus nicht erstaunt, und er veranlaßte den Rechtsanwalt Higgings, in Tom Coyles Namen auf Schadenersatz zu klagen. Es war nicht ganz leicht, den Richter von der Schwere des Gesundheitsschadens zu überzeugen, aber aufgrund von Dr. Jims Attest wurde dem Stromer schließlich eine Summe von tausend Pfund als Entschädigung zugesprochen.

Diese Summe war zwar erheblich zusammengeschrumpft, nachdem Mr. Higgings und Dr. Jims Honorare bezahlt waren; immerhin verblieb dem Stromer mehr Geld, als er jemals besessen hatte. Ein Jahr lang lebte er herrlich und in Freuden, und als nach Ablauf des Jahres der letzte Penny ausgegeben war, konnte er sich nicht mehr an Arbeit gewöhnen. Er machte einige zaghafte Versuche, aber er sah sich jedesmal gezwungen, die Arbeit sehr schnell aufzugeben, weil er Kopf- und Rükkenschmerzen bekam und an Schlaflosigkeit und Nervosität litt. Er überlegte, ob er nicht wieder einmal von einem Dach fallen sollte, aber da man sich dabei auch ernstlich verletzen kann, gab er diesen vielversprechenden Gedanken mit Bedauern auf. Schließlich fand er sich mit dem tragischen Zustand des Nichtstuns ab und beschränkte seine Aktivität lediglich auf kleinere Diebstähle.

Ein Kochtopf fiel klappernd zu Boden, und Tom fuhr fluchend aus seinen Träumereien auf.

Er verlangte eine Zigarette, und da keine mehr

im Haus waren, befahl er seiner Frau, Mickey sofort in den Tabakladen zu schicken. Er wurde sehr ärgerlich, als er hörte, daß sein Sohn noch nicht zu Hause sei.

»Wo treibt er sich denn noch nach der Arbeit herum?«

»Er kommt sonst immer gleich nach Hause, aber manchmal muß er noch nach Ladenschluß Pakete austragen.«

»Ausbeuterei!« schimpfte der Stromer. »Ein Jammer, daß der Junge so schlapp ist und sich alles gefallen läßt.«

Mrs. Coyle schwieg wohlweislich. Die Gnädigen hatten Mickey den Posten eines Laufjungen in Dillons Geschäft verschafft und ihr selbst die Hausarbeit bei Mrs. Dillon. Ihr Mann fühlte sich jedoch durch die Hilfe der beiden Nonnen in seinem Stolz gekränkt.

»Da kommt er«, sagte Mrs. Coyle erleichtert.

»Freitagabend«, stellte Mr. Coyle nachdenklich fest.

Mrs. Coyle warf ihm einen verzweifelten Blick zu, während Mickey in die Küche kam. Er war wie seine Mutter klein und knochig, ein jämmerliches Kerlchen, dem man seine fünfzehn Jahre nicht ansah.

»Hast du dein Gehalt bekommen?« fragte der Stromer.

»Ja.«

»Dann gib's her!«

Der Junge steckte seine Hand in die Tasche.

»Ich – ich wollte eigentlich ein paar Schilling für mich behalten«, sagte er mit einem scheuen Blick auf seine Mutter.

»Wird's bald – her mit dem Geld«, befahl der Stromer drohend. Mickey sah seine Mutter hilfeflehend an. Sie blickte zur Seite, und er zog den Umschlag, der seinen Wochenlohn enthielt, zögernd aus der Tasche und gab ihn seinem Vater.

»Recht so«, sagte der Stromer freundlich, streckte sich und stand auf. »Ich werde lieber selbst zu Houlihans runtergehen und mir Zigaretten holen. Wartet mit dem Abendbrot, bis ich zurückkomme, Kate. Vielleicht bleibe ich ein halbes Stündchen dort, wenn ich Bekannte treffe.«

Nachdem sein Vater gegangen war, begann der Junge ärgerlich zu schimpfen: »Jetzt wird er sich wieder betrinken. Das tut er jeden Freitag mit meinem Geld – so eine Gemeinheit.«

»Ich weiß, Junge... Es ist ein Jammer, aber man darf sich ihm nicht widersetzen.« Sie strich sich das Haar mit einer müden Bewegung aus der Stirn.

»Warum darf man sich nicht widersetzen? Es ist mein Geld, ich hab' dafür eine ganze Woche lang gearbeitet, während er faul zu Hause herumsitzt.«

»Das darfst du nicht sagen, Mickey.«

»Warum nicht? Ich hab' keine Angst vor ihm.«

Mrs. Coyle füllte den Kessel mit Wasser.

»Ich hab' eine schöne Scheibe kalten Lachs für dich – hat mir Mrs. Dillon gestern gegeben.«

»Er wird mitten in der Nacht nach Hause kommen und dich anschreien – und schlagen wird er dich auch.«

»Aber nur, wenn er betrunken ist, Mickey. Wenn er nüchtern ist, tut er so was nie. Hier – iß den guten Lachs.«

»Ich wollte dir ein Paar Nylonstrümpfe kaufen, Mutti.« Er starrte auf ihre formlosen, verwaschenen Baumwollstrümpfe. »Fünf Schilling sollten sie kosten – ohne Naht, ist das richtig, Mutti?«

Sie drehte ihm schnell den Rücken zu, um den Tee aufzubrühen, und sie brauchte erstaunlich viel Zeit dafür.

»Du brauchst mir wirklich keine Nylons zu kaufen, Mickey«, sagte sie, als sie die Teekanne schließlich auf den Tisch stellte. »Für mich tun's die alten Baumwollstrümpfe.«

Mickey beobachtete seine Mutter wortlos, während sie ihm den Tee eingoß. Plötzlich stieß er hervor: »Ich möchte ihn umbringen!«

Mrs. Coyle legte ihre Hand entsetzt auf seinen Mund.

»Um Gottes willen, Kind, wie kannst du so etwas nur aussprechen. Was würden Peter und Paul sagen, wenn sie dich hörten!«

»Das wäre mir einerlei«, erwiderte Mickey und

begann seinen Lachs zu verspeisen, »solange sie nicht von mir verlangen, daß ich danach für sein Seelenheil bete.«

»Und so verließ ich sie – freiwillige Gefangene ihrer eigenen Mildtätigkeit und Herzensgüte.«

Sarah Slaney starrte von der ersten Seite des ›Argus‹ in die Halle des eleganten Shelbourne-Hotels in Dublin. Gerald K. Simpson legte Sarah mit dem Gesicht nach unten aufs Sofa und winkte dann einem Kellner.

»Bitte bringen Sie mir einen irischen Kaffee.«

Während der Kellner den Kaffee über einer Spiritusflamme sorgfältig mit einem Maß irischem Whiskey mischte, nahm Simpson den ›Argus‹ wieder zur Hand.

»Meine Heimatstadt«, sagte er zum Kellner.

»Wirklich, Sir?«

»Das heißt, die Heimatstadt meiner Vorfahren – mütterlicherseits.«

»Ich verstehe, Sir. Wir haben viele amerikanische Besucher, die die Beziehungen mit der irischen Heimat aufnehmen möchten.«

»Ich hoffe, bald nach Ballykeen weiterfahren zu können, in Dublin wird es mir allmählich ziemlich langweilig.«

»Tatsächlich, Sir? Vielleicht ist das Wetter daran schuld?«

»Nein, ich war auf Regen vorbereitet. Es liegt an den Menschen. Sie sind mir leider völlig fremd. Ich frage mich, ob ich sie jemals verstehen werde.«

»Davon bin ich fest überzeugt, Sir. Wir Iren haben unsere Eigenarten, und dazu gehört leider ein gewisses Mißtrauen Fremden gegenüber, aber wenn das einmal überwunden ist, lassen wir uns gehen. Wir sind von Natur fröhlich und ausgelassen. Schmeckt Ihnen der Kaffee, Sir?«

Mr. Simpson kostete einen Schluck und nickte.

»Sehr gut, danke. Ich trinke irischen Whiskey am liebsten auf diese Art, allerdings habe ich seit meiner Ankunft auch schon ziemlich viel unverdünnten Whiskey genossen, um nicht vor Langeweile umzukommen.«

Der Kellner lächelte devot, und Mr. Simpson fuhr fort: »Ich habe einen Verlag in New York, und ich hielt es für eine gute Idee, meinen Besuch in Irland mit meinem Geschäft zu verbinden. Leider habe ich bisher noch keine für uns in Frage kommenden Manuskripte gefunden. Ich wußte eben nicht, daß irische Schriftsteller nicht schreiben.« Der Kellner schien erstaunt; er hatte geglaubt, daß es in Dublin viele produktive Autoren und Autorinnen gäbe. Mr. Simpson stärkte sich mit ein paar kräftigen Schlucken.

»Ich habe eine ganze Reihe von Autoren kennengelernt, die mir von ihren großartigen Projekten erzählten, und zwar so ausführlich, daß ich allmählich zu verstehen beginne, warum sie keine Zeit haben, ihre Gedanken zu Papier zu bringen.« Mr. Simpson erhob sein Glas. »Aber ich bitte Sie, mich nicht falsch zu verstehen. Ich bin davon überzeugt, daß die hiesigen Schriftsteller reizende Menschen sind – oder jedenfalls nicht viel schlimmer als ihre Kollegen anderswo. Sie sind nur neidisch und hassen und verachten sich gegenseitig, aber im Grunde genommen sind sie ganz genauso wie unsere amerikanischen Autoren«, schloß Mr. Simpson seufzend.

»Vielleicht werden Sie auf dem Land bessere Erfahrungen machen, Sir. Sie erwähnten Ballykeen, nicht wahr? Dort sind die Menschen noch urwüchsig und natürlich, auch das Klima ist milder, Sir.«

Mr. Simpson blickte verträumt in sein Glas.

»Ich habe Irland vor vierzig Jahren als Kind verlassen, aber meine Mutter hat mir soviel von Ballykeen erzählt, daß ich fast das Gefühl habe, es zu kennen. Ich kenne das kleine Häuschen meiner Mutter am Fuß des Armenhaushügels. Ich glaube auch die Nonnen Peter und Paul zu kennen.« Er zeigte auf seinen ›Argus‹. »Meine Mutter ist voriges Jahr gestorben.« Der Kellner setzte eine so traurige Miene auf, als handelte es sich um seine eigene Mutter. »Ich will Ballykeen besuchen, um das Andenken meiner Mutter zu ehren.« Mr.

Simpson sah den Kellner herausfordernd an. »Halten Sie das etwa für eine einfältige Idee?«

»Durchaus nicht, Sir.«

»Ich bin ein einfacher Mensch«, stellte Mr. Simpson fest, »und ich will einfache, schlichte Menschen kennenlernen.«

»Und die findet man heutzutage leider nur noch selten«, sagte der Kellner.

». . . und ein verschmitztes Lächeln breitete sich über ihr liebes altes Gesicht.«

»Lesen Sie mir das noch mal vor!« befahl Sarah. Peter setzte sich wieder die Brille auf und begann zu lesen.

»Mein liebes altes Gesicht«, sagte Sarah beglückt und nickte mit dem Kopf. »Ein reizender junger Mann, obwohl er nach nichts aussieht. Reizend . . ., und jetzt liest die ganze Welt, was er über mich geschrieben hat, nicht wahr?«

Peter nahm die Brille ab.

»Vielleicht nicht die ganze Welt, Sarah.«

Sarah runzelte die Stirn, und Paul erklärte sofort: »Peter meint, daß sie es vielleicht nicht in Indien lesen.«

»Na ja, die Schwarzen, die können eben nicht lesen«, sagte Sarah hochnäsig.

Dr. Gorman, der neben ihrem Bett saß, ergriff Sarahs Hand.

»Nächstens werden Sie noch ein Filmstar werden, Sarah.«

»Ich hab' noch nie einen Film gesehen«, stellte Sarah vorwurfsvoll fest.

»Sie haben genug gesehen, und Sie reden zuviel«, sagte Dr. Gorman.

Er nahm eine Prise Schnupftabak, und während er schnupfte und nieste, wagte niemand ein Wort zu sprechen. Nachdem er die Schnupftabakdose in seiner Rocktasche verstaut hatte, begann Sarah wieder zu schimpfen.

»Ich rede zuviel, sagt er. Niemand will mir nicht mehr zuhören, niemand will mich nicht mehr, niemand!«

»Das ist wirklich nicht wahr«, widersprach Paul mit Nachdruck.

»Man kann Leute am Leben halten, wenn man nur will – mit Lampen und Wärme und mit allem –, ich weiß Bescheid.« Sie warf Dr. Gorman einen bösartigen Blick zu. Er saß jetzt wie ein verhutzelter Gnom in seinem mit Schnupftabakflecken übersäten, zu weit gewordenen Anzug zusammengesunken auf ihrer Bettkante. »Für mich tut niemand nichts. Zu Ihrer Zeit gab's das noch nicht. Nun sind Sie viel zu alt, um noch was Neues zu lernen, und ich muß darunter leiden.«

Dr. Gorman war mit Recht gekränkt.

»Das geht mir denn doch zu weit! Habe ich Sie

bisher nicht gut behandelt – mit oder ohne Lampen?«

»Der liebe Herrgott hat mich bisher am Leben erhalten«, erwiderte Sarah fromm, »aber auch er verläßt sich darauf, daß Sie 'n bißchen nachhelfen.«

»Das kann er auch«, sagte Dr. Gorman. »Lampen, was noch? Isotope vielleicht?« Sarah sah ihn entsetzt und verständnislos an. Dr. Gorman blickte fragend auf Schwester Paul. »Ich glaube, Sarah kann heute einmal mithalten, nicht wahr?«

Er nahm die Schnupftabakdose wieder heraus, und während Schwester Paul das Zimmer verließ, bot er Sarah eine Prise an, und sie schnupften und niesten gemeinsam.

Kurz darauf kehrte Schwester Paul mit einem bis zur Hälfte mit Whiskey gefüllten Wasserglas für Dr. Gorman zurück und mit einem kleineren Glas für Sarah. Sarah wurde plötzlich lebhafter und streckte die Hand gierig nach dem Glas aus.

»Es geht doch nichts über eine altmodische Medizin.« Während sie langsam trank, verzogen sich ihre Runzeln zu einem engelhaften Lächeln.

»Bitte, Peter, lesen Sie noch mal die Stelle von meinem lieben alten Gesicht«, bat sie.

Drittes Kapitel

Der folgende Sonntag war der erste warme Sommertag in Ballykeen. Die Sonne schien auf die Armenhaus-Gnädigen, und das Meer glitzerte, als sie auf dem Rückweg von der Morgenmesse im Kloster durch die Stadt gingen. Sie wurden von vielen ihrer Bekannten mit einem freundlichen Wort aufgehalten, und da Peter und Paul in einer fröhlichen, mitteilsamen Stimmung waren, kamen sie nur langsam voran. Als sie endlich den Fuß des Armenhaushügels erreichten, machte Paul vor Freude einen kleinen Luftsprung.

»Es wogen die Wellen im blauen Meer!«

»Hm, das Meer ist wirklich etwas bewegt«, stellte Peter trocken fest.

»Ein herrlicher Tag!«

»Ja herrlich, gelobt sei der Herr! Borgia hat gebratene Nieren für unser Frühstück.«

Paul hatte keinen Sinn für gebratene Nieren. Mit zurückgeworfenem Kopf, geschlossenen Augen und verzücktem Ausdruck atmete sie tief, als wollte sie den ganzen Atlantischen Ozean in sich aufnehmen. »Riech nur das wundervolle Ozon, Peter!«

»Tang«, sagte Peter etwas ungeduldig. »Ozon riecht nicht.«

Der Spaziergang hatte ihren Appetit angeregt, sie wollte jetzt frühstücken.

»Es ist heute so schön, daß wir baden gehen können«, stellte Paul zufrieden fest.

Als sie durch den Torbogen des Armenhauses traten, sahen sie zu ihrer Freude, daß Richard Burke im Hof stand.

Richard war der Sohn eines Landarbeiters. Das Beispiel des schweren Lebens seines Vaters hatte ihn davon abgehalten, sich selbst nach einer Dauerstellung umzusehen. In seiner Jugend war er fröhlich über Land gewandert und hatte sich völlig auf die Wohltätigkeit seiner Mitmenschen verlassen. Jetzt war er ein Mann in mittleren Jahren, und da er von Rheumatismus geplagt wurde, lebte er recht behaglich auf Kosten der Regierung in einem Heim in Dungarvan. Wann immer er das Bedürfnis nach einer Luftveränderung verspürte, machte er sich auf den Weg zu dem dreißig Kilometer entfernten Armenhaus. Hier besaß er in einem unbewohnten Flügel des großen Gebäudes ein eigenes Zimmer mit einem eigenen Eingang, das eine Matratze, Decken, einen kleinen Kamin und die notwendigen Geräte zum Teekochen enthielt. Er schien Arbeit als einen Zeitvertreib zu betrachten, und während seines Aufenthaltes im Armenhaus beschäftigte er sich nutzbringend damit, alle nötigen Reparaturen innerhalb und außerhalb des Hauses zu machen. Peter und Paul bestanden darauf, ihm ein Pfund in der Woche für Bier und Tabak zu geben, das er unter Protest annahm, ebenso wie die reichlichen Mahlzeiten, mit denen ihn Borgia versah. Manchmal beschwerte er sich auch über ihre Kochkunst und behauptete, daß es im Heim besser schmecke.

Er blickte ärgerlich auf, als Paul vorwurfsvoll feststellte, daß er sich seit sechs Monaten nicht bei ihnen gezeigt habe.

»Und wenn ich nicht da bin, verkommt hier alles! Ist denn sonst keiner da, der mal 'ne Harke in die Hand nimmt oder ein Brett über das Mauseloch im Wohnzimmer nagelt? Nicht mal der arme Esel wird gebürstet!«

Paul räusperte sich entschuldigend. Billy, der Esel, war Richards Stolz und Freude. Er verbrachte Stunden damit, das Tier zu striegeln, bis sein Fell wie Seide glänzte. Jedesmal wenn Richard das Armenhaus verließ, blieb Irlands elegantester Esel zurück, jedesmal wenn er das Armenhaus wieder besuchte, betrachtete er ihn mit allen Zeichen der Mißbilligung.

»Aber Billy ist doch in sehr gutem Zustand, Richard.«

Richard grunzte etwas Unverständliches.

»Und kerngesund«, sagte Peter.

Richard sah die beiden zornig an.

»Solange das arme Vieh den alten Karren durch die Straßen ziehen kann, kümmern Sie sich nicht darum, wie es aussieht.« Plötzlich kam ihm eine Idee. »Mit dem Wagen werd' ich wohl auch meine Arbeit haben, was?«

»Er könnte wieder einmal geputzt werden«, gab Paul schüchtern zu.

»Wenn ich mich nicht um alles kümmere, geschieht eben nichts«, grollte Richard.

Peter machte einen Schritt in die Richtung der Küche und der gebratenen Nieren.

»Wir haben den Wagen letzthin nicht oft benutzt, aber wir wollten später nach Tranacapall fahren. Wir haben Glück, daß Sie gerade heute hergekommen sind.«

Wenn Richard nicht anwesend war, kutschierten Peter und Paul abwechselnd den Eselswagen. Billy war ein braver Esel, aber er besaß bestimmte Eigenheiten, mit denen Peter hin und wieder, Paul dagegen niemals fertig werden konnte. Richard hielt es für äußerst unziemlich, die Zügel in der Hand einer Nonne zu sehen, und er betrachtete es als eine Ehrensache, ihr Kutscher zu sein. Er saß stolz und steif auf dem Kutschbock und erwiderte die Grüße der Vorübergehenden mit einem eleganten Schwung seines Eschenholzstocks.

Jetzt sagte er besänftigt: »Dann werde ich mich mal gleich um den Esel und um den Wagen kümmern.«

Peter eilte mit schnellem Schritt auf die Küche

zu, als Paul mit merkwürdiger Stimme sagte: »Hier ist Tim.«

Tim schlich mit eingezogenem Schwanz um den Torbogen, dann sah er Richard und rannte aufgeregt bellend auf ihn zu. Tim und Richard waren alte Freunde, aber Tim fühlte sich verpflichtet, zu beweisen, daß er ein Wachhund war.

»Der Hund sieht wohl aus«, lobte Richard.

Paul machte einen vergeblichen Versuch, Peters Aufmerksamkeit nicht auf Tim zu lenken.

»Hierher, Tim«, befahl Peter.

Tim sah mit schiefgelegtem Kopf harmlos zu ihr auf.

»Der Hund hat wieder Eier gestohlen«, sagte Peter streng.

Tim fraß Eier leidenschaftlich gern, und er kannte alle Hühnerställe der Umgebung. Von Zeit zu Zeit wurden Beschwerden laut, aber niemand dachte jemals daran, eine Hand gegen den Armenhaushund zu erheben. Man beschränkte sich auf Flüche, aus denen Tim sich nicht das geringste machte. Peters strenger Ton dagegen gefiel ihm nicht. Er versuchte vergeblich, die gelben Spuren von seiner Schnauze zu lecken.

»Dieses Mal muß er wirklich verprügelt werden«, beschloß sie.

Auch Richard gab zu, daß er es verdient habe.

Tim wedelte verzweifelt mit dem Schwanz.

»Wir bringen es nicht fertig, ihn zu verprügeln. Ein Glück, daß Sie hier sind, Richard.«

Tim legte sich auf den Rücken und streckte seine vier Pfoten in die Luft. Richard kratzte sich den Kopf.

»Man kann ihn nur bestrafen, wenn er auf frischer Tat ertappt wird, Peter«, meinte Paul.

Richard nickte.

»Da muß ich der Schwester Paul eigentlich recht geben.«

»Soll ich ihm vielleicht in jeden Hühnerstall nachkriechen?« fragte Peter ärgerlich.

»Das ginge wirklich nicht«, gab Richard zu.

»Ich weiß, wie wir ihn bestrafen können«, sagte Paul. »Wir werden ihm heute nach dem Mittagessen keine Apfelsine geben. Wir werden ihm seine Apfelsine zeigen und sie dann wieder fortnehmen. Wir könnten ihm vielleicht gleichzeitig ein Ei zeigen.«

Peter antwortete nicht. Paul vermied es, Tim anzusehen – der Hund fraß Apfelsinen für sein Leben gern. Richard bückte sich und klopfte dem begnadigten Verbrecher auf den Bauch. Tim stand auf, schüttelte sich und folgte den Gnädigen in die Küche zum Frühstück.

Zwei Stunden später wartete Richard, frisch rasiert, neben dem blitzblank geputzten Wagen und dem gestriegelten Esel Billy auf die beiden Nonnen. Nachdem der Spirituskocher, der Picknickkorb und die Badesachen im Wagen verstaut worden waren, nahmen Peter und Paul im Fond des Wagens Platz, Richard thronte erhaben auf dem Kutschbock, und Tim saß schwanzwedelnd und stolz neben ihm.

Richard schwang den Eschenholzstock, gab Billy einen leichten Schlag auf die Flanke und sagte: »Hüh!«

Billy bockte einen Augenblick, aber dann setzte er sich in Trab, und sie fuhren in flottem Tempo den Hügel hinunter.

Peter und Paul lächelten sich freundlich zu. Die Hauptstraße machte einen feiertäglichen Eindruck. Viele Ladentüren waren frisch gestrichen; unter den buntgestreiften Markisen promenierten die Bewohner des Städtchens und die Feriengäste. Die Frauen trugen helle Sommerkleider, die Sonne schien, das Meer schimmerte, und alle Gesichter waren fröhlich, alle waren entschlossen, den herrlichen Junitag zu genießen. Paul sah sich glückstrahlend um.

»Ist Gott nicht gut?« sagte sie.

In diesem Augenblick entschloß sich Billy, nicht weiterzugehen. In der Mitte der Hauptstraße legte er sich stocksteif auf das Straßenpflaster und streckte alle viere von sich. Tim begann zu bellen, Richard fluchte, und im Nu waren Wagen und Esel von einer neugierigen Menge umgeben.

»Nur keine Aufregung«, beruhigte Peter die Umstehenden.

»Das macht er oft«, erklärte Paul ein wenig nervös, »wir haben einen besonderen Stock dafür.«

Tim sprang aus dem Wagen, während viele hilfreiche Hände den Nonnen beim Aussteigen halfen.

»Wenn das Vieh eine Lenkstange zerbrochen hat, bringe ich es um«, sagte Richard wütend und stach mit dem scharfen Ende des für diesen Zweck bestimmten Stocks in Billys Flanke, während Tim bellend seine Hufe attackierte. Paul schloß die Augen. Dies war die einzige Art, Billy zum Aufstehen zu bringen, aber sie konnte den Anblick nicht ertragen. Als sie die Augen wieder öffnete, stand Billy auf den Füßen, verscheuchte die lästigen Fliegen mit dem Schwanz und wartete bescheiden darauf, daß Richard und die Nonnen wieder in den Wagen stiegen. Tim sprang bellend auf den Vordersitz, Richard ergriff die Zügel, und der Wagen setzte sich in Bewegung; die Umstehenden winkten freundlich, die Nonnen setzten sich bequem zurück, und Peter stellte fest, daß alles gut abgelaufen war.

Richard jedoch ließ den Eschenstock ärgerlich auf Billys Rücken niedersausen.

»Einen ungeeigneteren Platz hättest du dir wohl nicht aussuchen können«, schimpfte er. »Jetzt hast du's fertiggebracht, mich vor der ganzen Stadt lächerlich zu machen.«

»Unsinn, das hätte jedem passieren können«,

sagte Peter. Der Eschenstock sauste nochmals auf den Rücken des störrischen Esels nieder.

Während der folgenden Viertelstunde war nur das Klipp-Klapp von Billys Hufen auf der Küstenstraße zu hören. Peter und Paul hielten es für das beste, nichts mehr zu sagen, in der Hoffnung, daß Richard sich allmählich beruhigen würde. Leider war diese Spekulation falsch. Richard konnte seinen gerechten Zorn nicht mehr unterdrücken.

»Jedes Kind weiß, daß man einen Esel nicht verwöhnen darf, und das hab' ich Ihnen schon hundertmal gesagt. Und was geschieht?« Selbst Peter sah für einen Moment eingeschüchtert aus. »Was geschieht?« wiederholte Richard. »Ganz Ballykeen wird sich den Mund über mich zerreißen, weil ich nicht imstande bin, meine Nonnen in ihrem Eselswagen durch die Stadt zu fahren. Und warum? Weil Sie das bockige Vieh wie einen Schoßhund behandeln.«

Dieser Ausspruch schien ihm gutgetan zu haben. Er sah nicht mehr ganz so wütend aus, obwohl seine Stirn noch immer ärgerlich gerunzelt war, und erst als sie nach einer weiteren Viertelstunde am Strand von Tranacapall ankamen, schien er seinen Gleichmut wiedergefunden zu haben. Er brachte seine Nonnen samt ihren Badesachen, dem Picknickkorb und Tim zum einen Ende des kleinen Strandes; dann verschwanden er und Billy auf der anderen Seite hinter einem Felsen.

Es war ein idealer Tag für Tranacapall. Der kleine Strand war menschenleer, wie Peter und Paul es gehofft hatten, denn er war drei Meilen von dem großen Strand in Ballykeen entfernt, auf dem sich Hunderte von Feriengästen tummelten. Der Sand war weiß und warm, die sanften, blaugrünen Wellen plätscherten leise, und die beiden Nonnen freuten sich auf das erste Seebad des Jahres, während sie sich im Schutz ihrer riesigen Badetücher umkleideten.

Den jungen Nonnen war es heutzutage erlaubt, in modernen Badeanzügen zu schwimmen und, von einer würdigen alten Nonne begleitet, Sonnenbäder zu nehmen. Aber Peter und Paul waren weniger fortschrittlich. Ihre formlosen, altmodischen Badeanzüge waren am Hals und unterhalb der Knie gerüscht, und sie trugen große, ballonartige Badekappen. Nur die bösen, bernsteinfarbenen Augen der Möwen beobachteten die beiden Nonnen, wie sie Hand in Hand vorsichtig ins Wasser gingen, wie sie ihre Jahre vergaßen und lachend in den Wellen plätscherten und wie sie sich schließlich wieder in ihre gewaltigen Badetücher wickelten und ankleideten.

Als der Kessel auf dem Spirituskocher summte, sagte Paul versonnen: »Wie schön wäre es doch, wenn alle Menschen ewig glücklich wären.«

Pauls poetische Natur drohte manchmal mit ihrer Rechtgläubigkeit in Konflikt zu geraten, aber

Peter ließ es nicht zu weiteren ketzerischen Äußerungen kommen. Sie bat Paul kurz, etwas Brot zu schneiden.

Als der Tee fertig war, erschien Tim schwanzwedelnd und mit heraushängender Zunge. Er trank seine Milch und knabberte an einem Knochen; wirkliches Interesse zeigte er jedoch erst, als Paul mit zitternden Händen eine Apfelsine zu schälen begann. Er verfolgte jede ihrer Bewegungen und bellte vor Ungeduld. Paul warf Peter einen verzweifelten Blick zu, aber Peter starrte ungerührt hinaus aufs Meer. Schließlich nahm sie Paul die geschälte Frucht aus der Hand und hielt sie Tim unter die Nase.

»Hier! Böser Hund! Eierdieb! Keine Apfelsine!«

»Aber Peter, das kann er doch nicht begreifen«, sagte Paul kläglich.

»Ob er es begreift oder nicht, ist mir ganz egal – die Apfelsine bekommt er nicht«, und damit legte sie die Frucht auf einen kleinen Felsvorsprung.

Nachdem Tim eine Zeitlang gebellt und gebettelt und sich auf die Hinterpfoten gestellt hatte, begriff er plötzlich, daß er die Apfelsine nicht bekommen würde. Er warf sich mit einem Ausdruck tiefster Verzweiflung auf die Erde, streckte die Pfoten von sich und gab zu verstehen, daß er ein zu Unrecht vom Schicksal schwer verfolgter Hund sei.

»So, und jetzt werden wir Richard zum Essen rufen«, sagte Peter.

Sie blieben noch eine weitere Stunde am Strand in Tranacapall, und lange vor ihrem Aufbruch vergaß Tim seinen Kummer, buddelte emsig im Sand und ging noch einmal ins Wasser. Auch Richard schien die Schande des Morgens vergeben und vergessen zu haben, und selbst Paul begann wieder fröhlich dreinzublicken. Nur einmal wurde Peter um ein Haar ärgerlich – sie wollte Richard die geschälte Apfelsine anbieten und fand, daß sie sonderbarerweise von dem Felsvorsprung verschwunden war. Paul meinte, daß eine Möwe sie gestohlen haben mochte, und Peter ließ es nach kurzem Zögern dabei bewenden.

Die Heimfahrt verlief ohne weitere Zwischenfälle. Kurz vor der Einfahrt in die Stadt gelang es Richard, Billy zu einem flotten Trab zu bewegen, und die Passanten blickten bewundernd auf den schnell dahinrollenden Wagen und seinen forschen Kutscher. Als sie beim Armenhaus vorfuhren, sagte Richard großzügig: »Ende gut, alles gut.«

Als Peter und Paul am selben Abend nach der Andacht durch die Klosterhalle gingen, wurde ihnen mitgeteilt, daß die Äbtissin sie zu sprechen wünsche.

Pauls Gewand wogte über ihrem zitternden Körper wie die Blätter im Abendwind.

»Was kann es nur sein, Peter?«

»Gar nichts, wahrscheinlich will sie sich mit uns unterhalten.«

Paul stellte dankbar fest, daß Peter, wie stets, wenn Gefahr drohte, standhaft und stark wie eine Eiche war, und obwohl beide genau wußten, daß die Äbtissin nicht den Wunsch hatte, mit ihnen gemütlich zu plaudern, fügte Peter ermutigend hinzu: »Vielleicht möchte sie uns zum Abendbrot ins Kloster einladen.«

Im Augenblick, als sie das Büro betraten, wurden sie sich darüber klar, daß die Äbtissin keine gastfreundlichen Absichten hatte. Sie erwiderte ihren respektvollen Gruß und bat sie, Platz zu nehmen. Nun folgte ein peinliches Schweigen. Die Äbtissin runzelte die Stirn und betrachtete ihre gefalteten Hände, während Peter und Paul darauf warteten, daß sie endlich das Wort ergreifen werde. Das bedeutungsvolle Schweigen ließ Paul jedesmal aufs neue ungeduldig werden, und im allgemeinen durchbrach sie es, um den Klang einer Stimme zu hören, selbst wenn es nur die eigene war; aber dieses Mal gelang es Peter, sie mit einem warnenden Blick davon abzuhalten. Auch Peter konnte warten, und schließlich begann die Äbtissin zu sprechen.

»Ich habe Ihnen etwas mitzuteilen, das Sie, liebe Schwestern, persönlich betrifft.«

»Ich weiß, Mutter Rosario, ich weiß.« Jetzt gab

es für Paul kein Halten mehr. »Es handelt sich um unsern Esel, aber es war wirklich nicht so schlimm, und Richard war ja zur Stelle – er hat die Sache schnell wieder in Ordnung gebracht.«

Paul begann nervös zu lachen, Peter seufzte resigniert, und die Äbtissin schüttelte verächtlich den Kopf. »Nein, was ich Ihnen zu sagen habe, hat nichts mit dem peinlichen Zwischenfall zu tun, von dem mir berichtet wurde.«

»Ende gut, alles gut«, sagte Peter, um Paul mit Richards Ausspruch ein wenig zu ermutigen.

»Allerdings.« Ein unheimlich sanftes Lächeln breitete sich über das Gesicht der Äbtissin. Paul zitterte, und selbst Peter wurde unruhig. »Ich hoffe, daß meine Mitteilung Sie nicht zu sehr überraschen wird, liebe Schwestern.« Das Lächeln verschwand, und Mutter Rosario fuhr mit ernster Miene fort: »Wir alle wissen, daß die Zeiten schwer sind, und natürlich muß sich auch der Orden der Gnadenreichen Mutter nach der Decke strecken. Unser Mutterhaus in Dublin hat mir nun mitgeteilt, daß der Orden es sich nicht mehr leisten kann, zwei Häuser in Ballykeen zu unterhalten.«

Wieder lächelte sie, bevor sie sich noch einmal in die Betrachtung ihrer Hände vertiefte. Paul blickte verzweifelt auf Peter und sah zu ihrem Erschrekken, daß Peter bleich und in sich zusammengesunken war, daß sie plötzlich verloren, unsicher und alt wirkte. Jedoch ihre Stimme war unverändert.

»Bedeutet das, daß der Orden dem Armenhaus seine finanzielle Unterstützung entzieht, Mutter Rosario?«

»Ja.«

»Wir verbrauchen nur sehr wenig, Mutter Rosario.«

»Es ist mir bekannt, daß Sie immer sehr sparsam gewirtschaftet haben, Schwester Peter, aber im Augenblick müssen wir leider mit jedem Penny rechnen. Wir sind dabei, eine zweite Kapelle in Dublin zu erbauen, die wir hoffen, der seligen Mutter Assumpta weihen zu können, wenn Seine Heiligkeit der Papst gewillt ist, sie heiligzusprechen. Hier in Ballykeen haben wir sofort nach Anfang der Sommerferien die Klosterschule zu renovieren. Da unser Orden, wie Sie wissen, nicht reich ist, fällt es uns schwer, diese beiden Projekte zu finanzieren.«

Die lange Rede der Äbtissin hatte Paul den Atem verschlagen, während Peter ihre Hände so fest faltete, daß die Knöchel weiß wurden.

»Wir könnten noch viel sparsamer wirtschaften, Mutter Rosario.«

Die Äbtissin lachte leise.

»Nein, nein. Wir werden Sie doch nicht hungern lassen – oder gar die arme Sarah. Aber Sie dürfen nicht vergessen, daß auch Kohle, Elektrizität und vieles andere zu bezahlen ist. Diese Dinge summieren sich ganz erstaunlich.«

Paul bemerkte, daß Peter, wie um neue Kraft zu schöpfen, starr auf das Porträt der seligen Mutter Assumpta blickte. Die Äbtissin, die es ebenfalls bemerkte und Peters Blick richtig auslegte, kam ihr zuvor, ehe sie ihre Trumpfkarte ausspielen konnte. »Die Lage wäre natürlich eine ganz andere, wenn die selige Mutter Assumpta dem Armenhaus eine Stiftung hinterlassen hätte. Wie die Dinge nun einmal liegen, brauchen Sie sich jedoch keine Vorwürfe zu machen, denn Sie haben Mutter Assumptas Wünsche weitgehend ausgeführt. Wir alle haben versucht, Ihnen dabei, so lange wie irgend möglich, zu helfen.« Wieder machte sie eine ihrer bedeutsamen Pausen. Peter fixierte die Äbtissin, die ihren Blick standhaft erwiderte.

»Ich bin davon überzeugt, liebe Schwestern, daß Ballykeen, das stolz auf unsere heilige Gründerin ist, verstehen wird, weshalb Sie das Armenhaus verlassen müssen, ganz besonders, da unsere pekuniären Schwierigkeiten darauf zurückzuführen sind, daß wir zu Ehren unserer seligen Mutter Assumpta eine Kapelle erbauen wollen.« Die Äbtissin stand auf; auch Peter und Paul erhoben sich wortlos. »Sie werden bei uns weiterhin für Sarah sorgen können, und es wird unsere Aufgabe sein, für Sie, meine lieben Schwestern, zu sorgen. Sie sind nicht mehr die Jüngsten. Sie haben ein arbeitsreiches Leben geführt, und Sie verdienen Ruhe und Frieden. Wir alle werden unser Bestes tun, um Ihren Lebensabend im Kloster so angenehm wie möglich zu gestalten.«

»Vielen Dank, Mutter Rosario«, sagte Peter bedrückt. »Ich darf wohl annehmen, daß wir im Armenhaus bleiben dürfen, bis unsere Barmittel erschöpft sind?«

»Wenn Sie es wünschen – selbstverständlich.«

»Wir haben noch für zwei bis drei Wochen zu leben. Während dieser Zeit müssen wir verschiedene Dinge regeln, vor allem müssen wir versuchen, unseren Hund –«

Paul gab einen merkwürdigen Ton von sich – es klang fast wie ein Schluchzen.

»Bitte bringen Sie Ihren Hund mit«, fügte die Äbtissin rasch hinzu.

Als Tim den Armenhaushügel heruntersauste, um die beiden Nonnen freudig zu begrüßen, begann Paul erneut zu schluchzen. Der arme Tim war leider so denkbar ungeeignet für das ruhige Klosterleben.

Als sie zum Torbogen des Armenhauses kamen, sagte Paul mit vor Rührung zitternder Stimme: »Die Pforte zum Himmelreich!«

Peter hatte auf dem Nachhauseweg kaum ein Wort gesprochen, und Paul hatte ihr Schweigen respektiert, bis sie bemerkte, daß Peter nicht mehr verzweifelt, sondern nur noch ärgerlich aussah und daß ihre rosige Gesichtsfarbe zurückgekehrt war.

Als sie in scharfem Ton erwiderte, daß jetzt nicht die Zeit für poetische Betrachtungen sei, sondern daß man lieber darüber nachdenken solle, ob vielleicht doch noch etwas zu retten sei, begann Pauls Herz höher zu schlagen.

»Glaubst du wirklich, daß es noch einen Sinn hat, weiter nachzudenken?«

Beide Nonnen ließen die großen Perlen ihres Rosenkranzes so oft durch ihre Finger gleiten, bis diese wehtaten, während sie die selige Mutter Assumpta inbrünstig um Hilfe in ihrer Not anflehten.

»Nachdenken kann bestimmt nichts schaden«, sagte Peter schließlich, »und Gott hilft denen, die sich selbst helfen. Du kannst dich darauf verlassen, daß die selige Mutter Assumpta seinem Beispiel folgen wird.«

Viertes Kapitel

Beim Sonntagsfrühstück im »Gartenhaus« saßen Mr. und Mrs. Joyce und ihre Wochenendgäste in Morgenröcken, Zigaretten rauchend, am Tisch und tranken zahllose Tassen Tee und Kaffee. Jane verabscheute diese Mißachtung des geheiligten Feiertags. Sie selbst frühstückte, wie es in Ballykeen üblich war, nach der Frühmesse, an einer Ecke des Küchentisches.

Die Küche war ihr Lieblingsraum. Sie war nicht im spartanisch modernistischen Stil der anderen Zimmer eingerichtet, denn obwohl Mrs. Joyce sich eine Zeitlang für offene Torffeuer und Bratspieße begeistert hatte, wußte sie, daß sie niemals ein Mädchen bekommen würde, wenn sie ihre Ideen in die Tat umsetzte. So war die Küche mit geblümtem Linoleum ausgelegt, an den Fenstern hingen rosa Vorhänge, auf dem Küchenbüfett prangten zwei blaue Woolworth-Vasen, an der Wand hing ein Kalender, auf dem ein Kätzchen mit einem Wollball spielte, und es gab einen knarrenden Schaukelstuhl und einen elektrischen Herd. Unsere Küche ist richtig gemütlich, dachte Jane, und wir müßten eine gemütliche alte Köchin darin haben, die mich mit selbstgebackenem Kuchen verwöhnt – aber leider haben wir nur unsere Margaret.

Jane beobachtete Margaret nachdenklich, während sie ihr gekochtes Ei schälte.

»Hast du mich jetzt lange genug angestarrt?« fragte Margaret unfreundlich.

»Ja«, erwiderte Jane.

»Komm du mir nur nicht frech! Glaubst du, ich lass' mir alles von dir gefallen?«

Jane kaute schweigend. Margaret wusch geräuschvoll ab und zerbrach dabei eine Tasse. Am Sonntag war sie immer ganz besonders schlecht gelaunt, und Jane wußte, warum. Margaret mochte lügen und stehlen, sie mochte eine schlechte Köchin sein, ihr Betragen mochte darauf hindeuten, daß sie keine Jungfrau mehr war, aber sie verübelte es ihren Herrschaften, daß sie Atheisten waren, und diese Tatsache kam ihr jeden Sonntag aufs neue zum Bewußtsein.

»Von Rechts wegen sollte ich gar nicht hierbleiben«, sagte sie und warf die Scherben in den Mülleimer. »Das ist kein Haus für ein anständiges katholisches Mädchen. Schlimmer als die Heiden – aber ich spreche natürlich nur von deinen Eltern, das richtet sich nicht gegen dich.« Freundlich fügte sie hinzu: »Du bist ein liebes Kind.« Sie tat drei Löffel Zucker in ihre Teetasse. »Aber ich werde ja sowieso nicht mehr lange hiersein.«

»Nein, warum nicht?« fragte Jane. »Wollen Sie vielleicht auch nach England?«

Margaret nickte mit wichtiger Miene. Jane wußte, daß viele irische Dienstmädchen nach England fuhren, wo sie von den englischen Hausfrauen mit offenen Armen empfangen wurden.

»In Ballykeen ist doch nichts los«, bemerkte Margaret, während sie heftig in ihrer Teetasse rührte. »Allerdings hab' ich gerade gestern abend beim Tanzen einen reizenden Herrn kennengelernt.« Sie beugte sich mit vertraulicher Miene vor. »Ein richtig feiner Herr! Hat gleich gefragt, ob er mich nach Hause bringen darf.« Sie kicherte. »Schnelle Arbeit! Aber was er wollte, hat er nicht bekommen.«

»Was wollte er denn?« fragte Jane geistesabwesend.

»Das verstehst du vorläufig noch nicht – aber du wirst schon bald Bescheid wissen.«

Jane wußte bereits Bescheid. Ihre Mutter hatte ihr mehrere wissenschaftliche Broschüren in die Hand gedrückt und ihr außerdem mündlich alles zur Aufklärung eines modernen Kindes Wesentliche mitgeteilt. Jane hielt die ganze Angelegenheit für langweilig und unbequem. Sie hoffte, daß sich ihre Einstellung später ändern werde, denn sie wollte einen Mann und viele Kinder haben. Da sie Margarets Gefühle am heiligen Sonntag nicht mehr als unbedingt nötig verletzen wollte, erkundigte sie sich liebenswürdig: »Hat ihm Ihr neues Kleid gefallen?«

»Das neue blaue? Ja – und dazu habe ich die –« Margaret unterbrach sich schnell. Sie hatte die rote

Korallenkette von Mrs. Joyce zu dem neuen blauen Kleid getragen, und Jane wußte es. »Ich meine, ich habe den weißen Spitzenkragen umgelegt, und er hat mich für sehr fein gehalten.«

Jane lächelte freundlich, obwohl sie froh gewesen wäre, wenn Margaret endlich, anstatt zu reden, weitergearbeitet hätte, weil sie es vorzog, ihr Sonntagsei in Ruhe zu essen.

Jetzt rauschte Mrs. Joyce in ihrem grauen Morgenrock in die Küche und schwenkte eine leere Kaffeekanne.

»Könnten wir wohl noch etwas Kaffee haben, Margaret?«

Margaret trank erst noch einen Schluck Tee, bevor sie wortlos aufstand und Mrs. Joyce die Kaffeekanne aus der Hand nahm.

»Dann wollte ich nur fragen, ob wir um ein Uhr zu Mittag essen können«, erkundigte sich Mrs. Joyce zögernd.

»Wie kann man denn so früh Mittagessen kochen, wenn noch so spät gefrühstückt wird?« sagte Margaret patzig.

»Ich wollte ja lediglich etwas Kaffee. Hetzen Sie sich nicht ab, versuchen Sie nur, daß es nicht zu spät wird. Vielleicht könnten Sie eine Petersiliensauce machen, Margaret? Ich weiß, wie gut sie Ihnen immer gelingt.«

»Petersilie haben wir nicht«, erwiderte Margaret brummig.

»Aber ich habe Sie doch gebeten...«

»Ich kann ja nicht an alles denken, schließlich hab' ich auch nur zwei Hände.«

»Also, dann machen Sie eben eine gewöhnliche braune Sauce zu dem Hammelfleisch«, sagte Mrs. Joyce. »Willst du uns bitte den Kaffee bringen, wenn er fertig ist, J.J.?«

Mrs. Joyce verzog sich schnell aus der Küche.

Als Jane etwas später mit der Kaffeekanne im Wohnzimmer erschien, unterhielten sich ihre Eltern mit ihren Gästen, Brenda und Hillary Farrell. Jane fand, daß alle müde und ungewaschen aussahen. Mrs. Joyce war gerade dabei, Margaret auf humorvolle Art zu beschreiben.

»Ich habe eine Heidenangst vor ihr«, gestand sie.

»Einem Mädchen wie Margaret muß man wahrscheinlich Befehle geben, anstatt sie freundlich zu bitten«, erklärte Jane.

»Du kleiner Tory«, sagte Brenda.

»Ich bin im Grunde genommen ganz uninteressiert an Politik«, erwiderte Jane und füllte die Kaffeetassen. »Dagegen beschäftige ich mich gern mit ökonomischen und sozialen Fragen und in diesem Zusammenhang auch mit Margaret.« Brenda sah Jane erstaunt an. »Du hast mir doch selbst einmal erklärt, daß man sogar das Ausgeben des Taschengeldes vom ökonomischen Standpunkt aus betrachten muß, Brenda«, fuhr Jane eifrig fort. »Da wir Margaret dafür bezahlen, unsere Hausarbeit zu verrichten, brauchen wir sie wirklich nicht darum zu bitten, ihre Pflicht zu erfüllen.«

Brenda blickte lächelnd zu Janes Eltern.

»Ein vielversprechendes Kind, das logisch denken kann!«

Mr. und Mrs. Joyce lächelten ebenfalls.

»Ja, wir sind stolz auf J.J.«, sagte Mrs. Joyce.

»Zucker, Mutti?«

»Mußt du mich Mutti nennen, J.J.?«

Jane schwieg.

»Früher hat sie euch doch, wenn ich mich recht erinnere, immer Fred und Alice genannt?« fragte Hillary.

»Ja, aber jetzt geht sie in die Klosterschule.«

»In die Klosterschule – aber Alice!« riefen Brenda und Hillary wie aus einem Mund. »Ist es nicht ein Fehler, das Kind –«

»Ich gehe sehr gern in diese Schule«, warf Jane schnell dazwischen.

»Wir halten es für falsch, unser einziges Kind zu Hause zu erziehen; es braucht die Gesellschaft anderer junger Menschen. Natürlich ist Jane nicht im Internat.«

»Wir benutzen das Wochenende, um etwaige gefährliche Ideen im Keim zu ersticken«, erklärte Mr. Joyce.

»Ich halte die Klosterschule für äußerst gefährlich«, sagte Brenda mit Nachdruck. »Eine klare, logische Denkweise ist etwas sehr Seltenes; man muß unbedingt dafür sorgen, daß das junge Gehirn nicht vorzeitig mit falschen Ideen verseucht wird. Hillary und ich haben gerade neulich von einer fortschrittlichen Schule gehört, nicht wahr, Hillary?«

»Ja, in der Nähe von Takeley ist eine Koedukationsschule eröffnet worden, die ausgezeichnet ist, natürlich konfessionslos. Der Erzbischof soll es bereits als eine Todsünde erklärt haben, Kinder in diese Schule zu schicken.«

Alle lachten, dann sagte Brenda: »Einen Augenblick, Hillary. Pas devant les enfants, wenn ich bitten darf.«

Jane, deren Französisch ausgezeichnet war, gab höflicherweise vor, nichts verstanden zu haben. In dem darauffolgenden Schweigen hörte man ein leises Scharren an der Tür. Jane öffnete und ließ Pompey herein.

Der Kater betrat das Zimmer mit vorsichtigen Schritten. Seine Nase und sein buschiger Schwanz zuckten. Er war offensichtlich nur gekommen, um festzustellen, ob der Besuch noch da sei. Er musterte die Anwesenden verächtlich, stieß einen unmelodischen Schrei aus, drehte sich um und verließ den Raum. Jane folgte ihm.

Der Rest dieses Tages war höchst unerfreulich. Jane und Pompey hielten sich so lange wie möglich draußen auf, aber sie mußten ja essen, und beide hatten einen hervorragenden Appetit. Margarets

Laune wurde stündlich schlechter, weil der Besuch naturgemäß mehr Arbeit verursachte; sie verbot Jane und Pompey, ihre Küche zu betreten.

Die Bratensauce war klumpig, die Schoten waren fast roh, und die Unterhaltung beim Mittagessen drehte sich wieder um die Schule in der Nähe von Takeley. Jane und Pompey hörten zu, ohne selbst an der Unterhaltung teilzunehmen, aber nach dem Essen erklärte Jane dem treuen Pompey, was es mit dieser Schule für eine Bewandtnis habe – schon deshalb, um sich selbst darüber klarzuwerden. Die Kost sei hauptsächlich vegetarisch, sagte sie, und Pompey schüttelte entsetzt den Kopf. Winter und Sommer könne man in einem geheizten Schwimmbad schwimmen und anderen Sport treiben, wenn man Lust dazu habe – wenn nicht, werde man keineswegs dazu gezwungen. Auch zur Arbeit würden die Kinder nicht gezwungen, weil sie zu freien Menschen erzogen werden sollten. Alle Lehrer seien Professoren oder hätten zum mindesten einen Doktortitel; einer sei ein Neger. Es sei das Bestreben dieser Schule, kultivierte, tolerante und fortschrittliche Menschen aus ihren Schülern und Schülerinnen zu machen, nicht alle über einen Kamm zu scheren, sie zu Individualisten zu erziehen – »und das sind Leute, die überall aus dem Rahmen fallen und nirgendwo hinpassen«, schloß Jane seufzend.

Auch Pompey seufzte, legte seine Pfote zweimal

mitfühlend auf Janes Backe und ging dann schimpfend und knurrend im Garten spazieren.

Beim Abendbrot war pas devant les enfants vergessen, die Reformschule wurde in allen Einzelheiten erörtert, und die Erwachsenen versicherten Jane, daß sie dort sehr glücklich sein werde. Jane hörte sich das eine Zeitlang an, dann erklärte sie, daß sie lieber in ihrer Klosterschule bleiben wolle.

»Ich glaube, ich weiß, warum du nicht in diese Schule gehen willst, J.J.«, sagte ihre Mutter plötzlich. »Auch uns wird es schwerfallen, dich am Wochenende nicht bei uns haben zu können, aber Fred und ich werden dich so oft wie möglich dort besuchen.«

Mr. Joyce lächelte liebevoll.

Jane gab sich Mühe, die Gefühle ihrer Eltern nicht zu verletzen, aber jetzt konnte sie nicht länger mit der Wahrheit zurückhalten. Sie sagte, daß ihr nichts daran liege, am Wochenende nach Hause zu kommen. Sie habe nur einen Wunsch: in der Klosterschule zu bleiben und dort, wie ihre Mitschülerinnen, im Internat zu sein.

»Der Einfluß macht sich bereits bemerkbar«, stellte Hillary bedeutsam fest, und alle nickten zustimmend.

Mrs. Joyce verkündete, sie werde nach Takeley fahren, um mit dem Direktor der Schule über das Herbstsemester zu sprechen. Brenda, die ihn persönlich kannte, versprach, ihm inzwischen von

Jane zu erzählen, die genau der richtige Typ für seine Schule sei. »Ein hochbegabtes Kind wie Jane hat nur dort die Möglichkeit, sich frei zu entwikkeln«, endete Brenda im Flüsterton.

Nach dem Abendessen machten sich die vier Erwachsenen auf den Weg zum Kurhotel. Jane wußte, daß sie am Abend zuvor in einer kleinen Kneipe kameradschaftlich mit urwüchsigen, unverdorbenen Vertretern der arbeitenden Klasse getrunken hatten und daß sie sich heute abend im Kurhotel auf Kosten des nichtsahnenden Mittelstandes amüsieren wollten. Jane atmete erleichtert auf, als Brenda und Hillary, Fred und Alice die Gartentür hinter sich zuschlugen.

Wenige Minuten später verließ auch Margaret in einem roten Taftkleid das Haus, obwohl sie keinen Ausgang hatte, weil Jane abends nicht allein bleiben sollte. Aber wann immer Mr. und Mrs. Joyce ausgingen, ging auch Margaret fort. Meistens gab sie Jane eine Tafel Schokolade oder Bonbons zur Belohnung dafür, daß sie ein so gutes, vernünftiges Kind war und sie nicht verpetzte. Jane nahm die unnötige Bestechung nur freundlich an, um Margarets Gewissen zu erleichtern. Sie war überglücklich, mit Pompey allein im Haus zu bleiben.

Aber an diesem Abend waren beide zu nervös und unglücklich, um ihre friedliche Zweisamkeit genießen zu können. Pompeys Schnurrbart zitterte, und Jane hatte Kopfweh. Beide brauchten dringend eine Abwechslung.

Jane nahm Pompeys neue Leine aus einer Schublade, befestigte sie an seinem eleganten hellblauen – zu seinen Augen passenden – Halsband, und dann machten sie sich auf den Weg zum Armenhaus.

Vom »Gartenhaus« aus gesehen wirkte das Armenhaus sehr groß; innerhalb des Torbogens wirkte es überwältigend. Hohe graue Mauern reckten sich drohend gen Himmel, und der Hof lag im Schatten. Unzählige kleine Fenster, mit und ohne Glas, starrten unfreundlich auf Jane und Pompey. Durch die glaslosen Fenster der oberen Stockwerke flogen Schwalben ein und aus; in diesem düsteren Gebäude wirkten sie nicht wie Vögel, sondern glichen Fledermäusen. Es gab viele Türen, von denen die Farbe abblätterte und die finster und verschlossen aussahen.

Unheimlich! Jane blickte Pompey von der Seite an, aber er machte einen ruhigen Eindruck. Plötzlich gähnte er, dann streckte er sich und schritt mit sicherem Instinkt auf eine Tür zu, die an beiden Seiten von Fenstern mit Vorhängen flankiert war.

Eine kleine rundliche Laienschwester öffnete die Tür. Sie war sehr nett und freundlich, schien jedoch erstaunt zu sein, Jane und Pompey zu sehen. Jane erklärte, daß sie Sarah Slaney besuchen wollten, das sei doch wohl erlaubt? Die Laienschwester meinte, es sei eigentlich schon ein bißchen spät, aber sie bat Jane hereinzukommen. »Sei bitte vorsichtig mit der Katze«, sagte sie.

Zwei andere Nonnen standen von ihren Stühlen auf, um Jane zu begrüßen. Jane wußte natürlich, daß sie Schwester Peter und Schwester Paul waren. Jetzt begriff sie auch, warum die Laienschwester sie gebeten hatte, auf ihre Katze aufzupassen, denn ein kleiner weißer Hund, der auf einem Lehnstuhl geschlafen hatte, wachte auf, sprang vom Stuhl, fletschte die Zähne und ging steifbeinig auf Pompey zu. Die große schlanke Nonne hielt den Atem an, aber Pompey stand unbeweglich und starrte den Hund unverwandt an, bis er an ihm vorbei zur Tür gegangen war. Dort kehrte der Hund um und trottete langsam und bedächtig zu seinem Stuhl zurück, als habe er Pompeys Anwesenheit gar nicht bemerkt. Er sprang hinauf und war bald darauf wieder fest eingeschlafen.

Die große Nonne seufzte erleichtert.

»So ein kluges Kätzchen! Tim versucht sie sonst mit Knurren und wilden Blicken zu erschrecken. Wenn sie fortlaufen, läuft er hinterher, aber wenn sie stillstehen, greift er nicht an, sondern gibt vor, sie nicht gesehen zu haben.«

Jane nickte.

»Um sich nichts zu vergeben.« Sie bückte sich und machte Pompeys Leine los. »Unser Pompey ist ein mutiges Tier, er schlägt jeden Hund in die Flucht – Schäferhunde ausgenommen.«

»Unser Tim hat gestern erst einen Schäferhund verjagt. Mit Hunden hat er eine ganz andere Methode; er legt sich flach auf den Bauch und kriecht mit langsamen, schlangenartigen Bewegungen auf sie zu, so daß sie glauben, er plane etwas Furchtbares«, sagte die große Nonne. »Glücklicherweise – denn unser Tim ist ja ein sehr kleiner Hund – reißen sie dann meistens vor ihm aus.«

Die kleine untersetzte Nonne räusperte sich.

»Der Schäferhund ist nicht vor Tim geflohen, Paul.«

»Jedenfalls ist er Tim ausgewichen«, erwiderte Schwester Paul.

Pompey streckte seine Hinterpfoten und sprang nach kurzer Überlegung auf einen Lehnsessel, rollte sich zusammen, schnurrte zufrieden und schlief ein. Jane sah, daß nun nur noch ein Lehnstuhl frei war. Sie zögerte und blickte unschlüssig auf den schlafenden Pompey.

»Laß ihn nur ruhig auf dem Sessel schlafen, Kind«, sagte Schwester Peter freundlich. »Unser Tim besteht auch immer darauf, auf einem bequemen Sessel zu liegen.«

»Ein geradlehniger Stuhl ist außerdem viel besser für den Rücken«, setzte Schwester Paul hinzu und ging auf einen einfachen Holzstuhl zu.

Nachdem alle Platz genommen hatten, begann

Schwester Paul: »Wir haben schon viel von dir gehört, Jane, und auch von deinen hervorragenden Schulaufsätzen.«

Jane gab zögernd zu, daß Aufsatzschreiben ihre starke Seite sei.

Schwester Paul blickte verschämt auf ihre knochigen Finger.

»Ich schreibe manchmal Gedichte – allerdings keine sehr guten.«

Jane war sehr enttäuscht. Selbst hier im Armenhaus stieß sie also auf künstlerische Betätigung. Sie machte ein so unglückliches Gesicht, daß Paul leicht erstaunt fragte: »Machst du dir nichts aus Gedichten, Jane?«

»Doch, das schon ...« Jane sah die beiden Nonnen nachdenklich an. Sie kannte sie zwar erst seit zehn Minuten, trotzdem hatte sie das Gefühl, offen mit ihnen reden zu können. »... ich liebe Poesie und Prosa und Musik und Malerei, aber ich mag die Leute nicht, die sich damit beschäftigen – wenigstens nicht diejenigen, die ich kenne. Ich hab' einfache Menschen lieber.«

»Ich bin ganz schlicht und einfach«, versicherte Schwester Paul, »aber du selbst bist sicherlich außergewöhnlich begabt.«

»Ich will aber nicht außergewöhnlich sein«, erwiderte Jane verzweifelt. »Ich will genauso sein wie alle anderen Kinder. Warum läßt man mich nicht?«

»Ich weiß, was du meinst – du willst, daß man dich in Ruhe läßt. Aber glaube mir, Kind, das ist niemals leicht zu erreichen, und in deinem Alter auch kaum zu erwarten«, sagte Schwester Peter freundlich.

Sie war so lieb und vernünftig, so verständnisvoll! Jane dachte an die Unterhaltung über die Reformschule, und Tränen traten ihr in die Augen.

Aber sie nahm sich zusammen, als Schwester Paul sagte: »So, und jetzt werden wir Borgia bitten, dir ein Glas Milch zu bringen und ein Stück von Sarah Slaneys Geburtstagskuchen.«

»Bitte entschuldigen Sie, daß ich noch so spät zu Ihnen gekommen bin, ich habe ganz vergessen, daß Nonnen früh ins Bett gehen. Ich habe heute einen sehr unangenehmen Tag gehabt, und ich sehnte mich nach einer Abwechslung«, erklärte Jane.

»Wir haben auch große Sorgen, und wir freuen uns, daß du hergekommen bist und uns auf andere Gedanken gebracht hast«, erwiderte Schwester Paul.

»Mich wollen sie nämlich gegen meinen Willen fortschicken«, berichtete Jane.

»Sonderbar, uns geht es ganz genauso«, sagte Schwester Peter grimmig, als habe sie die Absicht, dagegen anzukämpfen. Ihr Ton ermutigte Jane, und sie beschloß, ebenfalls zu kämpfen.

»Bete heute nacht für uns, Jane!« Schwester

Pauls ängstliche Stimme machte sie wieder unsicher.

»Ich fürchte, das würde nicht viel nützen«, entgegnete Jane verzagt. »Ich gehe zwar regelmäßig in die Kirche, aber ich habe leider viele Zweifel. Ich wünschte, ich könnte an Gott glauben – so wie alle anderen.«

Die beiden Nonnen sahen Jane erstaunt und mitleidig an.

»Du kannst auf jeden Fall für uns beten«, sagte Schwester Peter nach einer kurzen Pause. »Es mag helfen, und es kann keinesfalls schaden.«

Jane sagte erleichtert, daß sie den Vorschlag für sehr vernünftig halte.

»Er ist bestimmt vernünftig«, erwiderte Schwester Peter, »und jetzt werden wir Sarah einen Besuch abstatten.«

Jane fand Sarah riesig interessant, obwohl ihr Hals und ihre Augen sie an die einer Schildkröte erinnerten. Sarah dagegen fand weder an Jane noch an Pompey Gefallen. Sie sagte, Pompey sehe wie eine große gelbe Ratte aus. Jane erklärte, daß er eine siamesische Katze sei.

»Diese ausländischen Tiere können mir gestohlen bleiben«, fauchte Sarah patriotisch. Dann beklagte sie sich, daß man einer alten Frau noch am späten Abend Kinder auf den Hals hetze. Wenn Peter und Paul zehn oder elf Kinder gehabt hätten, würden sie ihr so etwas nicht antun.

Schwester Paul erklärte entrüstet, daß Jane ein sehr liebes und intelligentes Mädchen sei.

»Das ist wenigstens ein Glück, denn schön ist sie nicht«, stellte Sarah bösartig fest.

Jane fühlte, daß Pompey auf ihrem Arm vor Wut zitterte, und sie war froh, daß der Besuch jetzt seinem Ende entgegenging, obwohl er im ganzen eine angenehme und anregende Abwechslung gewesen war.

Selbst der von düsteren Mauern umrahmte Hof und die unruhig hin- und herflatternden Schwalben waren nicht mehr unheimlich, weil Schwester Peter und Schwester Paul neben ihr standen. Sie baten Jane, sie doch bald wieder zu besuchen, sie sei ihnen jederzeit willkommen. Jane bedankte sich und machte sich nachdenklich, von dem ebenfalls in Gedanken verlorenen Pompey begleitet, auf den Heimweg.

Fünftes Kapitel

Miß Byrnes Ankunft versprach den Sommer für Mrs. Murphy und Mrs. O'Donnell angenehm und abwechslungsreich zu gestalten, ja, ihre Anwesenheit schien die Atmosphäre im ganzen Damenstift verändert zu haben. Die verkrüppelte alte Dame bewegte sich etwas schneller, die Kurzsichtige sah besser, und selbst die langweiligsten der Gäste wurden ein wenig munterer. Mrs. Murphy und Mrs. O'Donnell, die stolz auf ihre neue Freundin waren, machten mit ihr in ganz Ballykeen Besuche, und sie waren beglückt über ihren gesellschaftlichen Erfolg. Es zeigte sich deutlich, daß Miß Byrne nicht nur an vornehme Gesellschaft, sondern auch an vornehme Hotels gewöhnt war, denn selbst das teure Kurhotel schien sie nicht zu beeindrucken.

Am Wochenende kamen Major Magner und Mr. Medlicott im Kurhotel an, um die alljährliche Kur für die Auffrischung ihrer Leber zu beginnen, und die Damen Murphy und O'Donnell beeilten sich, ihre neue Freundin mit ihren alten Verehrern bekannt zu machen. Die beiden alten Herren waren Junggesellen geblieben, höchstwahrscheinlich nur deshalb, weil Mrs. Murphy und Mrs. O'Donnell statt ihrer ihre verstorbenen Ehemänner geheiratet hatten. Obwohl sich ihr unschuldiges Interesse an Frauen während der letzten Jahre nur auf erstaunlich junge Damen konzentriert hatte, stellten Mrs. Murphy und Mrs. O'Donnell befriedigt fest, daß Miß Byrne einen großen Eindruck auf die beiden Herren machte. Bei ihrem zweiten Besuch sah Major Magner noch eleganter und schmucker als sonst aus, und Mr. Medlicott zwirbelte seinen Schnurrbart unablässig.

»Charmante Person«, flüsterte er Mrs. O'Donnell zu. »Noch immer sehr reizvoll.«

»Muß ein verflucht hübsches Mädchen gewesen sein«, sagte Major Magner leise zu Mrs. Murphy. »Großartige Figur – noch immer sehr reizvoll.«

Am Sonntag abend lud Major Magner die drei Damen ins Hotel ein. Während des Essens wetteiferten beide Herren, Miß Byrne Aufmerksamkeiten zu erweisen. Mrs. Murphy und Mrs. O'Donnell fanden ihr Benehmen ziemlich übertrieben, aber in diesem Alter wurden Männer eben oft ein bißchen kindisch. Sie waren jedoch keineswegs eifersüchtig, sondern bewunderten Miß Byrnes gewandte Art, mit Herren umzugehen; auch fühlten sie selbst sich fast wieder in ihre Jugend zurückversetzt, weil die Herren von ihrer Altersgenossin so sichtlich beeindruckt waren.

»Ich wünschte, ich hätte das große Vergnügen gehabt, Sie auf der Bühne bewundern zu dürfen«, sagte der Major schneidig.

Miß Byrne lachte heiser.

»Jedenfalls hätten Sie viel zu sehen bekommen.«

Mrs. Murphy und Mrs. O'Donnell blickten erstaunt auf, aber da sie bereits zwei Gläser Sekt getrunken hatten, entschlossen sie sich, herzlich zu lachen.

»Bestimmt nicht zuviel«, meinte Mr. Medlicott.

Jetzt hielt es Mrs. Murphy doch für angebracht, in die Unterhaltung einzugreifen. »Sind Sie in einer Revue aufgetreten, Miß Byrne?« fragte sie gewandt und damenhaft.

»Ja, es war eine Art Revue«, antwortete Miß Byrne. »Aber bitte, nennen Sie mich doch Bessie, ja? Ich bin nicht daran gewöhnt, Miß Byrne genannt zu werden, es gibt mir das Gefühl, uralt zu sein.«

»Sie werden niemals uralt sein«, widersprach Mr. Medlicott galant.

»Schon möglich, mit meinem schwachen Herzen. Immerhin werde ich mir die größte Mühe geben, ein hohes Alter zu erreichen«, erwiderte Bessie.

Mr. Medlicott sah besorgt aus, und Mrs. O'Donnell sagte schnell: »Aber im Augenblick geht es Ihnen doch gut, nicht wahr... Bessie?«

»Zu gut; wenn es mir zu gut geht, rede ich zuviel. Bitte unterbrechen Sie mich, wenn es Ihnen auf die Nerven geht.«

»Im Gegenteil«, versicherte Mrs. O'Donnell,

»wir sind froh, endlich einmal einem unterhaltsamen Menschen begegnet zu sein.«

Bessie sah die beiden Damen nachdenklich an.

»Sie sind ganz anders, als ich erwartet hatte«, meinte sie erstaunt. »Ganz anders – und ich hab' Sie sehr gern.«

Mrs. O'Donnell und Mrs. Murphy lächelten sich glücklich zu.

Der Major, der mit der englischen Armee – nicht etwa mit der irischen – die ganze Welt gesehen hatte, begann eine lange und ziemlich sinnlose Anekdote über Zypern zu erzählen. Dabei stellte es sich heraus, daß Bessie Zypern kannte, und nicht nur Zypern, sondern auch Monte Carlo, die französische und die italienische Riviera und wahrscheinlich noch viele andere Orte, die sie nicht erwähnte. Wieder blickten sich Mrs. Murphy und Mrs. O'Donnell glückstrahlend an. Diese weitgereiste Dame von Welt war ihre Freundin, ihre Vertraute! Mit vor Glück und Sekt geröteten Wangen verließen sie und Bessie um zehn Uhr das Hotel, ohne sich die Mühe zu nehmen, eine neue Verabredung mit ihren alten Verehrern zu treffen, denn dank ihrer Freundschaft mit Bessie waren die beiden Witwen jetzt überall hochwillkommen und konnten sich ihren Verkehr aussuchen.

Auf dem Heimweg sagte Bessie plötzlich: »Hin und wieder ist Herrengesellschaft angenehm, aber sehr geruhsam ist sie nicht; in unserem Alter können wir es uns leisten, geruhsam zu sein, finden Sie nicht?«

Die drei alten Damen nickten sich verständnisinnig zu und setzten ihren Weg zum Stift zufrieden lächelnd fort.

Am nächsten Tag entschlossen sich Mrs. O'Donnell und Mrs. Murphy großzügig, ihre Freundin mit Peter und Paul bekannt zu machen.

Bessie war heute still und ruhig und machte einen müden Eindruck. Bald nach ihrer Ankunft im Armenhaus sagte sie, sie habe Kopfweh und wolle einen Augenblick an die frische Luft gehen. Paul folgte ihr nach einigen Minuten zum Ende des Hofes. Bessie ging mit schleppenden Schritten an der Mauer entlang, blieb stehen und legte ihre Hände auf die graue Steinwand. Paul trat schnell auf sie zu.

»Fühlen Sie sich schwach?« fragte sie besorgt.

»Schwach? Nein, ich habe nur Kopfschmerzen.«

»Vielleicht sollten Sie lieber wieder hineingehen«, schlug Paul vor. »Ihre Freundinnen haben uns inzwischen viel von Ihnen erzählt. Wir würden gern mehr von den herrlichen Orten hören, die Sie bereist haben, besonders ich. Peter interessiert sich, glaube ich, nicht besonders dafür. Auch ich bin hier sehr glücklich, und doch würde ich die wunderschöne große Welt gern einmal sehen – nur ein einziges Mal. Sonderbar, nicht wahr?«

»Durchaus nicht«, erwiderte Bessie, »und ich werde Ihnen bei der nächsten Gelegenheit alles erzählen, aber heute – heute muß ich über etwas anderes sprechen.« Sie schlug mit der geballten Faust auf die Mauer. »Über das Armenhaus! Ich wurde in Ballykeen geboren, und als Kind brachte man mich hierher, um meine Großmutter zu besuchen. Wir konnten es uns nicht leisten, sie bei uns zu Hause durchzufüttern, wir hatten kaum genug, um uns selbst zu ernähren. Ich habe oft die schmucklosen Armensärge gesehen und die schmucklosen Armengräber, die Beerdigungen ohne Priester und ohne trauernde Hinterbliebene. Ich faßte schon als Kind den Beschluß, um keinen Preis meine Tage im Armenhaus zu beschließen.«

Als sie Pauls bestürzte Miene bemerkte, fügte Bessie schnell hinzu: »Es tut mir wirklich leid, Sie, ohne es zu wollen, gekränkt zu haben, aber ich mußte es mir von der Seele reden, ich mußte mit jemandem sprechen – und es hat mir gutgetan.«

»Das ist die Hauptsache«, entgegnete Paul, »obwohl ich im allgemeinen dafür bin, so wenig wie möglich zu sagen.«

Sie blickte bedeutungsvoll auf das Wohnzimmerfenster. Bessie folgte ihrem Blick.

»Sie haben ganz recht. Ich werde Großmutter nicht mehr erwähnen.« Fast liebkosend berührte sie noch einmal die Mauer. »Bis zu diesem Augenblick habe ich selbst nicht gewußt, warum ich Ballykeen wiedersehen wollte. Jetzt weiß ich es: ich wollte das Armenhaus noch einmal betreten, ohne mich davor fürchten zu müssen – und jetzt fürchte ich mich nicht mehr!«

Als sie zurück ins Wohnzimmer kamen, empfahl Peter Bessie ein ausgezeichnetes Pulver, aber Bessie dankte und sagte, daß sie keine Kopfschmerzen mehr habe. Sie trank eine Tasse Tee, unterhielt sich angeregt und lobte den Geburtstagskuchen. Als sie aufstanden, um Sarah zu besuchen, sah Paul Bessie verstohlen von der Seite an und war beruhigt.

Sarah war von Borgia mit einem Spitzentuch, einer blauen Schleife und ihrem Gebiß geschmückt worden, doch sah sie, wie immer, wenn Besuch kam, besonders mißtrauisch und böse aus. Sie hörte sich Mrs. Murphys und Mrs. O'Donnells Begeisterungsausbrüche über ihr gutes Aussehen ungeduldig an und unterbrach sie schließlich mit der Frage, ob sie ihr etwas mitgebracht hätten. Mrs. Murphy überreichte ihr stolz ein kleines Paket.

»Ich weiß, was Ihnen Freude macht, Sarah – Schnupftabak!«

»Ist es auch ›Alt-Irischer‹?« Sarahs Nase zuckte wie die eines Kaninchens.

»Man hat mir im Geschäft gesagt, es sei der beste Tabak.«

»Der ›Alt-Irische‹ ist der beste.« Sarah riß die

Verpackung ab und sagte stirnrunzelnd: »Kein ›Alt-Irischer‹!« Dann warf sie einen Seitenblick auf das Päckchen in Mrs. O'Donnells Hand: »Und was ist in diesem Paket?«

»Weintrauben«, erwiderte Mrs. O'Donnell nervös und überreichte sie ihr. Sarah gab sie ihr sofort zurück.

»Soll ich vielleicht an der galoppierenden Schwindsucht sterben? Außerdem sind die Kerne sehr gefährlich für den Blinddarm«, schimpfte Sarah empört.

Peter legte die zurückgewiesenen Gaben auf einen kleinen Tisch und sagte ruhig: »Sarah wird sich später sehr darüber freuen.«

Sarahs Aufmerksamkeit war jetzt auf Bessie gerichtet, die am Fußende des Bettes stand.

»Ihr Hut gefällt mir, so einen hab' ich auch mal gehabt«, sagte Sarah verträumt. »Nur in Rosa, und 'ne Rose war auch drauf. Hat mir die Haushälterin vom Pfarrer geschenkt, für die Sonntagsmesse.« Sie lehnte sich seufzend in ihre Kissen zurück. »Da Sie zum erstenmal hier sind, haben Sie mir wohl nichts mitgebracht?«

»Ich werde Ihnen nächstes Mal etwas mitbringen.«

»Am liebsten ist mir 'n Tropfen Schnaps.«

Bessie sah Peter fragend an. Peter nickte.

»Gut, ich werde es mir merken.« Bessie öffnete ihre Handtasche. »Es tut mir leid, daß ich heute nichts für Sie habe – würde Ihnen das vielleicht gefallen?«

Sie legte einen kleinen silbernen, mit Brillanten verzierten Handspiegel auf Sarahs Bettdecke. Auf der Rückseite war ein zarter Fliederzweig in Email eingelegt. Alle hielten den Atem an, als Sarah nach dem entzückenden Spiegel griff; Peter war bereit, ihn aufzufangen, falls Sarah ihn vom Bett werfen würde. Aber Sarah strich voll tiefer Bewunderung über den Fliederzweig und sagte: »Soll das wirklich für mich sein?«

Bessie nickte.

»Für mich!« Sarah betrachtete den Spiegel von allen Seiten. »So was Hübsches – finden Sie nicht auch, Peter? Wie das glänzt! Sehn Sie nur, Paul!« Die alten Augen wurden feucht, und sie flüsterte heiser: »Kein Mensch hat mir jemals so was Schönes gegeben – kein Mensch ...«

Peter war sichtlich beunruhigt über diesen dramatischen Stimmungsumschwung, der aber glücklicherweise nicht lange anhielt.

»Versuchen Sie nur nicht, mir meinen Spiegel wegzunehmen«, knurrte Sarah mit einem mißtrauischen Blick auf Peter und Paul. Dann sah sie Bessie lange durchdringend an. »Sie sind mal 'ne Abwechslung zu all den frommen Betschwestern.« Sarah brach plötzlich in ein bewunderndes Kichern aus. »Sie haben's in sich!«

»Sie auch«, erwiderte Bessie lachend.

Melly Brown verschloß den letzten Briefumschlag, frankierte ihn und nahm den restlichen Stoß Rechnungen von Dr. Jims Schreibtisch. Bevor sie sich auf den Heimweg machte, nahm sie zwei Aspirintabletten ein.

Melly wanderte im goldenen Licht des Abends durch die mit Hypochondern gefüllten Straßen. Sie vermied es, einer alten Jungfer in die Augen zu sehen, die morgen früh entdecken würde, wieviel ihre letzte Flucht in die Krankheit gekostet hatte. Sie versuchte es einen Augenblick später, sich auch an Mr. Higgings unbemerkt vorbeizuschlängeln, aber er stellte sich ihr gutgelaunt in den Weg.

»Haben Sie etwas Nettes vor, Miß Brown?«

»Nein, ich hab' Kopfschmerzen und gehe nach Hause, um mich ins Bett zu legen.«

»Das kann ich nicht zulassen. Schlechte Reklame für Dr. Jim. Dann muß ich Ihnen eben die richtige Medizin verschreiben.« Er nahm Melly beim Arm und führte sie ins Kurhotel.

Nach dem zweiten Gin – oder nach dem Aspirin – begann Melly sich besser zu fühlen, nach dem dritten waren die Kopfschmerzen vergessen, und die Welt sah rosig aus. Sie war schließlich die intelligente, kultivierte Melisande Brown, mit einer guten Stellung und angemessenem Gehalt. »Worüber mach' ich mir eigentlich Sorgen?« fragte sie Mr. Higgings.

»Das möchte ich auch gern wissen«, erwiderte er.

»Ich habe Prinzipien – das ist mein Unglück, und daran ist mein Vater schuld«, stellte Melly feierlich fest.

»Jeder hat Prinzipien, ich leider auch«, sagte Mr. Higgings.

Melly betrachtete ihn durch einen leichten Nebel. Schade, daß sein Aussehen nicht zu seiner Feststellung paßte.

»Es ist eine große Hilfe, wie Dr. Jim auszusehen, schlank und ... und knabenhaft ... Merkwürdig, daß ein Mann von fünfzig anziehend ist, weil er knabenhaft wirkt, während man Mädchenhaftigkeit bei einer Frau ...«

Mr. Higgings schob ihr stillschweigend noch einen Gin zu. Sie runzelte die Stirn.

»Wird Ihnen nichts schaden«, meinte Mr. Higgings. »Dr. Jims schwerarbeitende Sekretärin hat etwas Abwechslung verdient. So ist's recht! Prosit! Sind die Kopfschmerzen besser?«

Melly nickte.

»Wahrscheinlich waren sie psychosomatisch.«

»Wie kommen Sie denn darauf?« fragte Mr. Higgings.

»Ich weiß nicht –« Melly blickte tiefsinnig in ihr Glas, dann sagte sie plötzlich: »Die Sancta-Maria-Klinik gefällt mir nicht.«

»Mir gefällt die Oberin auch nicht – hat eine zu lange Nase.«

»Auf ihre Nase kommt's nicht an.«

»Auf was sonst?« fragte Mr. Higgings. »Mir können Sie es doch wirklich sagen – Onkel David ist verschwiegen wie das Grab.«

Melly starrte ihn geistesabwesend an. Onkel David ist verschwiegen – wirklich? Nein, darauf wollte sie sich nicht verlassen.

»Auf ihr Kinn«, sagte sie trotzig.

»Auf ihr Kinn – aha, ich verstehe.«

Er plauderte amüsant über das Kinn der Oberin, während ein vierter Gin für Melly serviert wurde. Sie sah Onkel David forschend und aufmerksam an, trank ihr Glas in unschicklicher Eile aus, murmelte etwas über die noch zu befördernden Briefe in ihrer Handtasche, bedankte sich bei Mr. Higgings und verließ das Kurhotel.

Draußen holte sie mehrmals tief Atem, während sie mit schnellen Schritten in die Richtung der Pension »Seeblick« ging. Bald wurde sie sich darüber klar, daß sie die Wirkung von frischer Luft auf den in größeren Mengen genossenen Gin nicht richtig eingeschätzt hatte. Das Straßenpflaster war merkwürdig weich und nachgiebig, und ehe sie sich's versah, war sie am »Seeblick« vorübergeeilt, schwebte nun sonderbarerweise den Armenhaushügel hinauf und landete unter einem großen grauen Torbogen.

Als sie plötzlich in einem Zimmer zwei erstaunten Nonnen gegenüberstand, war sie einen Augenblick imstande, etwas klarer zu denken.

»Sie sind Peter und Paul, nicht wahr? Ich kenne Sie vom Sehen. Ich bin Melly Brown, Dr. Jims Sekretärin.« Sie schwankte und balancierte geschickt auf dem rollenden Fußboden. »Der letzte Gin war daran schuld«, murmelte sie nachdenklich.

»Sehr angenehm«, sagte Schwester Peter ungerührt. »Wollen Sie nicht Platz nehmen?« schlug die andere Nonne vor.

»Ich hoffe, Sie haben nichts dagegen, daß ich betrunken bin. Oft kommt das bei mir nicht vor – es ist genaugenommen das erste Mal, aber vielleicht ist es ganz gut so, denn nüchtern hätte ich mich nicht getraut, zu Ihnen zu kommen. Ich muß mit Ihnen reden. Ich habe gehört, daß alle Sie um Rat fragen. Ich habe niemanden, mit dem ich reden kann, seit mein Vater gestorben ist, aber ich muß mich aussprechen – ich bin nämlich sehr unglücklich.«

»Beruhigen Sie sich«, sagte Peter schnell, »wir können Ihnen bestimmt helfen.«

»Setzen Sie sich erst mal hin«, meinte Paul und führte sie zu einem Stuhl.

»Niedliche kleine Hunde«, stellte Melly mit einem Blick auf den schlafenden Tim fest.

»Ach du liebe Zeit«, seufzte Paul und half Melly in den Sessel. Dann eilte sie zur Tür und rief: »Borgia, Borgia!«

Peter setzte sich neben Melly und strich ihr über

die Stirn. Melly schloß die Augen; endlich fühlte sie sich sicher und geborgen. Als sie die Augen wieder öffnete, goß ihr Peter Kaffee ein, die rundliche Laienschwester stellte einen Teller mit belegten Broten auf den Tisch, und Paul nötigte sie zum Zugreifen. Borgia meinte, daß ein leerer Magen Schwindelgefühle verursachen könne. Sie wartete, bis Melly das erste Brot gegessen hatte, dann verließ sie lächelnd das Zimmer. »Bitte entschuldigen Sie, daß ich in diesem Zustand hergekommen bin«, sagte Melly.

»Da Sie, wie Sie vorhin feststellten, sonst nicht den Weg zu uns gefunden hätten, war es vielleicht ein Segen, aber glauben Sie nicht etwa, daß ich es billige, wenn Frauen sich betrinken.«

»Sie sagte, es sei das erste Mal gewesen, Peter.«

»Das sagen sie alle.«

»Es ist wirklich wahr«, erklärte Melly. »Ich traf zufällig Mr. Higgings, und der korrumpiert jeden, sogar Dr. Jim, der ohne Higgings' Einfluß seinen Idealen treu geblieben wäre – ebenso wie ich.«

Eine der Nonnen hustete. Melly sah auf und blickte vorwurfsvoll von einer zur anderen.

»Ich weiß, daß Sie Dr. Jim nicht mögen – das weiß ja jeder. Aber das ist sehr unrecht, sehr unchristlich, alle lieben Dr. Jim. Ich liebe ihn. Mrs. Mackenzie hat ihn geliebt, so sehr, daß sie ihm ihr ganzes Vermögen hinterlassen hat. Ich habe sie gepflegt. Er hat mich nur deshalb in die Sancta-Maria-Klinik geschickt, weil er sich auf mich verlassen kann. ›Ich liebe diesen Mann‹, sagte sie. ›Wenn ich ihn nur sehe, geht es mir schon besser.‹« Melly machte eine Pause. »Sie hätte sowieso nicht mehr lange leben können.«

»Niemand war überrascht, daß das Ende so schnell kam«, bemerkte Peter.

Melly sah sie groß an.

»Was wollen Sie damit andeuten?«

»Was ich gesagt habe.«

Melly trank einen Schluck Kaffee. »Und würden Sie dasselbe über Miß Hennebry sagen?«

»Keineswegs«, erwiderte Peter.

»Sie ist friedlich von hinnen gegangen«, sagte Paul.

Melly lachte herzlich. Diese Nonnen waren zu komisch. Sie hatten die Hände im Schoß gefaltet und hörten ihr mit milden Gesichtern zu. Unschuldige alte Seelen – und verflucht aufreizende alte Seelen. »Müssen Sie wirklich mit so heiligen Gesichtern dasitzen?« rief Melly plötzlich so laut, daß der kleine Hund – jetzt war nur noch ein Hund da – aufwachte und zu bellen begann. »Jeder kann friedlich aus dem Leben scheiden, wenn man ihn mit schweren Drogen vollstopft.« Sie würgte. »Was hätte mein Vater nur gesagt!«

»Wenn er ein vernünftiger Mann war, hätte er

Ihnen geraten, noch eine Tasse Kaffee zu trinken«, unterbrach Peter und füllte Mellys Tasse. »Es ist ein guter, starker Kaffee.«

Melly hob die Tasse mit zitternden Händen, trank den Kaffee und lehnte sich in ihren Stuhl zurück. Paul betrachtete sie besorgt.

»Ich glaube, das Schlimmste ist überstanden, Peter.«

»Ich glaube auch, Paul.«

Melly lächelte schwach.

»Ich hoffe nur, daß ich Sie nicht schockiert habe. Die Leute reden die schlimmsten Dinge, wenn sie betrunken sind. Aber das können Sie natürlich nicht wissen, denn Sie kommen nicht mit Betrunkenen in Berührung.«

»Der liebe Gott erhalte Ihnen Ihre Unschuld, Kind«, sagte Peter kopfschüttelnd. »Glauben Sie wirklich, daß man uns, in unserem Alter, so leicht schockieren kann?«

Melly stand auf. Sie schwankte fast gar nicht mehr. Sie war fast gar nicht mehr betrunken.

»Vielen Dank für Ihre Geduld und Ihr Verständnis.«

»Wozu die Eile?« fragte Peter.

»Ich muß jetzt wirklich gehen, tausend Dank!«

Paul seufzte.

»Ich fürchte, Sie werden nicht zur Ruhe kommen, bevor Sie Ihrem Herzen Luft gemacht haben.«

Genau das würde Vater gesagt haben, dachte Melly, aber sie schwieg beharrlich. Paul seufzte wieder, Peter brummelte etwas Unverständliches, und beide Nonnen standen auf.

»Wie Sie wollen«, meinte Peter. »Gehen Sie nach Hause und schlafen Sie Ihren Rausch aus. Ich werde Ihnen ein Schlafmittel und zwei Magenpulver mitgeben.« Sie fuhr streng, fast im Befehlston, fort: »Kommen Sie morgen wieder, um uns zu erzählen, was Sie bedrückt.«

Melly machte einen Schritt in die Richtung der Tür. An allem war der Gin schuld, aber sie würde sich hüten, jemals wieder welchen zu trinken. Sie war und blieb Dr. Jims getreue Melly Brown, ihrem seligen Vater und den Gnädigen vom Armenhaus zum Trotz. Sie verabschiedete sich schnell und eilte über den Hof.

Sechstes Kapitel

Eines Morgens beim Frühstück wurde Mr. Dillon energisch – so energisch, daß Mrs. Dillon und Girlie am Ende klein beigeben mußten.

Das Frühstück begann mit zufriedenen Gesichtern, denn Mr. Dillons Ei war genau vier Minuten nach der Uhr gekocht worden, statt der üblichen schätzungsweise drei bis sechs Minuten. Mr. Dillon bemerkte, daß das neue Mädchen etwas mehr Verstand zu haben scheine als ihre Vorgängerinnen. Seine Frau lächelte in berechtigtem Stolz auf ihre neue Perle. Auch Girlie, die trockenen Toast aß, lächelte verträumt.

Nun folgte eine kurze Periode häuslichen Friedens, während der Mr. Dillon die Zeitung las. Dann wurde die Post hereingebracht.

Mr. Dillon überflog schnell die uninteressanten Kataloge, Rechnungen und Drucksachen. Mrs. Dillon las den Brief einer alten Schulfreundin dreimal sorgfältig durch und bestand darauf, ihrem Mann die amüsantesten Stellen vorzulesen, während William Dillon seine Tochter ärgerlich fixierte, die mit verzücktem Gesicht in die vielen Seiten eines dicht mit grüner Tinte beschriebenen Briefes vertieft war. Mrs. Dillon folgte Williams Blick ängstlich und bemerkte dann rasch, daß man wohl mit schönem Wetter rechnen könne.

Aber Mr. Dillon hatte nicht die Absicht, sich durch den Wetterbericht ablenken zu lassen. Er warf seiner Frau einen verächtlichen Blick zu, bevor er seinem Herzen mit Donnerstimme Luft machte.

»Hat dieser Bursche nichts Besseres zu tun, als dir morgens, mittags und abends ellenlange Episteln zu schreiben?«

Girlie nahm die Briefbogen mit zitternder Hand an sich und sagte leise, aber stolz: »George schreibt mir in seiner Freizeit.«

»Scheint nicht viel zu tun zu haben«, stellte Mr. Dillon hämisch fest. »Ich weiß wirklich nicht, wozu er dir täglich schreiben muß, da ihr euch sowieso hinter meinem Rücken trefft.«

»Nicht hinter deinem Rücken, sondern ganz offen«, widersprach Girlie mit dem Mut der Verliebten. »Da du ihm nicht gestattest, zu uns zu kommen, sind wir gezwungen, uns in der Stadt zu treffen.«

»Ich hätte niemals geglaubt, den Tag erleben zu müssen, an dem sich meine einzige Tochter wie eine Straßendirne benimmt«, zischte Mr. Dillon mit zusammengepreßten Zähnen und blickte anklagend zur Decke empor.

»William!« sagte seine Frau vorwurfsvoll.

»Pfui Teufel«, empörte sich Girlie aus tiefstem Herzen. »So eine Ungerechtigkeit! Wie kann ein Mensch nur eine derart schmutzige Phantasie haben!«

Girlie begann zu weinen.

»Mach dich nicht lächerlich«, herrschte Mr. Dillon seine schluchzende Tochter an. »Das Geheule wird dir bei mir nichts helfen. Ich habe mir diese alberne Affäre schon viel zu lange mit angesehen. Die Galle läuft mir über, wenn ich dich jeden Morgen seine lächerlichen, grün geschriebenen Liebesbriefe lesen sehe. Wozu grün?« wiederholte er mit besonderer Wut.

Girlie bekam einen nervösen Schluckauf. »Weil er seinen Halter mit grüner Tinte füllt – warum sonst?«

Mr. Dillons Gesicht und Nacken nahmen eine gefährlich rote Farbe an, während sich Mrs. Dillon verzweifelt räusperte.

»Reg dich bitte nicht so auf, William. Wir können nach dem Frühstück weiter darüber reden. Aufregung ist Gift für die Verdauung.« Sie blickte besorgt zur Tür. »Ellie wird sich fragen, warum du so schreist.«

»Ellie kann sich meinetwegen zum Teufel scheren! Schöne Zustände sind das, wenn ein Mann seine Stimme nicht mal im eigenen Haus erheben darf!«

Girlie trocknete sich die tränenfeuchten Augen energisch mit dem Taschentuch.

»Vorläufig kannst du uns noch tyrannisieren, aber wenn ich einundzwanzig Jahre alt bin, kannst du mir nichts mehr befehlen!« Sie sah ihre Mutter mitleidig an. »Gottlob bin nicht ich mit dir verheiratet!«

»Gott sei Dank«, sagte Mr. Dillon aus tiefstem Herzen.

»Wenn du einen so guten Mann bekommst wie ich, hast du mehr Glück als Verstand«, sagte Mrs. Dillon gekränkt.

Girlie musterte ihre beiden Feinde trotzig.

»Wenn es nach mir ginge, würde ich morgen mit George durchbrennen, aber er würde so etwas nicht tun, weil er viel zu edel und anständig ist!«

»Rührend«, stichelte Mr. Dillon ironisch. »Wovon würdet ihr eigentlich leben?«

»George lebt ja schließlich auch, nicht wahr?« erwiderte Girlie.

Mr. Dillon meinte, das ließe sich leider nicht bestreiten, es frage sich nur, wie und wovon.

»Ihr versteht ihn nicht, und ihr werdet ihn nie verstehen«, sagte Girlie ruhig und überlegen. »George ist ganz anders als eure Bekannten, und niemand in ganz Ballykeen ist ihm geistig ebenbürtig. Ihr haltet euch für ungeheuer wichtig – vielleicht seid ihr es wirklich –, aber außerhalb von Ballykeen zählt ihr einfach nicht mit. George dagegen wird eines Tages reich und berühmt werden – wirklich reich, nicht nur nach unseren Begriffen, obwohl ihm selbst Geld nichts bedeutet. George schreibt einen Roman«, fügte sie mit einem triumphierenden Lächeln hinzu.

»Auch das noch«, stöhnte Mr. Dillon.

»Wovon handelt der Roman?« fragte Mrs. Dillon interessiert.

»Vom Leben des irischen Mittelstandes.« Girlie blickte mit großen, verträumten Augen in die glorreiche Zukunft. »Er legt Ballykeen samt allen seinen Schrecken auf den Seziertisch.«

Mrs. Dillon war enttäuscht. Dieses Thema interessierte sie nicht. Mr. Dillon sah seine Tochter strafend an.

»Jetzt weiß ich wenigstens, woher deine kindischen Ansichten stammen.«

»Kindisch? Darüber kann man wohl sehr verschiedener Meinung sein. Seitdem ich mit George befreundet bin, hat sich mein Horizont natürlich wesentlich erweitert.«

»Wenn ihr fertig seid, werde ich klingeln, damit Ellie abräumen kann«, sagte Mrs. Dillon verzweifelt.

Mr. Dillon schlug mit der Faust auf den Tisch.

»Hier wird nicht abgeräumt, bis ich meine Meinung gesagt habe!« Plötzlich richtete sich seine Aufmerksamkeit auf Girlies Teller. »Warum streichst du dir eigentlich keine Butter auf deinen Toast?«

»Weil ich Diät halte.«

»Diät! Millionen von Menschen auf der ganzen Welt hungern, und du verachtest das gute Essen, das man dir vorsetzt!«

»Wenn ich mehr essen würde, hätten die hungernden Millionen noch weniger«, erwiderte Girlie patzig und biß in ein Stück harten Toast.

Mr. Dillon ballte die rechte Hand zur Faust und versuchte mit aller Gewalt, sich zusammenzunehmen.

»Ich habe keine Lust, meine Zeit weiter mit dir zu verschwenden. Ich komme sowieso zu spät ins Geschäft.« Mrs. Dillon atmete erleichtert auf, aber ihr Mann machte keine Anstalten aufzustehen. Er wies mit einer dramatischen Handbewegung auf Girlie: »Und du wirst die große Liebenswürdigkeit haben, mich zu begleiten.«

»Ich?« fragte Girlie entsetzt.

Mr. Dillon lehnte sich befriedigt in seinen Stuhl zurück. »Du hast die Schule vor einem Jahr verlassen, und wir hatten beschlossen, daß du dich umsiehst und dir überlegst, was für einen Beruf du ergreifen willst. Und was hast du bisher getan?« Mr. Dillon machte eine Kunstpause. »Gar nichts!«

»Sie hilft mir im Haus«, stellte Mrs. Dillon fest.

Mr. Dillon lachte höhnisch.

»Wollt ihr mir vielleicht einreden, daß drei Frauen nötig sind, um einem einzigen Mann den Haushalt zu führen?«

Mrs. Dillon murmelte, es käme auf den Mann an. Mr. Dillon beachtete ihren Einwand nicht.

»Du wirst das Stoff- und Konfektionsgeschäft erlernen, liebes Kind, und zwar von Grund auf. Wir werden uns bemühen, dich auf andere Gedanken zu bringen, damit du den jungen Mr. Pepper vergißt.«

Girlie sah ihre Mutter hilfeflehend an, aber Mrs. Dillon blickte nicht auf, sondern spielte nachdenklich mit einem Messer.

»Du weißt doch, daß ich mich nicht für dein Geschäft interessiere, Vati.«

»Lediglich für das Geld, das ich dabei verdiene – ich weiß Bescheid! Da ich leider keinen Sohn habe, der mein Nachfolger werden kann, wenn ich einmal nicht mehr hier bin ...«

»Ich nehme an, daß du mich dafür verantwortlich machst«, unterbrach ihn Mrs. Dillon, die, wie viele andere Leute, morgens besonders empfindlich war.

»Das Geschlecht des Kindes wird immer vom Mann bestimmt«, sagte Girlie.

»Woher weiß der Vater, was er dazu unternehmen muß?« fragte Mrs. Dillon erstaunt.

»Er weiß es durchaus nicht«, erwiderte Mr. Dillon schockiert. »Außerdem ist das kein Thema für junge Mädchen. Wer spricht überhaupt mit dir über solche Dinge? Dein prachtvoller George ...«

»Ich habe es in der Zeitung gelesen«, erklärte Girlie achselzuckend.

»Je weniger Zeit du für derartigen Unsinn hast, desto besser«, sagte Mr. Dillon. »Du wirst heute anfangen, das Stoff- und Konfektionsgeschäft von Grund auf zu erlernen, und wenn du den Tag über fleißig gearbeitet hast, wirst du auch deine

Mahlzeiten mit gutem Appetit einnehmen, anstatt dir den Kopf über deine Taille zu zerbrechen.«

»Über die Hüften«, verbesserte Girlie leise.

Mr. Dillon erhob sich.

»Ich erwarte dich in einer Stunde im Geschäft.«

»Da kannst du lange warten. Ich habe keine Lust, mein Leben in einem unethischen Halsabschneidergeschäft zu verbringen.«

»Mach dich nicht lächerlich!« sagte Mrs. Dillon scharf und drückte auf die Klingel.

»Du wirst um Punkt halb elf im Geschäft sein«, befahl Mr. Dillon und verließ das Zimmer, als Ellie hereinkam.

Ellie war seit sieben Jahren im Haushalt tätig, und sie war daran gewöhnt, die kleinen Streitigkeiten ihrer jeweiligen Herrschaft nicht zu beachten. Sie räumte den Tisch ab, ohne Girlies erregten Zustand zur Kenntnis zu nehmen, und sie zeigte auch kein Zeichen des Erstaunens, als Girlie im Aufstehen ihren Stuhl umwarf, Georges Brief an die Brust drückte und hinauslief. Mrs. Dillon, die ihrer Tochter aus dem Zimmer folgte, war mit der neuen Perle mehr als zufrieden, die im Augenblick ihr einziger Lichtblick zu sein schien.

In ihrem Zimmer bekam Girlie einen zweiten hysterischen Anfall. Mrs. Dillon, die begriffen hatte, daß es ihrem Mann ausnahmsweise einmal sehr ernst war, redete Girlie gut zu, ins Geschäft zu gehen. »Man muß sich ins Unvermeidliche schicken, mein Kind«, sagte sie.

Girlie, mißverstanden und vom Unglück verfolgt, saß zitternd und stumm in einer Ecke.

»Beeil dich, Girlie! Im Augenblick bleibt dir wirklich nichts anderes übrig, als Vater zu gehorchen. Vielleicht wird er es sich später doch noch anders überlegen«, fügte Mrs. Dillon tröstend hinzu.

»Was auch geschehen mag, niemand wird mich dazu bewegen, George aufzugeben«, verkündete Girlie dumpf aus ihrer Ecke.

»Das kann ich, offen gestanden, beim besten Willen nicht verstehen«, sagte ihre Mutter.

»Wirklich nicht?« fragte Girlie ironisch. »Was hättest du getan, wenn man von dir verlangt hätte, Vater aufzugeben?« Sie blickte ihre Mutter an. »Ich vermute doch, daß du ihn einmal geliebt haben mußt.«

»Ich liebe ihn noch immer«, erwiderte Mrs. Dillon. Sie hatte ihre Tochter seit mindestens neun Jahren nicht mehr geschlagen, aber jetzt spürte sie das wohlbekannte Jucken in der rechten Hand. »Wird's bald, Girlie, oder wartest du darauf, daß er dich mit Gewalt ins Geschäft schleppt?«

»Er kann mich nicht mit Gewalt schreiend durch die Straßen zerren«, sagte Girlie trotzig.

»Nein, aber er wird dich auch nicht zwingen,

mit uns für eine Woche, wie versprochen, nach Paris zu fahren«, entgegnete Mrs. Dillon ruhig.

Girlie ging langsam in die Mitte des Zimmers und verhinderte so im letzten Augenblick, daß ihre Mutter die Geduld verlor und ihr die Haarbürste an den Kopf warf. »Also gut, zwei Jahre werden auch vorbeigehen ...«, sagte sie huldvoll. »Was soll ich anziehen, Mutti?«

»Das blaue«, schlug Mrs. Dillon erleichtert vor.

Girlie eilte in ihrem einfachen blauen Kleid zu George. Mrs. Finnegan öffnete die Tür der Pension »Seeblick«, rief George und betrachtete das junge Liebespaar eine Weile wohlwollend und gerührt, ehe sie sich diskret verzog.

Girlie legte eine zitternde Hand auf Georges Arm.

»Etwas Schreckliches ist passiert, George. Ich kann mich heute nicht mit dir am Strand treffen, weil ich ins Geschäft gehen muß. Jeden Tag soll ich gehen, er besteht darauf, ich soll dort arbeiten!«

»Er kann nicht verlangen, daß du zu schwer arbeitest, so herzlos kann selbst er nicht sein«, sagte George, der Beschützer.

Girlie klammerte sich an George. Sie hatte das Gefühl, unendlich zart und schwach zu sein.

»Er zwingt mich, das kapitalistische System zu unterstützen, George!«

»Leider ist es unvermeidlich, und es ist nicht deine Schuld«, tröstete George tolerant.

»Jeden Tag, George! Das halte ich nicht aus!«

Er drückte ihre Hand.

»Sei tapfer, Girlie! Wir treffen uns später dort.«

»Wo?«

»Im Geschäft.«

Diese unglaubliche Antwort klang Girlie noch in den Ohren, als sie die Straße hinunterrannte, um nicht zu spät ins Geschäft zu kommen.

Das Kaufhaus Dillon war bei weitem das größte Geschäft in Ballykeen. Es besaß eine moderne schwarze Fassade und zwei große Schaufenster; in einem war Damen-, im anderen Herrenkleidung ausgestellt. Girlie warf einen höhnischen Blick auf die Anzüge zur Linken und auf die Sommerkleider zur Rechten, bevor sie frech in den Laden schlenderte. Ohne ihren Vater, der sich in der Herrenstoffabteilung aufhielt, eines Blickes zu würdigen, ging sie langsam durch die Kurzwarenabteilung bis zum Ende des Raumes und stieg mit gemessenen Schritten die sechs Stufen hinauf, die zu den Mänteln im Zwischengeschoß führten. Dort blieb sie mit mürrischem Gesicht stehen, bis Miß Harrington herbeieilte, um die Tochter ihres Chefs zu begrüßen.

»Guten Morgen, Sie haben mich wohl nicht erwartet«, sagte Girlie stirnrunzelnd.

»O doch, Miß Dillon. Mr. Dillon hat uns mitgeteilt, daß Sie vielleicht zu uns kommen werden. Ich kann Ihnen nicht sagen, wie sehr wir alle uns darüber freuen.« Miß Harrington, die an die Launen der Kunden gewöhnt war, ließ sich auch von Girlies mürrischem Aussehen nicht einschüchtern. »Wie wunderschön, daß Sie bei uns arbeiten wollen, Miß Dillon!«

»Was soll ich eigentlich tun?« fragte Girlie ungerührt.

»Ich dachte, daß Sie sich heute vielleicht erst einmal etwas umsehen möchten, um sich, mehr oder weniger, mit dem Betrieb vertraut zu machen«, sagte Miß Harrington.

»Das halte ich auch für das beste – mehr oder weniger.«

Miß Harrington wandte Girlie den Rücken und ließ ihren Ärger an drei jungen Verkäuferinnen aus, die ihr unterstanden und die sie zurechtwies, weil eine Schublade mit Unterwäsche unordentlich war.

Girlie betrachtete inzwischen gelangweilt eine Reihe von Damenmänteln, dann folgte sie Miß Harrington langsam zu den Hüten.

»Wer sucht das Zeug hier aus?«

»Ich bin die Einkäuferin«, erwiderte Miß Harrington mit ausdrucksloser Stimme.

»Ich nehme an, daß Leute mit Geschmack sowieso in Dublin einkaufen«, bemerkte Girlie.

Miß Harrington wurde dunkelrot, und die Verkäuferinnen, denen Miß Harrington gerade die Meinung gesagt hatte, kicherten verstohlen. Girlie schob einen Stuhl an einen Platz, von dem aus sie das Erdgeschoß beobachten konnte, und zündete sich eine Zigarette an.

Das Warenhaus begann sich zu füllen, aber Girlie rührte sich nicht von ihrem Stuhl. Im allgemeinen rauchte sie nicht viel, aber jetzt paffte sie unaufhörlich, weil sie es für unpassend hielt. Viele der Kunden waren ihr bekannt, und sie unterhielt sich liebenswürdig, ohne jedoch ihre Langeweile zu verbergen. Um elf bekam sie eine Tasse Tee und zwei Kekse. Sie schickte den Tee zurück, weil er zu schwach sei.

Um halb zwölf erschien George.

Furchtlos, mit hocherhobenem Haupt, blieb er einen Augenblick an der Tür stehen, blickte sich um und schritt dann kühl und gelassen in die Abteilung für Herrenartikel. Girlies Herz schlug höher, es trillerte wie eine Lerche in der klaren Morgenluft. Sie sagte, ohne Miß Harringtons feindlichen Blick zu beachten: »Ich gehe mal einen Augenblick nach unten.«

»Wie Sie wünschen.«

Girlies verliebter Blick war starr auf die Herrenabteilung gerichtet, aber ehe sie die Stufen hinunterging, drehte sie sich um.

»Bitte, Miß Harrington – bitte, seien Sie mir nicht böse.«

Miß Harrington lächelte säuerlich.

»Schon gut, Miß Dillon. Jeder ist gelegentlich mal schlecht gelaunt.«

Von der Kurzwarenabteilung blickte Girlie in atemlosem Entzücken auf den gegenüberliegenden Ladentisch, vor dem George in auffallend lässiger Haltung stand und mit allen Anzeichen des Mißvergnügens eine Reihe von Krawatten betrachtete.

»Haben Sie nichts in Kastanienbraun?«

Seine Stimme klang wie Orgelmusik, und süße Schauer rannen über Girlies Rücken.

»Kastanienbraun, Sir?« Der Verkäufer öffnete die dritte Schachtel und drapierte eine getupfte Krawatte einladend über seinen Handrücken. »Ein sehr beliebtes Muster, Sir!«

»Ich ziehe Streifen vor«, erwiderte die wohltönende männliche Stimme.

»Tupfen sind sehr modern, Sir.«

»Ich wünsche gestreifte Krawatten zu sehen«, sagte George unerschütterlich. Girlie sah ihn bewundernd an. Plötzlich hielt sie den Atem an und biß sich auf die Unterlippe. Mr. Dillon näherte sich den Herrenartikeln mit langsamen, drohenden Schritten. Jeder Nerv in Girlies Körper vibrierte, während George seelenruhig und mißbilligend sämtliche ihm gezeigten Krawatten beiseite schob. Und dann beobachtete Girlie zitternd und mit weit aufgerissenen Augen das erste Zusammentreffen ihres geliebten George mit ihrem Vater. Die beiden standen sich einen Augenblick, nur vom Ladentisch getrennt, schweigend gegenüber, bevor Mr. Dillon mit eisiger Liebenswürdigkeit das Wort ergriff.

»Kann ich Ihnen vielleicht behilflich sein?«

»Dieser Herr wünscht Kastanienbraun mit Streifen, Sir.«

»Ich werde ihn selbst bedienen, Mr. Tilson.«

Der Verkäufer legte eine vierte Schachtel auf den Tisch und verzog sich. Mr. Dillon breitete schweratmend weitere Krawatten vor George aus.

»Hier hätten wir Kastanienbraun mit Streifen.«

George schüttelte bedauernd den Kopf.

»Die Streifen sind viel zu breit.«

»Hier hätten wir einen feineren Streifen.«

»Tut mir leid, die Farbe gefällt mir nicht«, sagte George mit Bedauern.

Mr. Dillon schluckte, und Girlie fürchtete, daß der Ladentisch sich als eine unzureichende Schranke erweisen werde.

»Wir haben eine ungewöhnlich große Auswahl in Krawatten. Ich bedaure sehr, daß wir nichts für Sie Geeignetes auf Lager haben.«

»Das ist wohl gelegentlich unvermeidlich«, sagte George zuvorkommend.

Mr. Dillon schluckte wieder.

»Glücklicherweise ist es eine große Ausnahme.«

»Ich möchte ein Mittelding zwischen diesen beiden Farben haben und einen ganz feinen Streifen, in einer mittelschweren Seide«, entschied George nach einigem Überlegen.

»Wenn die Krawatte, die Sie beschreiben, auf dem Markt ist, werden wir sie Ihnen besorgen«, sagte Mr. Dillon mit einer steifen Verbeugung.

»Das nenne ich Dienst am Kunden«, bemerkte George anerkennend. »Daraufhin werde ich mich sogar entschließen, im Warenhaus Dillon ein Konto zu eröffnen.«

»Wir werden unser Bestes tun, Sie zufriedenzustellen«, zischte Mr. Dillon, dessen hochrote Gesichtsfarbe sich jetzt in ein dunkles, schwach gestreiftes Kastanienbraun verwandelte.

»Mein Name ist –«

»Ihr Name ist mir bekannt – nur zu bekannt.«

»Verlangen Sie eine Bankreferenz?«

Mr. Dillons Blick wanderte von Georges verwaschenem gelben Hemd zu seinem zerdrückten Popelinschlips und schließlich zu den leicht ausgefransten Jackenärmeln.

»Nicht alle unsere Kunden verfügen über Bankkonten.«

»Das trifft sich ausgezeichnet, ich habe nämlich auch keins«, sagte George unbefangen.

Mr. Dillon warf sich in die Brust.

»Unser Prinzip ist es, unseren Kunden zu vertrauen – jedenfalls bis zum Ende des Monats. Innerhalb dieses Warenhauses wird jeder einzig und allein als Kunde betrachtet und geehrt, selbst wenn er außerhalb als ein großer Schuft gilt. Kann ich sonst noch etwas für Sie tun, Mr. Pepper?«

»Ich möchte noch ein Damentaschentuch kaufen, aber ich glaube, das ist auf der anderen Seite.«

Girlie lehnte sich schwach gegen den Ladentisch, als George in seiner ganzen Herrlichkeit auf sie zuschritt. Die Bewunderung verschlug ihr die Sprache; sie konnte nur noch »O George« stammeln.

»Du scheinst erstaunt zu sein, mich zu sehen, Girlie. Ich sagte doch, ich würde kommen, nicht wahr?«

»Ja, natürlich ... aber ... aber George ...«

»Ich werde jeden Tag kommen, darauf kannst du dich verlassen. Wie gefällt es dir hier? Ein schönes Geschäft, ich bin noch nie drin gewesen.«

»Ich hasse es«, sagte Girlie mit gebrochener Stimme.

»Kopf hoch, Girlie! Jetzt bin ich bei dir. Kannst du mir ein Taschentuch verkaufen?«

»Warum denn, George?«

»Überleg's dir mal selbst, Girlie. Wenn ich täglich herkomme, muß ich mir einen Vorwand suchen, nicht wahr? Ein Taschentuch ist doch wohl das Billigste?«

»Ich weiß nicht recht.« Girlie zögerte einen Augenblick. »Wie wäre es mit einem Briefchen Nähnadeln oder Stecknadeln?«

»Kluges Kind! Du wirst eine gute, sparsame

Hausfrau werden«, lobte George. »Stecknadeln bitte!«

George verbrachte eine lange Zeit damit, die geeigneten Stecknadeln auszusuchen, die Girlie ihm unermüdlich vorlegte. Mr. Dillon verzog sich nach einigen ärgerlichen Seitenblicken in die Abteilung für Herrenstoffe. Girlie verschnürte das Briefchen Stecknadeln mit großer Sorgfalt und befestigte es zur Sicherheit noch mit Klebestreifen.

Sie überreichte es George. George überreichte ihr drei Pennys.

»Auf morgen, Liebling?«

»Morgen und übermorgen und jeden Tag, Liebling.«

»Ach, Liebling!«

»Auf Wiedersehen, Liebling!«

Girlie kehrte mit verträumtem Lächeln zurück zu den Mänteln. Beim Mittagessen lächelte sie ihren Eltern freundlich zu, ohne auf ein Zeichen von Gegenliebe zu stoßen. Mrs. Dillon versuchte vergeblich, ihren Mann in eine Unterhaltung zu ziehen. Er grunzte nur zweimal lakonisch, im übrigen verzehrte er schweigend seine Mahlzeit. Das Abendbrot verlief ebenfalls schweigsam und ungesellig, und Mrs. Dillon, die sich nach anregender Gesellschaft sehnte, verließ gleich nach dem Essen, von ihrer etwas unwilligen Tochter begleitet, das Haus, um sich auf den Weg ins Armenhaus zu machen.

Der Abend war mild und schön, und der Stromer beschloß, sich seinen blau-weiß gestreiften Sweater anzuziehen und zum Kai zu gehen, wo die kleinen Vergnügungsdampfer anlegten. Seine Frau freute sich auf einen friedlichen Abend mit Mickey und hoffte, daß der Stromer sich sein Biergeld verdienen werde, indem er den Touristen einen malerischen, echt irischen Anblick bot und ihnen beim Aus- und Einsteigen behilflich war. Nach einem Ausflug zum Kai kehrte der Stromer meistens in angeregter Stimmung nach Hause zurück. Er nahm dann den wiegenden Gang der Matrosen an und sang Matrosenlieder.

Mrs. Coyle deckte den Tisch für Mickey und öffnete eine Büchse Sardinen, die sie für ihn versteckt gehalten hatte. Mickey kam pfeifend ins Haus.

»Vater aus?«

»Ja, er ist unten am Kai.«

»Sieh mal, was ich dir mitgebracht habe«, sagte Mickey strahlend.

Mrs. Coyle starrte auf den Zellophanumschlag.

»Strümpfe, Mickey!«

»Ja. Pack sie doch aus, Mutter, ich hoffe, sie sind richtig.«

»Sie sind wunderbar«, sagte Mrs. Coyle, ohne sie auszupacken. Statt dessen stocherte sie eifrig mit dem Schürhaken im Feuer unter dem Teekessel.

»Sieh sie dir doch endlich an, Mutti«, bat Mikkey ungeduldig.

Mrs. Coyle legte den Feuerhaken hin, wischte sich mit der Hand über die Augen und öffnete den Umschlag. Die hauchzarten Strümpfe verfingen sich in ihren rauhen, verarbeiteten Händen. »Sie sind so fein, man sieht sie kaum«, flüsterte sie ehrfürchtig.

»Zu fein?« fragte Mickey ängstlich.

»Es sind die schönsten Strümpfe, die ich je in meinem Leben besessen habe.«

»Ich hab' sie dir doch versprochen, nicht wahr?« meinte Mickey und setzte sich an den Tisch. »Das Wasser kocht.«

»Du hättest dein gutes Geld nicht für mich verschwenden sollen, Mickey«, sagte Mrs. Coyle und schob die Strümpfe vorsichtig zurück in den Umschlag. »Woher hattest du eigentlich das Geld? Vater hat dir doch nichts von deinem Lohn gelassen.«

»Trinkgelder.« Mickey nahm sich Sardinen. »Wo bleibt der Tee, Mutti?«

»Trinkgelder?« wiederholte Mrs. Coyle langsam. Sie sah erst auf ihren Sohn, dann auf die Strümpfe, und ihre Hand begann zu zittern. »Der Preis steht noch drauf – fünfzehn Schilling und sechs Pence –, soviel Trinkgeld kannst du nicht bekommen haben, Mickey.«

»Warum nicht? Glaubst du, daß ich lüge?«

»Das hab' ich nicht gesagt, Mickey, aber ich

muß wissen, wie du zu den Strümpfen gekommen bist.«

»Ich hab' sie mir genommen«, erklärte Mickey ruhig. »Du brauchst dich nicht aufzuregen, Mutti. Ich war vorsichtig. Es hat's bestimmt niemand bemerkt.«

»Wie entsetzlich«, stöhnte Mrs. Coyle verzweifelt und begann mit schweren Schritten durch die Küche zu stampfen. »Was soll ich nur tun? O heilige Mutter Gottes, erbarm dich unser – was sollen wir nur tun?«

»Wenn ich gewußt hätte, daß du dich so aufregst, hätte ich sie nicht genommen. Aber ich sag' dir doch, daß es bestimmt niemand gemerkt hat«, wiederholte Mickey ärgerlich.

Seine Mutter kam plötzlich auf ihn zu, packte ihn bei den Schultern und sagte: »Los, steh auf! Wir müssen sofort zu den Armenhaus-Gnädigen gehen. Peter und Paul werden uns raten, was wir tun können.«

»Du hältst mich wohl für verrückt, was?« Er machte sich mit einem Ruck von ihr los und trat ein paar Schritte zurück. »Schön ist das, wenn die eigene Mutter einen bloßstellt«, sagte er in dumpfem Trotz und ging zur Tür.

»Wenn du dieses Haus verläßt, Mickey Coyle, werfe ich mich von der Klippe ins Meer – darauf kannst du dich verlassen!« Sie strich sich das feuchte Haar mit beiden Händen aus der Stirn.

»Ich fürchte mich nicht mehr vor der Hölle, nachdem du sie mir schon auf Erden bereitet hast!«

Girlie rekelte sich gelangweilt in einem Sessel der Wohnstube. Paul saß zu ihrer Rechten und hörte aufmerksam dem endlosen Monolog ihrer Mutter zu, die zu Girlies Linken saß.

»Meinethalben können sie sich von morgens bis abends über diesen George Pepper zanken, aber wenigstens sollen sie mich aus dem Spiel lassen.« Die empörte Mutter warf ihrem gähnenden Kind einen wütenden Blick zu. »Können Sie nicht mit ihr sprechen, Schwester Paul? Auf mich hört sie doch nicht, ich bin ja nur ihre Mutter«, endete Mrs. Dillon mit einem schrillen hysterischen Lachen.

Girlie gähnte nochmals, aber bevor Mrs. Dillon Zeit hatte, einen weiteren Zornausbruch zu bekommen, mischte sich Paul schnell ein: »Es ist ein sehr schwieriges Problem.«

Girlie warf ihr einen vorwurfsvollen Blick zu.

»Wen Gott zusammengefügt hat –«

»Vorläufig hat er euch noch nicht zusammengefügt, und ich werde es auch mit aller Kraft zu verhindern suchen«, sagte Mrs. Dillon ärgerlich. Dann wandte sie sich an Paul. »Ich will nichts als Ruhe und Frieden in meinem Haus, das ist wohl nicht zuviel verlangt, nicht wahr?«

»Diese Dinge legen sich oft nach einiger Zeit ganz von selbst«, beruhigte Paul sie.

»Nach wie langer Zeit?«

Girlie blickte mit unschuldigem Lächeln zur Decke empor.

»Bestimmt nach zwei Jahren.«

Mrs. Dillon würdigte ihre Tochter keines Blikkes und keiner Antwort.

»Sie hat alles, was sich ein junges Mädchen wünschen kann . . .«

»Außer George und einem Auto«, sagte Girlie mit süßer Stimme.

Mrs. Dillon, die sich an Williams ungerechte Kritik über ihr eigenes Autofahren erinnerte, gab zu, daß er altmodische Ansichten über weibliche Fahrerinnen habe. »Alle Männer haben nun einmal ihre kleinen Schwächen«, meinte sie tolerant, »aber im allgemeinen kann sich Girlie nicht über ihren Vater beklagen. Zu ihrem vorigen Geburtstag hat er ihr eine Pelzjacke geschenkt.«

»Ja, zum Engrospreis«, erwiderte Girlie schnippisch.

Mrs. Dillon nahm keine Notiz von ihrer unverschämten Tochter, sondern wiederholte: »Eine Pelzjacke hat er ihr geschenkt, aber wenn man auch einmal etwas von dem Mädchen verlangt, wenn man sie bittet, sich für unser Geschäft zu interessieren, weigert sie sich.«

»Das ist nicht wahr«, sagte Girlie entrüstet. »Bin ich nicht ins Geschäft gegangen? Hab' ich nicht den ganzen Tag in der langweiligen Bude herumgesessen?«

»Und dich mit diesem George Pepper unterhalten...«

»Ich habe George etwas verkauft, wenn du nichts dagegen hast. Darf man sich in unserm Geschäft vielleicht nicht mit den Kunden unterhalten?«

Paul fand, daß es Zeit war, einzugreifen. Sie lächelte der wütenden Mutter und der aufsässigen Tochter freundlich zu.

»Jedenfalls hast du jetzt Gelegenheit, zu beweisen, daß du intelligent und geschäftstüchtig bist, Girlie, und daß du einmal imstande sein wirst, selbst die richtigen Entscheidungen zu treffen.«

»Das ist schon wahr«, erwiderte Girlie nachdenklich, »aber Sie wissen ja nicht, wie entsetzlich langweilig dieser Betrieb ist.« Sie wandte sich an ihre Mutter. »Du hast es natürlich immer verstanden, dich vor dem Geschäft zu drücken.«

»Deine Mutter hat genug mit ihrem Haushalt zu tun«, sagte Paul streng. »Außerdem verstehe ich wirklich nicht, warum dich der Stoffhandel langweilt.« Sie schien ernstlich erstaunt zu sein. »Diese herrlichen Seiden und Satins – in allen Farben des Regenbogens.«

Girlie lachte verächtlich. »Das ist es ja gerade, nichts als bunte Stoffe und Blümchenkleider, nicht ein einziges gut geschnittenes, einfaches schwarzes Kleid in dem ganzen Laden!«

»Dann mußt du eben dafür sorgen, daß gut geschnittene schwarze Kleider geführt werden«, versetzte Paul scharf.

»Das verstehen Sie nicht«, sagte Girlie mitleidig. »Niemand in Ballykeen würde auf die Idee kommen, in unserem Geschäft danach zu fragen.«

Paul schwieg einen Augenblick, dann murmelte sie: »Man kann nie wissen.« Sie warf den Kopf zurück. »Bleib dir selbst treu, mein Kind! Beweis es dir selbst, daß du tüchtig bist, dir, deinen lieben Eltern und George ...«

»George will keine geschäftstüchtige, praktische Frau – George gefalle ich so, wie ich bin.«

Paul betrachtete sie so traurig und weise wie eine müde alte Stute ihr verspieltes Fohlen.

»Männer erwarten verschiedene Dinge zu verschiedenen Zeiten. Das wirst du bestimmt eines Tages entdecken, Girlie.«

Auch Mickey rekelte sich gelangweilt auf einem Holzstuhl, aber im kleinen Speisezimmer. Peter saß zu seiner Rechten, seine Mutter zu seiner Linken, und er brachte es zuwege, einen noch gelangweilteren und frecheren Eindruck zu machen als Girlie. Peter vermied es, ihn anzusehen, um die Geduld nicht ganz zu verlieren, obwohl sie es als fast ebenso peinlich empfand, seine Mutter zu betrachten. Mrs. Coyle war bleich und verzweifelt. Sie versuchte händeringend, ihren Sohn gleichzeitig anzuklagen und zu verteidigen. Schließlich konnte Peter nicht länger an sich halten. »Ich habe Ihnen schon oft geraten, sich nicht alles gefallen zu lassen«, sagte sie streng. »Ihr Mann hat die Pflicht und Schuldigkeit, Ihnen Strümpfe zu kaufen, wenn Sie welche brauchen. Wenn Sie ihm gegenüber endlich mal energisch gewesen wären, hätte niemand für Sie stehlen müssen.«

Mrs. Coyle schien in sich zusammenzuschrumpfen.

»Tom ist arbeitslos.«

Das klang so resigniert, daß Peter sie am liebsten zurechtgeschüttelt hätte. Statt dessen bemerkte sie besorgt: »Sie sehen sehr blaß aus. Ich darf nicht vergessen, Ihnen eine Schachtel Eisentabletten mitzugeben.« Dann wandte sie sich an Mickey: »So, und was hast du mir zu sagen, Mickey?«

»Nichts«, antwortete Mickey.

Peter und Mickey sahen einander wortlos an und überlegten, wer von ihnen der Stärkere sei.

»Entschuldige dich bei Schwester Peter, Mikkey«, mahnte Mrs. Coyle jämmerlich.

Mickey wies zornig auf die dünnen Beine seiner Mutter, die sie, wie entschuldigend, um die Stuhlbeine gewunden hatte.

»Sonst hat sie keine, nicht mal für die Sonntagsmesse! Sie schämt sich vor den Nachbarn.«

»Und deshalb wolltest du nachhelfen, nicht wahr? Jedenfalls hast du es reichlich dumm angestellt, Mickey. Du hast deiner armen Mutter noch mehr Kummer zugefügt, als sie so schon hat«, sagte Schwester Peter strafend.

Mickey warf seiner weinenden Mutter einen mürrischen Blick zu.

»Sag, daß es dir leid tut, Mickey«, schluchzte Mrs. Coyle verzweifelt.

»Es tut ihm aber nicht leid«, stellte Schwester Peter trocken fest.

Mickey vergrub die Hände trotzig in den Hosentaschen.

»Warum sollte es auch?«

»Ich kann dir einen triftigen Grund angeben.«

»Frommes Gerede interessiert mich nicht.«

»War auch nicht beabsichtigt«, bemerkte Schwester Peter ruhig. »Ich bin nur sehr erstaunt, daß du dir deinen Vater zum Vorbild zu nehmen scheinst.«

Mickey starrte sie mit offenem Mund an. Ein tiefes Rot breitete sich über sein sommersprossiges Gesicht, er scharrte verlegen mit den Füßen und nahm die Hände aus den Taschen. Selbst seine Ohren waren jetzt hochrot. Mrs. Coyle, die das Ganze nicht begriff, sagte unglücklich: »Wir werden es Mr. Dillon wohl gestehen müssen, und vielleicht wird er Mickey doch noch eine Chance geben.«

Mickey blickte hoffnungslos auf den Boden; Trotz und Zorn waren verraucht.

»Das können wir nicht riskieren«, entschied

Schwester Peter energisch. Mutter und Sohn sahen sie erstaunt an. »Natürlich muß man seine Sünden beichten«, erklärte sie dem verdutzten Paar, »aber nicht jeder eignet sich dazu, ein Beichtvater zu sein. Wie dem auch sei – die Strümpfe müssen selbstverständlich zurückgelegt werden.«

Mrs. Coyles rotumränderte Augen weiteten sich entsetzt.

»Ich hab' den Zellophanumschlag zerrissen. Außerdem könnte ich sie nie wieder so schön zusammenlegen, wie sie waren.«

»Das ist auch ganz unwichtig, Mutti«, sagte Mickey verzagt. »Es ist kinderleicht, sie zu stehlen, aber ich weiß wirklich nicht, wie ich sie unbemerkt zurücklegen kann.«

Peter dachte einen Augenblick nach.

»Du kannst mir das Geld für die Strümpfe geben, wenn du dein Gehalt bekommst, und ich werde dafür sorgen, daß Girlie Dillon es heimlich in die Kasse tut.«

»Aber sein Vater...«, schluchzte Mrs. Coyle. »Er nimmt Mickey seinen Lohn ab... Was sollen wir nur tun?«

»Waren sie teuer?«

»Fünfzehn Schilling und sechs Pence«, sagte Mickey.

»Ach du liebe Zeit!« Peter war entsetzt. »Hättest du nicht wenigstens ein billigeres Paar stehlen können?« Sie seufzte. »Also gut, ich werde Girlie das Geld geben, und du kannst es mir später einmal zurückzahlen. Du bist wirklich ein dummer Junge, Mickey.«

»Ja, und es tut mir wirklich leid.«

Der Armenhauswachhund geleitete Mrs. Dillon und Girlie laut bellend zum Torbogen und mußte sich kurz darauf abermals von dem kleinen Fleckchen Sonne vor der Haustür erheben, um dafür zu sorgen, daß auch Mrs. Coyle und Mickey das Armenhaus verließen, ohne Unheil anzurichten.

Die Gnädigen sahen ihren Besuchern vom Fenster aus schweigend nach. Schließlich sagte Paul seufzend: »Ist im Sonnenschein Vitamin C enthalten?«

»Ich glaube, nur D.«

»Wie schrecklich! Ich hoffte, der Sonnenschein würde Tims fehlende Apfelsinen wenigstens teilweise ersetzen.« Paul schloß die Augen im Gedanken an den armen, unterernährten Hund. »Wie lange können wir noch aushalten, Peter?«

»Du fragst in einem Ton, als erwartest du jeden Augenblick ein Wunder«, erwiderte Peter ärgerlich. »Jedenfalls sind wir jetzt, dank Mickeys Dummheit, um fünfzehn Schilling und sechs Pence ärmer.«

Pauls Augen waren noch immer geschlossen, während sie die Perlen ihres Rosenkranzes durch die Hand gleiten ließ. Und wenn Peter noch so ärgerlich war – das Wunder vom Fisch und Brot war einmal geschehen, auch die heilige Veronika mit dem Rosenkorb ging ihr durch den Sinn und Elija und die guten Raben.

Und die selige Mutter Assumpta wachte im Himmel über ihnen.

Siebentes Kapitel

Die »Sprechstunde« der Armenhaus-Gnädigen am nächsten Morgen war, jedenfalls für diese Jahreszeit, außergewöhnlich gut besucht. Peter schickte einen reuigen Trinker resigniert zu Vater Hanlon, dem er zum fünften Male das Gelöbnis der Enthaltsamkeit ablegen würde. Auf den Trinker folgten eine Reihe von rheumatischen Fällen, darauf zwei verletzte Finger, ein geröteter Hals, ein verstauchtes Knie und ein paar erstaunlich große Warzen. Nachdem der letzte Patient gegangen war, betrachtete Schwester Peter traurig den zusammengeschrumpften Medikamentenvorrat. Heute hatten die beiden Nonnen Medizin und Bandagen mit ungewohnter Großzügigkeit verteilt, denn sie hatten die Hoffnung fast aufgegeben.

Peters Füße schmerzten, und sie ließ sich aufatmend in einen Stuhl fallen. Beide Nonnen blickten eine Zeitlang schweigend in den lieben, vertrauten Hof hinaus. Dann wandte Paul sich ab.

»Es heißt, daß Gott niemals eine Tür verschließt, ohne eine andere zu öffnen, Peter.«

Peter lächelte traurig.

»Natürlich wird er eine andere öffnen, aber wir haben keine Lust hineinzugehen.«

»Das zählt nicht«, erwiderte Paul entrüstet und

ließ ihren Blick wieder über den Hof schweifen. In einer Ecke war Richard damit beschäftigt, das letzte bißchen Unkraut auszureißen. »Borgia sagt, daß Richard sich bei ihr über das Essen beschwert hat. Natürlich weiß er nicht, warum sie so sparen muß. Können wir es uns leisten, ihm am Sonnabend sein Pfund zu geben, Peter?«

»Nein.«

»Wir könnten auf Butter verzichten.«

»Wenn wir uns noch weiter einschränken, werden wir verhungern – ich bin jetzt schon nicht mehr richtig satt.«

»Wenn wir Zisterzienserinnen oder Klarissinnen wären, würden wir an Fasten gewöhnt sein.«

»Wir sind weder das eine noch das andere.«

»Und wenn wir zum Franziskanerorden gehörten, dürften wir eine Glocke läuten, um den Bewohnern der Stadt mitzuteilen, daß wir nichts mehr zu essen haben.«

»Wir sind aber…, was hast du eben gesagt, Paul?«

Paul sah sie vorwurfsvoll an, aber Peter starrte ins Leere. Paul hielt den Atem an – diesen Blick kannte sie.

»Hast du etwa doch noch eine Idee…«

»Sei ruhig!«

Ganz offensichtlich hatte die tapfere alte Nonne selbst jetzt die Hoffnung noch nicht aufgegeben, aber nach einer längeren Pause sagte sie nur: »Es wird uns nichts anderes übrigbleiben, als Richard zu sagen, daß wir ihm Ende dieser Woche kein Geld geben können und daß er in der darauffolgenden Woche nicht mehr ins Armenhaus kommen soll.« Sie stand mühsam auf, und Paul brachte nichts anderes heraus als ein trauriges »Ja«.

Peter teilte Richard den Sachverhalt in kurzen Worten mit, ohne ihn selbst zu Wort kommen zu lassen. Paul sah ihn nur unglücklich und schweigend an, und erst als Peter Richard abschließend bat, sich bei ihnen zu verabschieden, bevor er in sein Altersheim auf dem Land zurückkehre, konnte Paul nicht mehr an sich halten.

»Aber ich hoffe doch, daß Sie uns hin und wieder im Kloster besuchen werden, Richard?« bat sie fast flehend.

Richard knirschte mit den Zähnen.

»Diese Saubande!«

»Aber Richard!!«

»Gönnen Ihnen nicht die paar Pennys für Ihr bißchen Essen und Trinken ...«

»Nehmen Sie sich bitte zusammen, Richard!« befahl Peter.

Sie und Richard standen sich wütend gegenüber.

Paul versuchte die Situation zu retten.

»Der Orden der Gnadenreichen Mutter hat leider große finanzielle Verpflichtungen, aber Sie brauchen uns nicht zu bedauern, wir alle werden im Kloster sehr gut aufgehoben sein.« Mit einem unnatürlich strahlenden Lächeln fügte sie hinzu: »Wir werden Sie natürlich sehr vermissen, Richard.« Richard sah noch immer wütend aus. »Und es tut uns schrecklich leid, daß wir Ihnen in dieser Woche nicht Ihr Pfund geben können.«

»Himmeldonnerwetter noch mal, glauben Sie vielleicht, daß ich mich darüber aufrege?«

»Richard!«

Weder Peters starrer Blick noch Pauls sanft vorwurfsvoller Ton konnten Richards Redefluß dämmen.

»Und was soll aus dem armen Esel werden? Wollen sie ihn vielleicht auf die Straße werfen und verhungern lassen? Gönnen die ihm nicht mal mehr sein bißchen Heu? Und was geschieht mit dem kleinen Hund? Den soll der Tierarzt wohl umbringen, was?« Richard lachte höhnisch. »Oder vielleicht binden sie ihm einfach einen Ziegelstein um den Hals und werfen ihn in den Fluß, um die paar Schillinge für den Tierarzt zu sparen.« Er fuhr mit einer schrillen Falsettstimme fort: »Wir dürfen unser Geld keinesfalls verschwenden, wir müssen eine geschmackvolle moderne Schule für die verwöhnten Gören bauen und unsere Kapelle renovieren und schmücken, auf daß wir späterhin mit 'nem Heiligenschein einherwandeln können.«

»Ich habe nicht die Absicht, mir Ihr Gerede noch länger anzuhören, Richard. Komm, Paul«, sagte Peter und ging hocherhobenen Hauptes mit steifen Schritten zur Tür.

»Und wohin soll ich jetzt gehen, wenn ich Ruhe und Luftveränderung brauche?« schrie er ihnen nach. Paul drehte sich um und sah ihn mitleidig an. »Und verschonen Sie mich mit Ihren albernen Einladungen. Glauben Sie vielleicht, daß mich diese eingebildete Äbtissin da oben mit offenen Armen empfangen wird, wenn ich meine Nonnen besuchen will?«

»Manchmal entwickeln sich die Dinge noch schlimmer, als man erwartet hat«, sagte Paul mit schwacher Stimme, nachdem sie die Tür hinter sich geschlossen und den wutschnaubenden Richard zurückgelassen hatten. Peter antwortete nicht. »Bitte, sei dem armen Richard nicht böse, Peter«, bat Paul zitternd.

Peter warf ihr einen seltsamen Blick zu.

»Nein, ich werde Richard bestimmt nicht böse sein.« Richard ließ sich an diesem Tag nicht mehr im Armenhaus blicken. Statt dessen trieb er sich stundenlang in der Stadt herum. Um zehn Uhr abends war er in Henneys Bar, als George Pepper eintrat, wahrscheinlich, um sich weitere Informationen für das Buch zu holen, in dem Ballykeen auf den Seziertisch gelegt werden sollte. Richard löste sich aus einer Gruppe von Biertrinkern und war mit einem Sprung an Georges Seite.

Zwei Stunden später, nachdem sie sich jeder zwei große Flaschen Bier einverleibt hatten, begann George in seinem Bett eifrig Eintragungen in sein Notizbuch zu machen, während Richard seine Kerze im Ostflügel des Armenhauses anzündete.

Am darauffolgenden Freitag wanderte Vater Hanlon, verschmitzt lächelnd, mit dem ›Argus‹ unter dem Arm die Allee zum Kloster hinauf. Als er sich der Haustür näherte, bog die Äbtissin, die gerade aus dem Garten kam, um die Ecke. Sie trafen sich bei den Türstufen.

»Guten Tag, Mutter Rosario.«

Sie sieht sehr kühl und selbstsicher aus – übertrieben selbstsicher, dachte Vater Hanlon.

»Ein herrlicher Nachmittag, nicht wahr?« sagte er lächelnd. Dann berührte er die Zeitung unter seinem Arm. »Ich habe Ihnen den ›Argus‹ mitgebracht.«

»Vielen Dank, Vater Hanlon. Unsere Zeitung ist, glaube ich, noch nicht da. Möchten Sie nicht hereinkommen?«

»Ich muß leider bald wieder zu Hause sein, habe mir nur die Beine ein wenig vertreten und wollte bei der Gelegenheit hören, ob Sie etwas über die Entwicklung der Dinge im Hinblick auf die guten Schwestern Peter und Paul erfahren haben.«

Er überreichte ihr den ›Argus‹ mit harmloser Miene. Die Äbtissin runzelte die Stirn.

»Ich fürchte, daß ihre Geldmittel so gut wie erschöpft sind.«

»Ich sagte Ihnen ja, daß sie bis zum letzten kämpfen werden«, meinte Vater Hanlon.

»Es war durchaus nicht meine Absicht, den beiden Nonnen Schwierigkeiten zu bereiten.«

»Gewisse Schwierigkeiten waren leider unvermeidlich, aber ich gebe zu, daß Ihr Plan äußerst geschickt war, Frau Äbtissin«, sagte Vater Hanlon bewundernd. »Ich nehme an, daß sie an einem der nächsten Tage schüchtern und bescheiden im Kloster eintreffen werden.«

Die Äbtissin lächelte.

»Vielleicht nicht gerade schüchtern und bescheiden ...«

»Bitte werfen Sie doch einmal einen Blick auf den ›Argus‹«, bat Vater Hanlon in sonderbar süßem Ton.

Die Äbtissin sah ihn kurz an und entgegnete ruhig, ohne die Zeitung zu öffnen: »Wenn Mr. Pepper, wie ich annehme, einen Artikel über die bevorstehende Schließung des Armenhauses geschrieben hat, kann er uns damit in keiner Weise schaden – im Gegenteil, ich bin immer dafür, derartige Tatsachen öffentlich bekanntzugeben, obwohl ich Mr. Peppers Stil durchaus nicht billige.« Sie verschränkte die Hände auf dem ›Argus‹ und sagte herausfordernd: »Ich bin fest davon überzeugt, daß die Schwestern Peter und Paul sich nicht bei dem jungen Journalisten beschwert haben. Ich würde mich schämen, wenn ich ihnen in dieser Beziehung nicht blind vertraute.«

Vater Hanlon wandte seinen Blick von dem Giebel über der Mauer und sagte mit unverhohlenem Erstaunen: »Glauben Sie wirklich, daß die beiden zu den Menschen gehören, die ihr Leiden schweigend ertragen? Für diesen Typ habe ich sie eigentlich nie gehalten.« Er schüttelte erstaunt den Kopf. »Und doch haben Sie nicht ganz unrecht. Sie haben tatsächlich keiner Menschenseele etwas gesagt, sondern lediglich ihren Gehilfen informiert, daß sie ihn nicht mehr beschäftigen können.« Die Äbtissin biß sich auf die Lippen. Richard Burke war seit langem ein wunder Punkt in den Beziehungen zwischen ihr und den Schwestern gewesen. »Das Resultat war allerdings überwältigend – er hat es überall herumerzählt.«

Die Äbtissin sagte, ohne mit der Wimper zu zucken: »Ich kann nur wiederholen, daß ich in jedem Fall dafür bin, die Tatsachen öffentlich bekanntzugeben.«

Vater Hanlon war wie ein Kind, das ungeduldig darauf wartet, ein Geschenk auszupacken.

»Bitte werfen Sie doch einen Blick auf den ›Argus‹, Frau Äbtissin.«

Die Äbtissin, starr und unbeweglich wie eine Statue, blickte statt dessen die Allee hinunter. Vater Hanlons Augen folgten ihrem Blick und sahen den Armenhausesel mitsamt seinem Wagen und dem Kutscher Richard in flottem Tempo auf das Kloster zufahren. Billy war glatt gestriegelt, die Messingbeschläge seines Geschirrs waren blank geputzt, der Wagen glänzte frisch lackiert, und Richard trug ein blütenweißes Hemd. Die Equipage hielt mit elegantem Schwung dicht neben den Hausstufen, Richard begrüßte den Pfarrer und die Äbtissin, indem er die Hand respektvoll an seine Mütze legte, während Billy stolz und unbeweglich stehenblieb, ein leuchtendes Beispiel für alle Esel, jung und alt.

»Was bedeutet das?« fragte Vater Hanlon mit einem erstaunten Blick auf den kleinen Wagen.

Die Äbtissin antwortete nicht.

Der Wagen war mit Obst, Gemüse, mehreren Hühnern und einem großen Korb Eier beladen.

»Schwester Borgia bat mich, das alles in der Klosterküche abzugeben«, erklärte Richard mit ruhiger Würde. »Wir haben zuviel im Armenhaus, und es wäre eine Sünde, die guten Dinge verkommen zu lassen.« Sein Gesicht blieb ausdruckslos, während er ernst hinzufügte: »Schwester Borgia mußte die Leute bitten, uns nicht gar soviel auf einmal zu schenken.«

»Ein prächtiges Brathuhn«, sagte Vater Hanlon. Er zeigte auf ein besonders schönes Huhn, vermied es jedoch, die Äbtissin dabei anzusehen.

Richard verneigte sich ehrfürchtig vor Mutter Rosario.

»Darf ich die Sachen jetzt in die Küche bringen?«

»Selbstverständlich«, erwiderte die Äbtissin kalt. Richard antwortete mit einer steifen Verbeugung.

Vater Hanlon wußte nicht, wen von den beiden er mehr bewunderte. Außerdem bewunderte er auch seine eigene Selbstkontrolle. Nachdem Richard mit seinem Eselwagen schwungvoll um die Ecke gebogen war, zitterten seine Lippen fast unmerklich, als er sich zur Äbtissin wandte. »Auf der zweiten Seite«, sagte er schlicht.

Die fettgedruckte Überschrift auf der zweiten Seite des ›Argus‹ lautete: ARMENHAUS-FONDS. BEGEISTERTE VERSAMMLUNG IM RATHAUS FÜR DIE GUTE SACHE. Vater Hanlon blickte lächelnd über die Schulter der Äbtissin, um sein Gedächtnis noch einmal aufzufrischen. Obwohl die Versammlung nur kurz vorher angekündigt worden war, war der Sitzungssaal zum Bersten voll. Es wurden viele und lange Reden gehalten, in denen darauf hingewiesen wurde, daß es der Wunsch der seligen Mutter Assumpta gewesen war, die guten Nonnen zum mindesten bis zu Sarah Slaneys Tod im Armenhaus zu lassen. Nachdem auch der Bürgermeister gesprochen hatte, ging man zum geschäftlichen Teil über. Es wurde ein Komitee gebildet, der Bürgermeister zum Vorsitzenden und George Pepper zum Sekretär gewählt, und der Aufforderung,

Geld für den guten Zweck zu spenden, wurde freudig Folge geleistet.

»Mr. Henry Fitzgerald – zehn Pfund. Der geizigste Mann in der Stadt!« sagte Vater Hanlon sichtlich zufrieden. »Aber er weiß, was gut fürs Geschäft ist.«

Die Äbtissin schwieg.

»Mr. William Dillon zehn Pfund – erstaunlich.« Er fuhr fort, aus der langen Liste hin und wieder einen Namen zu verlesen, bis er zu denjenigen kam, die sich mit praktischen Diensten zur Verfügung gestellt hatten. »Mr. Daniel Moloney – Küchenreparaturen. Mr. Patrick Loby – Schuhreparaturen, Mr. Owen Kelly stellt Stroh und Hafer zur Verfügung. Wie ich höre, soll Mr. Richard Burke bereit sein, Gelegenheitsarbeit anzunehmen, um selbst für seine Verpflegung im Armenhaus aufzukommen, doch hat er bisher noch keine Angebote erhalten.«

Die Äbtissin schwieg noch immer. Schließlich faltete sie den ›Argus‹ zusammen und sagte mit unheimlicher Ruhe: »Diesmal sind die Schwestern Peter und Paul zu weit gegangen.«

»Sie dürfen den Schwestern keinen Vorwurf machen, sie selbst sind an der ganzen Sache unschuldig.«

»Nach meiner Ansicht sind sie dafür verantwortlich«, erwiderte die Äbtissin unerbittlich.

Vater Hanlon räusperte sich.

»Ich weiß, wie Ihnen zumute ist. Auch ich empfand diese Anhäufung von Brathühnern, Obst und Gemüse als etwas vulgär. Immerhin müssen wir zugeben, daß die guten Einwohner von Ballykeen, ohne einer himmlischen oder irdischen Belohnung sicher zu sein, aus freien Stücken gegeben haben; diesen Geist christlicher Nächstenliebe müssen wir anerkennen und unterstützen.«

Die Finger der Äbtissin krampften sich um die Zeitung. Sonst gab sie kein Zeichen der Verstimmung von sich.

»Zweifellos meinen es alle diese Leute gut, aber ihre Großzügigkeit ist fehl am Platz, und man muß sie darauf hinweisen. Das Mutterhaus in Dublin wird äußerst ungehalten sein. Der Orden der Gnadenreichen Mutter ist nicht auf mildtätige Spenden angewiesen.«

»Da Ballykeen verständlicherweise anderer Meinung war, wird sich das Mutterhaus damit abfinden müssen. Es tut mir leid, daß Sie sich in diese unangenehme Lage gebracht haben, Mutter Rosario«, fuhr Vater Hanlon mitfühlend fort, »aber was kann man tun? Die Leute lieben ihre Armenhaus-Gnädigen und sind bereit, die Kosten für ihren Aufenthalt im Armenhaus zu übernehmen. Man kann nichts dagegen unternehmen, ohne das Andenken unserer Ehrwürdigen Mutter Assumpta zu schänden, die ganze Stadt in Aufruhr zu versetzen und eine Kirchenspaltung zu verursachen.«

Die Äbtissin warf ihm einen sonderbaren Blick zu. »Manchmal habe ich fast den Wunsch, ein Schisma zu riskieren.«

»Unmöglich, denn es würde mir zufallen, die Sache wieder in Ordnung zu bringen«, sagte Vater Hanlon bestimmt. »Wir müssen Prüfungen dieser Art mit Würde tragen, Mutter Rosario.«

Er stellte mit einem Seitenblick fest, daß die Äbtissin im Augenblick Mühe hatte, die nötige Würde zu bewahren, und er hielt den Zeitpunkt für gekommen, seinen Spaziergang fortzusetzen. Bevor er ging, wandte er sich noch einmal um.

»Ich muß Ihnen noch mitteilen, Frau Äbtissin, daß Seine Hochwürden ganz meiner Meinung sind.«

Achtes Kapitel

Nachdem ihm viele Manuskripte versprochen worden waren und er noch viele Gläser irischen Kaffee getrunken hatte, kam Gerald K. Simpson nach Ballykeen. Als er auf die Stadt zufuhr, sah er unter sich den Strand, golden und schön, wie seine Mutter ihn beschrieben hatte, sowie die Gebäude des weißen Klosters und des aus Granit erbauten Armenhauses, die sich, durch eine Bucht voneinander getrennt, gegenüberstanden. Dann fuhr er in die Stadt hinunter; dort schimmerte das Meer durch die Lücken zwischen den Häusern, und die hellen, freundlichen Straßen standen im angenehmen Gegensatz zu den trüben, stillen Dörfern, durch die er gefahren war. Zuerst hielt er beim Kurhotel, vor dem die exotischen, leicht vertrockneten Palmen noch immer ebenso rauschten wie in der Erinnerung seiner Mutter. Nachdem er sich im Hotelregister eingetragen und seinen Wagen geparkt hatte, setzte er seine Pilgerfahrt zu Fuß fort.

Er schritt wie im Traum durch einen Ort, der ihm gleichzeitig fremd und bekannt war. Hier, in der Hauptstraße, war das Kaufhaus mit einer modernen Fassade, das noch immer einem Dillon gehörte. Dort der kleine Laden an der Ecke mußte der Tabakladen sein, in dem seine Mutter

Schnupftabak für seinen Vater gekauft hatte, und hier stand die Kirche, und dahinter lag der Friedhof, und auf den Grabsteinen standen die Namen, die seine Mutter so oft erwähnt hatte. Mr. Simpson bog in eine Seitenstraße ein und kam zur Strandpromenade, die erst kürzlich verbreitert und asphaltiert worden war, aber bis auf die »Ozean-Tanzdiele«, die seine Mutter nicht gekannt hatte, war alles wie damals, und er sah Hurleys Vergnügungspark mit dem Karussell, der Rutschbahn, dem Großen Rad und dem Zelt der Wahrsagerin, von dem seine Mutter ihm vorgeschwärmt hatte. Bald darauf verließ er den Vergnügungspark am Meer und schlug die Richtung zum Armenhaushügel ein.

Er ging langsam, und als er zu der Ecke kam, von der die Straße zum Hügel abbog, ging er noch langsamer. An dieser Ecke glaubte er hinter einer hohen Fuchsienhecke Rauch aufsteigen zu sehen. Ein gebückter alter Mann schlurfte über die Straße. Mr. Simpson betrachtete das Rauchwölkchen und blieb wartend stehen.

»Schönes Wetter heute«, sagte der alte Mann höflich.

»Können Sie mir sagen, ob am Fuß des Armenhaushügels ein kleines Haus steht?« fragte Mr. Simpson zögernd.

»Meinen Sie das Haus vom Stromer Coyle?«

»Ist es ein altes Haus?«

»Solang ich mich erinnern kann, hat es dort gestanden.« Der alte Mann räusperte sich, bevor er schüchtern fragte: »Sind Sie vielleicht ein Yankee?«

»Ja.«

»Das hab' ich mir doch gleich gedacht. Sie sind wohl mit den Coyles verwandt?«

»Nein, nicht mit den Coyles«, erwiderte Mr. Simpson. »Entsinnen Sie sich, ob eine Familie McGrath in dem Haus gelebt hat?«

»McGrath ... McGrath«, wiederholte der alte Mann nachdenklich. Dann stieß er plötzlich einen Triumphschrei aus. »Ich hab's! Ich hab's! Muß so vor vierzig, fünfzig Jahren gewesen sein, nicht wahr?« Mr. Simpson nickte. »Sind spurlos verschwunden«, sagte der Alte mitleidig, »tot und begraben.« Dann fügte er nach einer Pause hinzu: »Ja, ja, und die eine Tochter ist nach Amerika ausgewandert, jetzt fällt's mir wieder ein.«

»Meine Mutter«, sagte Mr. Simpson.

Der alte Mann trat erstaunt einen Schritt zurück, bevor er den Abkömmling der alten irischen Familie warm im Namen der Heimat willkommen hieß.

Die Fuchsienhecke war von Blüten übersät, die Bienen umsummten die leuchtenden Blumen, ganz wie es Mr. Simpson beschrieben worden war, aber statt des weißgetünchten Hauses mit dem goldenen Strohdach sah er verfallene Mauern und ein mit Segeltuch bespanntes Dach vor sich. Mr. Simpson war zwar darauf eingestellt, in sentimentalen Erinnerungen zu schwelgen, doch beim Anblick dieser ärmlichen Behausung konnte er sich eines Gefühls der Dankbarkeit nicht erwehren. Ja, er war dankbar, daß er und seine Mutter diesem Elend entkommen waren.

Während Mr. Simpson noch in Gedanken verloren auf das Heim seiner Vorfahren starrte, kam ein Junge über den Gartenpfad zum Holztor.

»Möchten Sie etwas, Sir?«

Mr. Simpson schreckte zusammen.

»Meine Mutter hat hier gelebt.« Der Junge sah ihn erstaunt an. »Vor vierzig Jahren.«

»Da wird's wohl anders ausgesehen haben«, sagte der Junge verdrießlich, »aber mein Vater und meine Mutter haben sicher nichts dagegen, Ihnen das Haus zu zeigen.«

»Vielen Dank, vielleicht ein anderes Mal«, erwiderte Mr. Simpson, der genug gesehen hatte. Er brach einen Zweig von der Hecke. »Eine wunderschöne Hecke!«

Das Gesicht des Jungen verklärte sich. Ein Wortschwall sprudelte aus ihm hervor: »Manchmal, an einem sonnigen Tag, wenn alles ruhig ist und die Bienen hin- und herfliegen, ist es, als ob die Hecke selbst singen würde.« Er unterbrach sich und stieß einen Kieselstein vom Gartenpfad, dann sagte er kurz: »Fuchsien gibt's hier haufenweise – es ist eine ganz gewöhnliche Hecke.«

»Tatsächlich?« Mr. Simpson entfernte sich nachdenklich; plötzlich ging er zurück und fragte: »Kann ich ..., würdest du dieses kleine Geschenk annehmen?«

Der Junge starrte mit offenem Mund auf die Pfundnote, dann ergriff er sie rasch mit gierigen Händen, steckte sie in die Tasche und sagte atemlos: »Vielen Dank, Sir.«

Mr. Simpson verließ die singende Hecke und machte sich auf den Weg zum Armenhaus. Sonderbarerweise war er enttäuscht, obwohl gerade er hätte wissen müssen, daß Poesie und Geldgier Hand in Hand gehen können.

Tims lautes Bellen brachte Peter und Paul zum Fenster. Der Armenhauswachhund, voll von Kraft und Vitamin C, geleitete einen fremden Herrn zur Haustür. Die beiden Nonnen setzten sich schnell wieder hin, falteten die Hände im Schoß und warteten still und gefaßt, wie es Nonnen geziemt. Sie lauschten Borgias raschen Schritten im Korridor, dem Aufschnappen der Haustür und dem unverständlichen Murmeln einer Unterhaltung, die so lang andauerte, daß Peter ungeduldig die Stirn runzelte und Paul mit den Füßen scharrte. Aber als sich die Tür öffnete und Borgia und Tim den Fremden aufgeregt ins Zimmer führten, boten die beiden Nonnen wieder ein Bild des Friedens und der Gelassenheit.

»Schwester Peter, Schwester Paul! Sie werden bestimmt nicht erraten, wer uns heute besucht«, rief Schwester Borgia erregt und schob den Besucher in die Stube. »Wissen Sie, wer er ist? Der Sohn von Eileen McGrath!«

Sie trat einen Schritt zurück, um die Wirkung ihrer Worte auszukosten. Nachdem Mr. Simpson schließlich zwischen den beiden Nonnen Platz genommen hatte, die stets von neuem in Worte der Überraschung und des Entzückens ausbrachen, stellte Borgia fest, daß alles oft besser ausginge, als man je zu hoffen gewagt habe, und daß sie jetzt auf die Milchbrötchen aufpassen müsse. Tim folgte ihr in die Küche.

»Genau, wie ich sie mir vorgestellt habe, und das gleiche gilt für Sie, liebe Schwestern«, sagte Mr. Simpson befriedigt.

»Wir freuen uns natürlich sehr, Sie kennenzulernen«, erwiderte Schwester Peter und musterte ihn wohlwollend. »Ja, Sie sind ganz der Sohn Ihrer Mutter.«

»Eileen war ein entzückendes Mädchen«, stellte Paul verträumt fest.

»Sie hat Sie nie vergessen«, sagte Mr. Simpson nach kurzem Schweigen. »Sie hatte die Absicht, zurückzukommen und Ihnen für alles zu danken, was Sie für sie getan haben. Als sie erkannte, daß es zu spät war, versprach ich ihr, an ihrer Stelle zu Ihnen zu fahren und Ihnen zu danken.«

»Kein Grund zum Dank«, sagte Peter schnell. »Wir haben sie nur einmal gepflegt, als sie krank war – sonst nichts.«

»Aber es ist doch schön, daß sie uns nicht vergessen hat«, fügte Paul leise hinzu. »Wir haben Eileen sehr gern gehabt.«

Peter hustete warnend und erkundigte sich mit steifer Höflichkeit, ob es Mr. Simpson in Irland gefalle.

»Natürlich interessiert es mich, den Ort meiner Geburt zu sehen.«

Wieder folgte ein kurzes Schweigen, dann erklärte Paul freundlich: »Ja, Ballykeen ist wirklich sehr hübsch.«

Mr. Simpson lächelte.

»Ich sprach von meinem Geburtshaus – von diesem Armenhaus.«

»Sie hat es Ihnen also erzählt?« fragte Peter langsam.

»Ja, sie hat mir alles erzählt. Ich wurde hier geboren, in dem Haus, in dem die unehelichen Kinder zur Welt kamen, und ich weiß, daß Sie die einzigen waren, die ihr halfen, als ihre eigenen Eltern sie im Stich ließen – sie hat mir auch erzählt, daß Sie ihr manchmal die Leviten gelesen haben«, fügte er lächelnd hinzu.

»Wir waren sehr böse, daß sie sich so töricht benommen hatte«, sagte Peter.

»Ich weiß auch, daß alle anderen ihr zurieten, ihr Baby – mich – adoptieren zu lassen, und daß Sie ihr Geld verschafften, um mit mir nach Amerika auswandern und ein neues Leben beginnen zu können. Das tat sie, und es ist uns beiden gut gegangen.«

»Ich habe niemals bezweifelt, daß, mit ein wenig Glück, etwas aus dem Mädchen werden würde«, stellte Peter zufrieden fest.

»Und sie war kein schlechtes Mädchen«, sagte Paul und sah Gerald Simpson herausfordernd an – sollte er es nur wagen, an seiner Mutter Kritik zu üben! »Eileen und Denny Keegan waren sehr jung und sehr verliebt, und natürlich wollten sie heiraten, aber Dennys Vater hat es nicht erlaubt, weil Eileen keine Mitgift bekam.«

»Ich glaube fast, daß meine Mutter Glück hatte, meinem Vater zu entkommen«, sagte Mr. Simpson. »Der Mann, den sie in Amerika heiratete, war bestimmt ein wertvollerer Mensch. Er hat mich adoptiert, und wahrscheinlich war er mir ein besserer Vater, als Denny es gewesen wäre.«

Paul sah unglücklich aus.

»So darf man nicht über seinen Vater sprechen. Denny war ein lieber Bursche.«

»Er mußte eine Frau mit einer Mitgift haben, um seine Schwester verheiraten zu können, wenn die neue Frau auf den Bauernhof kam«, erklärte Peter.

»Komplizierte Sache«, bemerkte Mr. Simpson.

»Der arme Denny bekam eine gräßliche Frau, die dauernd an ihm herumnörgelte. Außerdem wurde sie furchtbar dick«, sagte Paul. Sie sah Mr. Simpson von der Seite an. »Er ist vor drei Jahren gestorben.«

Mr. Simpson verbarg den Mangel an echten Trauergefühlen, indem er von seiner Mutter und ihrem Leben in New York erzählte. Er zeigte den beiden Nonnen Fotografien von seiner Frau und seinen Kindern; Peter und Paul fanden die Kinder bezaubernd, und sie waren sehr beeindruckt von einer reizenden Familiengruppe, die vor Simpsons Haus in Long Island stand.

»Wenn Sie als ein Keegan zur Welt gekommen wären, hätten Sie es wohl kaum zu einem so schönen Haus gebracht«, meinte Peter.

»Mein Vater – ich meine natürlich meinen Stiefvater – hat mir eine gute Erziehung gegeben. Ich studierte Jura, praktizierte jedoch niemals als Anwalt, sondern wurde Verleger. Der Verlag ist noch nicht sehr groß, aber wir hoffen, uns bald zu vergrößern.«

Paul sah ihn verzückt an.

»Sie sind Verleger?«

»Sie schreibt nämlich Gedichte«, erklärte Peter stolz.

Das hat mir gerade noch gefehlt, dachte Mr. Simpson. Selbst in Ballykeen wird man von Autoren verfolgt! Er bemerkte die fest gefalteten Hände und das ekstatische Pferdegesicht mit Schrecken, aber er sagte tapfer: »Im allgemeinen veröffentlichen wir keine Gedichte, trotzdem wird es mich natürlich sehr interessieren, Ihre Arbeiten zu sehen, und ich bin im Prinzip gern bereit, eine ansprechend gebundene, limitierte Ausgabe drucken zu lassen.«

Paul errötete und sagte verschämt: »Meine Gedichte sind Ihrer Aufmerksamkeit nicht würdig, aber einer unserer Freunde ist ein junger Schriftsteller, und er wird bestimmt großen Wert darauf legen, Sie kennenzulernen.«

Peter warf Paul einen anerkennenden Blick zu, dann sagte sie zu Mr. Simpson: »Ich selbst kann es nicht beurteilen, aber man hält George Peppers Stil allgemein für ausgezeichnet.«

»Wirklich?« fragte Mr. Simpson mit schwacher Stimme.

»Wir können Ihnen einige seiner Zeitungsartikel zeigen, aber seine eigentlich schöpferische Begabung liegt auf einem anderen Gebiet – er schreibt einen Roman«, erklärte Paul.

Diesen Satz hatte Mr. Simpson leider schon sehr oft gehört, aber bevor er Zeit hatte, sich eine Antwort zu überlegen, erschien Borgia und meldete respektvoll: »Mickey Coyle wartet draußen; er wünscht Sie zu sprechen, Schwester Peter.« Nachdem Peter hinausgegangen war, fragte Paul schüchtern: »Darf ich Ihnen einiges über George Pepper und seine Freundin, Girlie Dillon, berichten?«

Mr. Simpson lauschte der romantischen Erzählung etwa zehn Minuten lang, dann pflichtete er Schwester Paul bei und sagte, niemand habe ein Recht, zwei liebende Menschen voneinander zu trennen. Er gab auch zu, daß Geld nicht so wichtig sei, wie man allgemein annahm, und schließlich erklärte er sich bereit, George Peppers – vorläufig noch unvollendeten – Roman zu lesen. Er fügte hinzu, daß es für einen jungen Autor von größter Wichtigkeit sei, sein Werk einem Sachverständigen zu unterbreiten, denn wenn er unbegabt sei, müsse man ihm beizeiten die Wahrheit sagen, damit er sich keine weiteren Illusionen mache.

Paul ließ sich durch diese Warnung nicht erschüttern und erklärte, daß Girlie Georges Roman für ganz ausgezeichnet halte. Dann fügte sie nach kurzem Zögern hinzu: »Heutzutage werden wohl manchmal recht freie Bücher geschrieben, aber in Amerika wird man sich vielleicht nicht daran stoßen ...«

Während Mr. Simpson Paul über diesen Punkt beruhigte, kehrte Peter mit zufriedenem Gesicht zurück. Borgia folgte ihr mit einem Tablett, das sie neben Mr. Simpson stellte.

»Die Milchbrötchen sind, gottlob, gut geraten, und ich will gerade noch ein paar Kartoffelpuffer backen. Die bekommt man doch in Amerika nicht, glaube ich?« Mr. Simpson, dessen Frau sehr auf seine schlanke Linie bedacht war, versicherte Borgia, daß derartige Delikatessen in Amerika tatsächlich nicht zu haben seien.

»Und dieser Kuchen ist federleicht«, behauptete Borgia und schob einen reichen Rosinenkuchen in die Mitte des Tabletts.

Nachdem seine aufmerksamen Gastgeberinnen ihn gezwungen hatten, eine siebentägige Ration von Kohlehydraten zu sich zu nehmen, lehnte sich Mr. Simpson wohlig und zufrieden in seinen Sessel zurück und erwiderte das glückliche Lächeln der beiden freundlichen Nonnen. Er war sicher, daß sein Blutdruck schon wesentlich gesunken war und daß seine Arterien bereits weicher und elastischer wurden. Noch eine Woche in Ballykeen, und er würde selbst George Peppers Meisterwerk, ja sogar ganz New York mit ruhiger Gelassenheit an sich herankommen lassen.

Bevor er ging, wurde er zu Sarah geführt, die von Borgia adrett und so dekorativ wie möglich hergerichtet worden war. Leider verdarb sie den guten Eindruck sofort, weil sie sich bei Mr. Simpsons Anblick mit einem schrillen Lachen in die Kissen zurückwarf.

»Das geschieht den Keegans recht, haha!« krächzte sie vergnügt, während Peter sie wieder aufsetzte und Paul versuchte, den Spitzenschal auf ihrem kahlen Schädel glattzuziehen. Sie zwinkerte Mr. Simpson herausfordernd zu. »Gut für Eileen McGrath, das arme gefallene Mädchen. Sie sind wohl 'n Millionär, was?«

»Das gerade nicht«, erwiderte Mr. Simpson.

Sarah schien enttäuscht zu sein. »Aber so gut wie, stimmt's?«

Mr. Simpson nickte, um sie zu beruhigen.

»Eileen McGrath' Sohn hat's also zu was gebracht, das freut mich wirklich, das wird die hochnäsigen Keegans furchtbar ärgern – die haben keinen Millionär in ihrer vor Geiz stinkenden Familie, das geschieht ihnen recht! Gott schütze Eileen McGrath' Sohn!«

»Sie meint es gut«, versicherte ihm Peter.

»Ja, ich weiß«, sagte Mr. Simpson und sah Sarah freundlich an.

Als Mr. Simpson mit den Armenhaus-Gnädigen über den Hof ging, fühlte er sich, trotz seines überladenen Magens, noch immer wohl und zufrieden. Nie in seinem Leben war er Menschen wie Peter und Paul begegnet. In diesem Augenblick glaubte er fast, auch noch nie einen so reizenden Hund wie Tim getroffen zu haben. Er fühlte sich als Ire – er war in die Heimat zurückgekehrt. Während er nach Worten suchte, mit denen er seine Gefühle zum Ausdruck bringen konnte, bemerkte er in der Wand, in der Nähe des Eingangstors, eine große leere Nische. Um seine Dankbarkeit zu beweisen, bot er den beiden Nonnen an, ihnen eine schöne Heiligenfigur für die Nische zu schenken.

Paul sah merkwürdig verstört aus, und Peter erklärte kurz, daß die Nische ursprünglich einmal für die Magermilchkrüge bestimmt war, die die Molkerei den Armenhäuslern zu spenden pflegte. Mr. Simpson lachte, aber er war enttäuscht, da er gern etwas für die Schwestern tun wollte. Sie versprachen ihm jedoch, sein Angebot nicht zu vergessen und sich an ihn zu wenden, falls sie einmal etwas brauchen sollten.

Neuntes Kapitel

Der schwere und nicht ganz unerwartete Schlag fiel eines Morgens beim Frühstück. Bessie teilte Mrs. Murphy und Mrs. O'Donnell mit, daß sie den Glebehof bis Ende Juli gemietet habe und das Stift am nächsten Tag verlassen werde. Der Glebehof stand einsam und verlassen auf einer Klippe, eine halbe Meile von der Stadt entfernt, und war für eine alleinstehende Dame mit einem schwachen Herzen äußerst ungeeignet. Das Haus gehörte der Kirche von Irland, aber da die protestantische Bevölkerung von Ballykeen so zusammengeschrumpft war, daß die Kirche es nicht für nötig befand, einen dort wohnhaften Pfarrer zu beschäftigen, wurde das Haus seit einigen Jahren an Sommerbesucher mit großen Familien vermietet. Mrs. Murphy und Mrs. O'Donnell rieten Bessie, im Damenstift zu bleiben oder sich einen kleinen modernen Bungalow zu suchen.

»Ich habe aber keine Lust, in einem kleinen modernen Bungalow zu leben«, sagte Bessie lächelnd. »Ich finde den Glebehof wunderschön. Soviel ich weiß, gilt er seit langem als eins der schönsten Häuser in dieser Gegend.«

Bessie schien sich sehr mit den Gnädigen vom Armenhaus angefreundet zu haben, und Mrs.

O'Donnell hoffte, daß die Gnädigen vielleicht ihren Einfluß geltend machen und Bessie ausreden würden, in das große einsame Haus zu ziehen. Statt dessen zeigte es sich, daß Peter und Paul ihr keineswegs abgeraten, sondern daß sie ihr sogar Mrs. Coyle als Putzfrau und Mickey als Gärtner verschafft hatten. Beide waren bereit, im Glebehof zu wohnen.

»Sie müssen also zugeben, daß ich gut versorgt und wohl behütet sein werde«, sagte Bessie. »Bitte seien Sie mir nicht mehr böse, und bitte kommen Sie am Donnerstag zur Einweihungsfeier.«

Am Nachmittag besichtigten die drei Damen den Glebehof, wo Mrs. Coyle bereits damit beschäftigt war, die Fußböden zu bohnern, während Mickey den Rasen mähte. Mrs. Murphy mußte zugeben, daß das Haus wirklich wunderschön sei. Bessie sagte, daß sie sich sehr darüber freue, denn sie rechne fest damit, daß Mrs. Murphy und Mrs. O'Donnell das Haus von jetzt an oft besuchen würden. Beide Damen atmeten erleichtert auf, obwohl sie noch immer traurig waren, daß Bessie das Damenstift verlassen wollte.

Auf dem Rückweg blieb Bessie etwa hundert Meter vom Glebehof entfernt stehen.

»Hier soll einmal ein Haus gestanden haben.«

Jetzt stand kein Haus mehr auf dem Feld bei der Küstenstraße. Das Feld war von Brennesseln überwuchert. Auf dem dahinterliegenden Grasland weideten ein paar Kühe, und hinter der Wiese schimmerte das Meer.

»Hier muß einmal eine Lehmhütte gestanden haben – dort muß die Tür gewesen sein«, stellte Mrs. Murphy fest.

»Und dort hat der Herd gestanden«, sagte Bessie.

Mrs. O'Donnell starrte auf die Stelle, auf die Bessie gezeigt hatte, aber sie sah nur eine von Unkrautbüscheln umgebene Fingerhutstaude. Die drei Frauen standen schweigend im Schein der Abendsonne, die die Kühe mit einem goldenen Heiligenschein zu umgeben schien. In der Nähe der Klippe blühten blaue und rosa Kornblumen, und die Möwen flogen krächzend über das Meer.

»Wie friedlich es hier ist«, bemerkte Mrs. Murphy versonnen. »Für die Menschen, die einmal hier gelebt haben, war es vielleicht nicht so friedlich«, sagte Bessie merkwürdig hart. »Es muß eine ärmliche Hütte gewesen sein im Vergleich zu dem großartigen Glebehof und seinen weiten, gepflegten Rasenflächen.«

Der Morgen der Glebehof-Cocktailparty dämmerte grau und trübe. Als der Nachmittag kam und jedermann einen gesunden Spaziergang gegen den kalten Ostwind gemacht oder einen ungesunden Tag im kalten Zimmer verbracht hatte, sehnte man sich nach Wärme, Geselligkeit und Alkohol.

Mickey Coyle hatte schwer gearbeitet, um den

Garten und die kiesbestreute Allee, die zum Haus führte, ansehnlich herzurichten. Seine Mutter hatte das Haus gründlich gereinigt, und es roch nach Bohnerwachs und Möbelpolitur.

In dem altmodischen großen Kamin im Wohnzimmer loderte ein Holzfeuer, obwohl es Juni war, und unter rosaseidenen Lampenschirmen schimmerte ein sanftes Licht. Der Raum war bereits überfüllt.

»Alle Honoratioren und alle wichtigen Leute sind hier«, flüsterte Mrs. Murphy den Damen vom Stift zu, während Kellnerinnen Drinks und kleine Leckerbissen auf silbernen Tabletts anboten.

»Bessies Kleid sieht eigentlich ganz elegant aus«, sagte Mrs. O'Donnell leise zu Mrs. Murphy.

Bessie hatte darauf bestanden, ihr neues Kleid für die Cocktailparty bei Girlie Dillon zu kaufen, obgleich man sie vor dem altmodischen Geschmack der Direktrice des Kaufhauses gewarnt hatte.

»Nicht schlecht«, gab Mrs. Murphy zu, »und die Erfrischungen sind, wie ich sehe, aus dem Kurhotel geschickt worden. Ja, ja, wenn man sich das leisten kann, kann man sich sogar auf seiner eigenen Gesellschaft amüsieren.«

Bessie schien sich tatsächlich sehr gut zu unterhalten. An ihr wirkte das taubenblaue Kleid aus dem Kaufhaus Dillon wie ein teures Pariser Modell, während sie in Begleitung eines großen, schlanken blonden Mannes von Gast zu Gast schritt. Er war der einzige Fremde in diesem Kreis, und sein Aussehen sowie sein kultivierter englischer Akzent erregten allgemeine Neugier.

Bald hatte es sich herumgesprochen, daß er Rodney Hailsham hieß, daß er erst am Tag zuvor in Irland angekommen und daß er Logiergast im Glebehof war. Bessie erklärte, er sei der Sohn einer sehr lieben Freundin. Der gute Eindruck, den die meisten Gäste von ihm gewonnen hatten, wurde noch durch ein Gerücht verstärkt, demzufolge er beim Film oder bei der BBC beschäftigt sei.

Nachdem Bessies englischer Freund mit den meisten der Anwesenden bekannt gemacht worden war, verzog er sich einen Augenblick mit Bessie hinter einen mit Flaschen beladenen Tisch, wo er taktvoll vorgab, sich mit dem Öffnen einer Ginflasche zu beschäftigen.

»Geliebte Frau Stiefmutter...«, flüsterte er vorwurfsvoll.

»Bessie!« zischte Bessie.

»Entschuldige, Bessie, ich hab' mich versprochen.«

»Dein Zynismus ist hier nicht am Platz, Rodney.«

»Aber ich benehme mich ganz einwandfrei«, erwiderte Rodney gekränkt. »Ich bin dir lammfromm von einer Gruppe zur anderen gefolgt.« Er blickte sich kopfschüttelnd um. »Ich habe selten so viele uninteressante und spießige Männer beisammen gesehen.«

»Du mußt dich eben an die Damen halten«, sagte Bessie spitz.

»Das wird mir nicht schwerfallen. Sag mal, wer ist das niedliche kleine Ding in dem grünen Kleid?«

»Sie gehört zu Mr. Pepper.«

»Ich habe nicht die Absicht, es mit der Presse zu verderben oder mich auf irgendeine Weise unbeliebt zu machen. Ich bin doch schließlich die Hauptattraktion deiner Cocktailparty, nicht wahr?«

»Wie man's nimmt.«

»So, und jetzt werde ich mich wieder unter deine Gäste mischen, Bessie.«

»Das wäre natürlich reizend«, erwiderte Bessie ironisch.

»Ich werde mich mit den alten Damen vom Stift unterhalten, ja? Dann möchte ich mit dem amerikanischen Verleger reden – wo ist er eigentlich? O ja, ich sehe seine Krawatte. Dann muß ich mich noch mit diesem faszinierenden Dr. Jim befassen – und dann werde ich mich, mit einem geeisten Drink bewaffnet, mit Lady Macbeth dort drüben beschäftigen.«

»Meinst du Melly Brown? Sie ist eine prachtvolle Person, und deine Ironie ist gar nicht angebracht, mein lieber Rodney.«

»Ich bin nicht ironisch, sie gefällt mir ganz gut, und es interessiert mich, sie kennenzulernen und herauszufinden, warum sie so finster und haßerfüllt auf diesen Herrn mit dem Juristengesicht blickt.«

»Du meinst Mr. Higgings? Er ist tatsächlich Anwalt – du bist doch ein kluger Kerl, Rodney!«

»Du selbst warst anscheinend auch nicht dumm, meine Liebe. Du scheinst deine Netze ziemlich weit ausgeworfen zu haben.«

»Ja, aber Peter und Paul haben die Fäden verknüpft.«

»Ich kann es kaum erwarten, diese beiden Erzintrigantinnen kennenzulernen.« Er fuhr in völlig verändertem Ton fort: »Ich begreife nur nicht, was dich nach Ballykeen gezogen hat, Stiefmama – Verzeihung, Bessie.«

»Ich wollte es noch erleben, alle die Menschen unter meinem Dach zu vereinigen, die ich einmal für ungeheuer wichtig hielt und die mich niemals beachteten, außer wenn sie mir gelegentlich ein Almosen gaben.« Bessie betrachtete die vielen Gäste, die sich glänzend in ihrem Haus zu unterhalten schienen, mit einem sonderbaren Lächeln. »Jetzt erscheinen sie mir alle ganz alltäglich – ich muß zugeben, daß mir diese Gesellschaft eine große Befriedigung gibt.«

»Das verstehe ich nur zu gut, es ist eine durchaus normale Reaktion. Ich kann nur nicht begreifen, warum du in Ballykeen bleiben willst. Du paßt wirklich nicht hierher.«

»Du irrst dich, Rodney. Es ist mir selbst erst klargeworden, als ich ankam, um einen letzten Blick auf Ballykeen zu werfen.« Sie machte eine Pause. »Wie ein Elefant, der zu dem geheimen Tal seiner Herde zurückkehrt, wenn das Ende nahe ist.«

»Hast du wieder mit dem Herzen zu tun?« fragte Rodney besorgt.

»Nicht mehr als gewöhnlich, Rodney, aber du weißt ebensogut wie ich, daß es jeden Augenblick mit mir zu Ende sein kann.« Sie strich sich über ihr goldgetöntes Haar und blinzelte ihm mit ihren schwarzgefärbten Wimpern zu. »Ich möchte hier sterben, wenn meine Zeit kommt. Ich gehöre nach Ballykeen – ohne jeden Zweifel. Im Alter beginnt man sich nach dem Ort zu sehnen, an dem man seine Jugend verbracht hat. Glaube mir, Rodney, ich gehöre hierher. Ich liebe das Meer, die Klippen und den Strand, ich habe sie schon geliebt, als alles andere unerträglich war. Hier habe ich ein Gefühl der Sicherheit; auch bei Peter und Paul fühle ich mich geborgen. Ich weiß, was ich tue – laß mich in Frieden, Rodney, und geh zu Lady Macbeth hinüber. Ich muß mich jetzt um den Dorfpfarrer kümmern, der dort an der Tür steht.«

»Ich mach' mir nichts aus diesen pikanten Bissen«, sagte Vater Hanlon und blickte mißtrauisch auf das ihm angebotene Tablett.

»Wie recht Sie haben«, erwiderte Bessie anerkennend. Sie winkte einer anderen Kellnerin. »Wie wäre es statt dessen mit einem guten französischen Kognak?«

»Halt! Nicht zuviel!« mahnte Vater Hanlon. »Die Damen sind oft geneigt, etwas zu großzügig mit der Flasche umzugehen.«

Er schlürfte den Kognak langsam und genießerisch.

»Ein guter Tropfen«, lobte er.

»Das freut mich, Vater Hanlon.« Bessie blickte zur Mitte des Zimmers. »Dort ist ein Amerikaner, der sich gern mit Ihnen unterhalten möchte, um sich über das Leben in Irland zu informieren.«

»Aber hoffentlich nicht, um über uns zu schreiben?«

»Nein, er will sich nur davon überzeugen, daß die irischen Autoren ein richtiges Bild ihrer Heimat geben.«

»Ach so«, sagte Vater Hanlon angewidert. »Dann handelt es sich wohl um diesen sogenannten Verleger, der mit den Armenhaus-Gnädigen durch die Gegend fährt?«

»Ja, ich glaube, sie sind ein- oder zweimal mit ihm ausgefahren.«

»Was? Ich bin ihnen mindestens ein dutzendmal begegnet – Peter und Paul im Rücksitz und ihr Köter im Vordersitz, neben dem Amerikaner.«

Bessie faltete die Hände und blickte Vater Hanlon unschuldig an.

»Es muß eine wundervolle Abwechslung für die beiden Schwestern sein, das finstere alte Armenhaus gelegentlich zu verlassen, nicht wahr?«

»Hm ... mag sein.« Vater Hanlon räusperte sich. »Schon möglich.«

»Nonnen sind so bescheiden, so glücklich über die kleinste Freude, daß unsereiner sich nur schämen kann«, sagte Bessie.

Vater Hanlon schwieg. Er dachte an die Äbtissin, die der Ansicht war, daß Peter und Paul ihr Leben zu sehr genossen, und die erwartete, daß er ihnen diese Ausfahrten verbieten sollte. Sie schien das Auto und Mr. Simpson noch mehr zu mißbilligen als den Esel Billy und Richard. Und sie geht wirklich etwas zu weit, dachte Vater Hanlon in plötzlicher Empörung.

»So, und jetzt werde ich Sie mit Mr. Simpson bekannt machen, und dann können Sie ihn über die Beziehungen zwischen Staat und Kirche informieren«, sagte Bessie.

Vater Hanlon folgte ihr, entschlossen, dem Werk seiner Kirche Anerkennung und Gerechtigkeit widerfahren zu lassen, und ebenso entschlossen, Peter und Paul nicht ihr harmloses Vergnügen zu verderben – mochte die Äbtissin sagen, was sie wollte.

»Das Taubenblaue steht ihr gut«, sagte Girlie.

»Sieht noch mal so teuer aus, als es war«, bemerkte Mrs. Dillon.

»Das liegt an ihrer Figur. In der Hand sah das Kleid nach nichts aus, aber ich wußte sofort, daß es für sie gemacht war.«

»Du hast einen ausgezeichneten Sinn für Mode«, sagte Mrs. Dillon stolz.

Mr. Dillon trank mürrisch einen Whiskey.

»Miß Byrne findet, daß sie sich auf meinen Instinkt verlassen kann. Miß Harrington stürzte sich natürlich sofort auf sie, als sie das Geschäft betrat, aber Miß Byrne verlangte von mir bedient zu werden. Eigentlich wollte sie ein einfaches schwarzes Kleid haben, aber Miß Harrington scheint gegen Schwarz zu sein – genaugenommen ist sie gegen alles, was eine Bauersfrau nicht am Sonntag in der Kirche tragen kann.«

»Bitte vergiß nicht, daß wir den Bauersfrauen einen großen Teil unseres Umsatzes zu verdanken haben«, sagte Mr. Dillon. »Seit wann bist du eigentlich so hochtrabend und überheblich?«

Girlie lächelte tolerant.

»Du weißt genau, daß ich absolut kein Klassenbewußtsein besitze, Vati. Ich glaube an eine klassenlose Gesellschaft. Ich spreche lediglich über guten Geschmack, und das ist ein ganz anderes Thema.«

»Mir ist es ganz egal, worüber du sprichst, aber ich wünsche nicht, daß du Miß Harrington verstimmst«, entgegnete Mr. Dillon gereizt.

Girlie zuckte die Achseln.

»Zuerst warst du ärgerlich, weil ich mich nicht für unser Geschäft interessierte, jetzt bist du ärgerlich, weil ich es tue – was willst du eigentlich?«

Mrs. Dillon blickte verzweifelt von ihrem Mann zu ihrer Tochter und sagte bittend: »Könnt ihr euch darüber nicht zu Haus unterhalten?«

»Zu Hause läßt er mich nicht zu Wort kommen, hier muß er mir zuhören. Ich will wissen, wo ich stehe«, beharrte Girlie trotzig. »Wirst du mir erlauben, einen Teil des Einkaufs zu übernehmen oder nicht?«

»Reg dich doch nicht so auf, Kind. Ich bitte dich ja nur darum, Miß Harrington nicht unnötig zu verstimmen«, sagte Mr. Dillon erbittert.

Girlie lächelte nochmals tolerant.

»Darüber brauchst du dir nicht den Kopf zu zerbrechen, Vati. Miß Harrington wird dir keine Schwierigkeiten machen. Sie weiß ihre gute Stellung zu schätzen – darauf kannst du dich verlassen. Aber ich verspreche dir, sie nicht zu verärgern. Ich möchte mir lediglich meinen eigenen

Kundenkreis schaffen.« Sie machte eine Pause. »Natürlich brauche ich den kleinen Vorführraum für meine Kunden.«

»Auch das noch«, stöhnte Mr. Dillon.

»Ich muß die richtige Atmosphäre schaffen. Miß Byrne sagte neulich, daß Christian Dior sich immer dem Stil und der Laune des Augenblicks anzupassen wußte, und das soll auch mein Prinzip sein.«

Mr. Dillon ging nicht auf Girlies modische Philosophiererei ein, sondern fragte abrupt: »Was trinkst du da eigentlich, Girlie?«

»Einen Martini, glaube ich. Jedenfalls ist eine Olive drin.«

Mr. Dillon warf seiner Frau einen wütenden Blick zu.

»Ich wußte nicht, daß du deiner Tochter erlaubt hast zu trinken!«

Aber Mrs. Dillon hatte ihre Antwort parat.

»Bisher hat sie nur die Olive gegessen, aber du bist ein solcher Tyrann, daß du wahrscheinlich annimmst, niemand getraue sich, dir die Meinung zu sagen, ohne sich vorher Mut anzutrinken. Furchtbar, daß ein Vater seine eigene Tochter der Trunksucht bezichtigt«, endete sie haßerfüllt.

»Ich habe lediglich darum gebeten, daß sie Miß Harrington nicht verstimmt – das ist alles«, sagte Mr. Dillon gebrochen.

Girlie legte ihm dankbar die Hand auf den Arm.

»Mach dir darüber keine Sorgen, Vati. Ich verspreche dir, taktvoll zu sein.«

Mr. Dillon streichelte besänftigt über Girlies Wange, und Mrs. Dillon atmete erleichtert auf.

»Ich bin ja so froh, daß du mir wieder gut bist, Vati, und ich verspreche dir, mein Bestes zu tun. George kann mir mit Reklameideen helfen«, sagte Girlie strahlend.

Mrs. Dillon sah ihre Tochter mißbilligend an. War sie ganz von Sinnen? Mr. Dillon murmelte unverständliche Worte zwischen zusammengebissenen Zähnen, aber das törichte Mädchen fuhr unbeirrt fort: »In meinem Salon wird es natürlich niemals einen ›Riesen-Ausverkauf‹ geben, nicht einmal den kleinsten Ausverkauf. Bei mir wird alles irrsinnig teuer und exklusiv sein. Ich werde George bitten, sich etwas besonders Apartes, noch nie Dagewesenes für mich auszudenken.«

Sie lächelte verträumt in eine Ecke des Zimmers, in der Georges Rücken zu sehen war.

»Ist es nicht himmlisch, daß er heute endlich einmal ihm ebenbürtige Menschen trifft – den Verleger und Miß Byrnes Freund von der BBC und Mr. und Mrs. Joyce?«

Sie sah ihre sprachlosen Eltern mit verklärtem Lächeln an.

»Ich bin ja so glücklich, daß ich jetzt einen interessanten Beruf habe – während ich auf George warten muß, natürlich.«

Wie die Biene zum Honig, fühlte sich Girlie jetzt unwiderstehlich zu George hingezogen. Ihre Eltern blieben verdutzt zurück.

»Wir müssen uns mit den anderen Gästen unterhalten«, sagte Mrs. Dillon schnell.

Mr. Dillon blieb wie angewurzelt stehen.

»Das Mädchen ist eine Närrin.«

»Ja«, sagte Mrs. Dillon.

»Eine undankbare Närrin.«

»Ja, William.«

»Eine prachtvolle Tochter hast du in die Welt gesetzt.«

»Haben wir in die Welt gesetzt, William«, verbesserte Mrs. Dillon und ging mit liebenswürdigem Gesicht auf den Direktor der Irischen Bank und seine Gattin zu.

»Atelier, aber natürlich! Du findest doch immer das richtige Wort, George – Liebling! Außerdem werde ich darauf bestehen, daß sie mir das kleine Schaufenster überlassen. Sie brauchen es nicht, und wenn, dann nur, um Scheuerlappen und Staubtücher auszustellen. Ich werde es artistisch dekorieren.«

»Ein Kleid über einen Stuhl drapiert?«

»Ganz mondän, und sehr originelle Annoncen. Wirst du mir dabei helfen, George?«

»Ja, ich werde mir etwas Originelles einfallen lassen.«

»Wunderbar! Du hast doch nichts dagegen, mir zu helfen, George? Allerdings unterstützt man das kapitalistische System, und wenn du es als Verrat empfindest, verzichte ich natürlich auf meine Karriere, obwohl sie ja sowieso nur temporär ist – bis zu meinem einundzwanzigsten Geburtstag, nicht wahr, Liebling!«

»Mach dir keine Sorgen, Liebling!«

»Und eine Person – oder selbst zwei können ja auch nicht gegen das System ankämpfen. Hab' ich recht?«

»Ganz recht, Liebling. Das System wird sich nicht so leicht ins Wanken bringen lassen, und ich finde es sehr vernünftig, daß du dich für euer Geschäft interessierst.«

»Wundervoll, wie Miß Byrne mich inspiriert hat. Aber wahrscheinlich hat das alles schon lange in mir geschlummert. Ach, ich bin ja so glücklich, daß du mir bei diesen prosaischen Dingen helfen wirst, George.«

»Für dich tue ich alles, Girlie.«

»Sicherlich ist es auch für einen Schriftsteller wichtig, mit allen Klassen der Bevölkerung Kontakt zu haben, sogar mit Geschäftsleuten. Hast du übrigens dein Manuskript mitgebracht? Peter und Paul sagten doch ...«

»Es liegt draußen in der Diele.«

»Mr. Simpson macht einen ganz netten Eindruck, nicht wahr?«

»Ich habe seinen Verlag im Literaturkalender nachgeschlagen, Girlie. Er beschäftigt sich hauptsächlich mit Biographien, Anthologien und Romanen von hohem literarischem Wert.«

»Fabelhaft! Er wird entzückt sein, deinen Roman zu bekommen.«

»Ich hoffe sehr...«

»Wollen wir uns jetzt vielleicht unauffällig in seine Nähe begeben, George?«

»Hast du etwas dagegen, wenn ich vorher schnell noch einen Whiskey trinke?«

»Tag, William. Wie geht's? Wie steht's?« erkundigte sich Mr. Higgings jovial.

»Ganz gut«, brummte Mr. Dillon.

»Ich war gestern in Dublin, alles arrangiert – inoffiziell natürlich –, alles in bester Ordnung. Darlehen und Garantie sind bewilligt; wir haben weiter nichts zu tun, als den Gewinn einzustekken.«

Mr. Dillon war nicht beeindruckt.

»Was ist mit dem Armenhaus? Solange wir das nicht mit Beschlag belegen können, haben wir gar nichts.«

»Gebe ich zu. Wird die Sache etwas verzögern. In dieser Beziehung sind die Herren in Dublin halsstarrig. Die Ehrwürdige Mutter Assumpta steht uns im Weg. Aber darüber brauchen wir uns keine grauen Haare wachsen zu lassen. Die alte

Sarah kann nicht ewig leben«, sagte Mr. Higgings hoffnungsvoll.

»Regierungen halten sich auch nicht ewig«, erwiderte Mr. Dillon mürrisch.

»Diese Regierung scheint ziemlich fest im Sattel zu sitzen. Außerdem sollte uns jede Regierung dankbar sein. Wir sind Stützen der Gesellschaft, Wohltäter, mein Lieber! Wir versorgen Ballykeen mit einer neuen Industrie, wir verschaffen unseren Leuten Arbeit, wir verhindern, daß sie auswandern.«

»Mag sein, aber wenn die Regierung die Wohltäter bezahlen muß, wird sie es vorziehen, ihren eigenen Freunden das Geld in die Tasche zu schieben. Nach meiner Ansicht ist diese Verzögerung gefährlich.«

»Machen Sie sich keine Sorgen, mein Lieber.« Mr. Higgings erhob sein Glas. »Auf unsere glorreiche Zukunft als Fabrikdirektoren mit Spesenkonten!«

»Alice Joyce? Der Name kommt mir bekannt vor.«

»Er ist höchstens dreitausend Lesern bekannt, und ich glaube, Sie gehören nicht dazu, Mr. Hailsham.«

»In solchen Fällen pflege ich zu sagen: ›Jetzt, nachdem ich Ihre Bekanntschaft gemacht habe, freue ich mich darauf, Ihre Bücher zu lesen.‹ Und dieses Mal meine ich es wirklich, Mrs. Joyce.«

»Sie müssen warten, bis Sie wieder zu Hause sind, Mr. Hailsham; in Irland sind meine Bücher verboten.«

»Tatsächlich?«

»Man gibt es auf, sich darüber zu ärgern, Mr. Hailsham. Fred und ich sind sogar der Meinung, daß die Zensur für die Iren wichtiger sein mag als für andere Völker, denn obwohl man es auf den ersten Blick nicht vermutet, nimmt ihre Leidenschaft leicht gefährliche Formen an. Es ist vielleicht besser, sie gar nicht zum Ausbruch kommen zu lassen.«

»Eine originelle Theorie, Mrs. Joyce, und eine ziemlich beunruhigende Theorie, fürchte ich.«

»Irland ist ein beunruhigendes Land, Mr. Hailsham. Jeder denkende Mensch sieht sich vor die Wahl gestellt, entweder ein Zyniker oder ein Ignorant zu werden.«

»Ich hoffe, daß Sie bisher noch nicht vor diese Wahl gestellt wurden.«

»Das hoffen wir auch, besonders da wir eine zwölfjährige Tochter haben, deren Erziehung uns hin und wieder Kopfzerbrechen macht.«

»Ein interessantes Alter.«

»Ja. Jane ist uns wichtiger als alles andere; ich hoffe, Sie werden sie bald kennenlernen. Ich glaube, wir übertreiben nicht, wenn wir sie als ein ganz außergewöhnliches Kind bezeichnen.«

»Das erstaunt mich nicht – bei diesen Eltern.

Darf ich Ihnen vielleicht einen Drink oder belegte Brötchen anbieten, Mrs. Joyce ...«

»Geht alles gut, Mutti?«

»Es ist wie im Film, Mickey, wie London oder Paris, nicht wie Ballykeen. Alle sind sie fein angezogen und stehen herum und unterhalten sich. Mrs. Dillon trägt einen todschicken Hut, aus lauter kleinen braunen Strohblättern gemacht. Setz den Kessel auf, ich will uns eine Tasse Tee machen.«

»Der Vordergarten sieht gut aus, nicht wahr?«

»Wunderschön! Du bist ein geborener Gärtner, Mickey. So, und jetzt muß ich mich wirklich setzen, mir tun die Füße weh.«

»Du siehst gar nicht müde aus, Mutti.«

»Peters grüne Pillen haben mir sehr geholfen. Ist mein Haar ordentlich? Weil doch jeden Augenblick eine von den Kurhotel-Kellnerinnen in die Küche kommen kann ...«

»Du siehst jetzt mindestens so schmuck aus wie die Kellnerinnen vom Kurhotel, Mutti, selbst deine Strümpfe sind ...«

»Darüber wollen wir nicht einmal scherzen, Mickey. Alles das ist längst vergessen, und wir sind froh und glücklich, nicht wahr?«

»Ja, jedenfalls während wir hier sind. Es ist ein Jammer, daß wir wieder nach Hause zurückkehren müssen.«

»Bitte versündige dich nicht, Kind. Dein Vater ist in der letzten Zeit sehr rücksichtsvoll gewesen.«

»Weil er sich von unserem Gehalt reichlich Schnaps kaufen kann! Ich wünschte, er würde an dem Zeug ersticken!«

»Das will ich nicht gehört haben, Mickey. Wir müssen Gott danken, daß es uns im Augenblick so gut geht.«

»Ich hoffe, daß Sie es nicht als eine große Aufdringlichkeit empfinden, Mr. Simpson.«

»Durchaus nicht, Mr. Pepper. Ich bin daran gewöhnt. Haben Sie Ihr Manuskript mitgebracht?«

»Es liegt in der Diele.«

»Ich werde es später mit in mein Hotel nehmen. Jetzt würde es mich interessieren, Ihre eigene Meinung darüber zu hören.«

»Also, es ist – es ist ein Roman, Sir, jedenfalls die erste Hälfte eines Romans. Das Thema ist das Leben in Ballykeen.«

»Könnte sich das nicht später peinlich für Sie auswirken, Mr. Pepper?«

»Was immer man in Irland schreibt, hat peinliche Folgen für den Autor. Allerdings sind die Personen frei erfunden, nur der Ort der Handlung existiert tatsächlich.«

»Das vereinfacht vieles.«

»Ja, das schon, und während ich schreibe, scheint alles wundervoll zu sein, nur – nur, wenn ich es am nächsten Tag lese, klingt es nicht mehr so gut, und ich zerreiße es. In letzter Zeit habe ich es nicht mehr durchgelesen.«

»Auf diese Weise werden Sie wenigstens schneller vorankommen, Mr. Pepper. Sagen Sie, ist das hübsche Mädchen, das sich so taktvoll von uns entfernt hat, diejenige, welche?«

»Ja, und der Herr dort drüben ist ihr Vater.«

»Peter und Paul haben eine gute Beobachtungsgabe und wissen die Leute zu beschreiben. Ich hoffe nur, daß Ihr Roman einigermaßen gut ist, denn ich möchte den beiden Ehestifterinnen vom Armenhaus nur allzugern einen Gefallen tun.«

Mrs. Murphy und Mrs. O'Donnell, die unermüdlich von einer Gruppe zur anderen gewandert waren, sanken erschöpft neben Mr. Hailsham auf ein Sofa nieder. Ihre Erschöpfung hielt sie jedoch nicht davon ab, Miß Byrnes eleganten englischen Freund nach allen Regeln der Kunst auszufragen. Er war ungeheuer liebenswürdig und charmant und erklärte, wie wohl er sich in Irland und insbesondere in Ballykeen fühle. Mrs. Murphy und Mrs. O'Donnell waren entzückt und konnten nicht umhin, einige seiner Komplimente als persönliche Anerkennung zu empfinden.

Nachdem Major Magner und Mr. Medlicott sorgfältig die Runde gemacht und mit allen hübschen Mädchen gesprochen hatten, erschienen sie jetzt auch bei dem Sofa. Major Magners Wangen waren gerötet, Mr. Medlicotts Augen glänzten, und beide Herren schienen in ausgezeichneter Form zu sein, obwohl sie ihrer Leber zweifellos etwas zuviel zugemutet hatten. Major Magner machte beiden Damen Komplimente, Mr. Medlicott schwärmte von seinem Klub in London, und Mr. Hailsham sorgte taktvoll dafür, daß die beiden Herren die Unterhaltung nicht völlig an sich rissen. Als sich die kleine Gesellschaft auf dem Sofa schließlich auflöste, hatten Mrs. Murphy und Mrs. O'Donnell das stolze Gefühl, sich wie gewandte Damen der Gesellschaft benommen zu haben.

Man kann vieles gegen große Cocktailpartys sagen. Sie mögen laut, ermüdend und vulgär sein, aber sie haben den Vorteil, daß man es vermeiden kann, mit Leuten zu reden, mit denen man nichts gemeinsam hat. Als sich Mr. Dillon und George zufällig gegenüberstanden, hätten sie sich, ohne unhöflich zu erscheinen, in der Menge verflüchtigen können. Beide traten auch tatsächlich instinktiv einen Schritt zurück, bevor sie sich kampflustig in die Augen blickten.

»Gestatten Sie mir, Ihnen zu sagen, wie ich mich freue, daß es uns mit viel Mühe doch noch gelungen ist, das Richtige für Sie zu finden«, sagte Mr. Dillon mit einem bewundernden Blick auf Georges Krawatte.

»Es kann nicht leicht gewesen sein«, erwiderte George höflich.

Eine feingestreifte Krawatte, die Georges Wünschen farblich und im Muster in jeder Beziehung entsprach, war schließlich im Kaufhaus Dillon eingetroffen und George feierlich überreicht worden. Sie war aus schwerer Seide, und George mußte blutenden Herzens fünfunddreißig Schilling auf den Ladentisch legen. Nach dieser großen Ausgabe war ihm nichts anderes übriggeblieben, als seine Zigarettenration zeitweilig auf die Hälfte herabzusetzen.

»Eine teure Krawatte, ich hoffe nur, daß sie Ihnen auch wirklich gefällt«, bemerkte Mr. Dillon rücksichtslos.

»Sie verlangen das Beste – Wir führen es«, sagte George.

»Wie bitte?«

»Jedermann weiß, was der elegante Herr heute trägt. Wir aber wissen, was er morgen tragen wird«, fuhr George unbeirrt fort.

»Mit dieser modernen Verkaufstechnik kann man in Ballykeen nichts erreichen, junger Mann«, erklärte Mr. Dillon wegwerfend.

George überlegte.

»Und was halten Sie von aparten Illustrationen? Vornehm gekleideter Herr beim Rennen, Fernglas im Schweinslederetui. Eleganter Herr im Tweedanzug mit Jagdhund. Eleganter Herr im dunklen

Stadtanzug mit schönem Mädchen. Sie müßten selbstverständlich einen erstklassigen Zeichner beauftragen ...«

Mr. Dillon warf sich in die Brust.

»Mein Prokurist ist der Meinung, daß wir bisher auch auf unsere Art sehr gute Geschäfte gemacht haben.«

»Bisher – schon möglich«, sagte George. »Aber wir müssen an die Zukunft denken, wir müssen die Produktion vergrößern ...«

»Lassen Sie das nur meine Sorge sein«, bemerkte Mr. Dillon und wandte sich zum Gehen. Aber George ließ sich nicht so schnell abschütteln. Er hielt Mr. Dillon am Ärmel fest und hinderte ihn am Fortgehen.

»Haben Sie jemals erwogen, einen wirklich erstklassigen Schneider zu engagieren, Mr. Dillon? Zur Zeit geben Sie Ihre guten Stoffe aus dem Haus und lassen Stapelware anfertigen, anstatt Ihre anspruchsvolleren Kunden mit Maßanzügen zu versorgen. Ich persönlich kann mir leider nur Anzüge von der Stange leisten«, fuhr George fort, »aber ich weiß, daß Sie viele Kunden verlieren, weil sie gezwungen sind, in Dublin arbeiten zu lassen.«

»Ich möchte Sie bitten, mir die Führung meines Geschäftes zu überlassen«, knurrte Mr. Dillon.

George seufzte tief.

»Ich habe Sie leider überschätzt, Mr. Dillon. Ich wäre niemals auf den Gedanken gekommen, daß

Sie praktische Vorschläge aus rein persönlichen Gründen zurückweisen würden.«

»Irren ist menschlich, Mr. Pepper. Ich möchte diese Gelegenheit, Ihnen auf neutralem Boden zu begegnen, übrigens nicht vorbeigehen lassen, ohne Ihnen klar und deutlich mitzuteilen, daß ich Sie unerträglich finde. Guten Abend, Mr. Pepper.«

»Ich war davon überzeugt, daß Ihnen, um Girlies willen, viel daran liegen würde, meine Bekanntschaft zu machen und sich ein persönliches Urteil über mich zu bilden, Mrs. Dillon.«

»Ja... das ist schon richtig... Leider muß ich mich jetzt entschuldigen, mein Mann scheint nach mir zu suchen.«

»Ich flehe Sie an, mich nicht sofort zu verlassen. Ich muß mit Ihnen sprechen, und ich weiß, daß Sie mich verstehen werden. Girlie hat mir erzählt, wie tolerant und verständnisvoll Sie sind!«

»Das hat Girlie gesagt?«

»Ja und auch, daß Sie mehr eine Schwester als eine Mutter sind.«

»Das klingt durchaus nicht wie Girlie! Ich hoffe nur, daß sie keinen falschen Eindruck erweckt hat... über meine... meine Einstellung zu Ihnen.«

»Nein, nein. Ich möchte nur wissen, was Sie gegen mich einzuwenden haben, Mrs. Dillon. Girlie glaubt, daß Sie mir bestimmt die Wahrheit sagen werden.«

»Ich bin ehrlich erstaunt, daß Girlie dieser Meinung ist, aber wenn Sie darauf bestehen, werde ich kein Blatt vor den Mund nehmen. Sie haben weder eine gute Stellung noch ein Privateinkommen, und außerdem begreife ich nicht, warum Sie Girlie so gut gefallen. Tut mir leid, es war nicht meine Absicht, so deutlich zu werden, aber Sie haben mich herausgefordert.«

»Ich werde in absehbarer Zeit gut verdienen. Wenn ich davon nicht fest überzeugt wäre, hätte ich Girlie längst aufgegeben.«

»Sie selbst faselt jedenfalls von Liebe in einer Dachkammer.«

»Ich verspreche Ihnen, daß Girlie niemals in einer Dachkammer wohnen wird ... Bedeutet es einer Mutter denn gar nichts, daß sich zwei junge Menschen von Herzen lieben?«

»Gar nichts.«

»Mutti, du hast dich mit George unterhalten!«

»Er hat darauf bestanden, sich mit mir zu unterhalten, und ich bin gerade auf dem Weg zu Vater, um ihm das zu erklären.«

»Einen Augenblick ... Wie findest du ihn, Mutti?«

»Zu schade für dich.«

»Aber Mutti!«

»Ich finde jeden zu schade für dich.«

»War gar nicht leicht, Sie zu erwischen, Doktor«, sagte Mr. Higgings und hielt Dr. Jim davon zurück, zu einer Gruppe lächelnder Damen zu eilen. »Ihre Patienten belegen Sie heute so mit Beschlag, daß ich fast die Hoffnung aufgegeben hatte, auch ein Wort mit Ihnen zu wechseln.«

Dr. Jim lehnte sich malerisch an die Wand und blickte auf Mr. Higgings hinunter. Einigen seiner Patientinnen entging diese artistische Stellung nicht, und sie blickten bewundernd in seine Richtung.

»Ich habe Dillon mitgeteilt, daß wir alles geregelt haben – bis auf die Übernahme des Armenhauses. Zu schade, daß sich dadurch unsere Pläne verzögern; ich persönlich bin von jeher der Ansicht gewesen, daß sehr viel für die Schließung spricht«, fügte er zynisch hinzu.

Dr. Jim spielte in Gedanken verloren mit seinem Glas.

»Wenn das Ministerium einverstanden ist, brauchen wir uns keine Sorgen zu machen.«

»Dillon meint, man müsse das Eisen schmieden, solange es heiß sei, und ich gebe ihm, offen gestanden, recht.«

Dr. Jim schwieg nachdenklich, und während er überlegte, sah er so schön und bedeutend aus, daß eine seiner alten Patientinnen, die ihn nicht aus den Augen gelassen hatte, vor Bewunderung fast ohnmächtig wurde.

Mr. Higgings hob fragend die Augenbrauen.

»Wie steht's mit dem Bankkonto, Doktor?«

»Fragen Sie lieber nicht.«

»Also wie bei mir«, sagte Higgings seufzend. »Sehr dumm – gerade jetzt, wo wir dringend etwas Kapital benötigen. Ein kleines Vermächtnis wäre wieder einmal am Platze«, fügte er leise hinzu.

Dr. Jim starrte in sein Glas.

»Es ist mir aufgefallen, wie wohl Ihre Patientinnen, dank ihres ausgezeichneten Arztes, aussehen, ganz außergewöhnlich wohl und munter.«

»Eines schönen Tages werden Sie doch einmal zu weit gehen«, zischte Dr. Jim.

»Nun, dieser Tag dürfte vorläufig noch in weiter Ferne sein«, flüsterte Mr. Higgings. Danach sah er sich im Raum um und bemerkte: »Große Gesellschaft, gute Bewirtung! Unsere Gastgeberin hat keine Kosten gescheut. Auch eine Patientin? Dumme Frage – das versteht sich doch von selbst. Übrigens hatte ich neulich eine längere Unterhaltung mit Ihrer Miß Brown. Eine treue Seele, vielleicht etwas zu gewissenhaft, zu pedantisch ... Ich würde Ihnen trotzdem raten, sie noch eine Zeitlang zu behalten, schon um sie nicht aus den Augen zu lassen.«

Dr. Jim blickte nachdenklich lächelnd in die Richtung seiner Miß Brown. In diesem Augenblick kamen zwei seiner Patientinnen, magisch angezogen, auf ihn zu. Dr. Jim sagte schnell zu Higgings: »Melly scheint sich wieder beruhigt zu haben. Sie hat sich damit abgefunden, daß ich Geld verdienen möchte.«

»Vernünftige Person ... Ach, wie geht es Ihnen, Mrs. Moloney? Wie haben Sie es nur fertiggebracht, bei diesem Wetter so herrlich braun zu werden, Miß Perks?«

»Das ist unser kleines Geheimnis«, erwiderte Miß Perks mit einem verschmitzten Seitenblick auf Dr. Jim.

»Künstliche Höhensonne«, bemerkte Mrs. Moloney spitz.

Sie ist also eifersüchtig, dachte Miß Perks mit heimlichem Entzücken.

Rodney, in jeder Hand ein Glas, steuerte auf Melly Brown zu und dirigierte sie geschickt in eine Fensternische. Dort bot er ihr eins der beiden Gläser an.

»Spezialität des Hauses, Hailsham Extra genannt, nur für Kenner.«

Melly, der nichts anderes übrigblieb, nahm das Glas und bedankte sich schüchtern.

»Ich habe Sie schon seit geraumer Zeit beobachtet«, sagte Rodney. »Wie haben Sie es nur geschafft, so vergnügt und der Mittelpunkt der Gesellschaft zu sein und nichts als Limonade zu trinken?«

Melly errötete, dann sagte sie wie ein verstörter Backfisch: »Sie irren sich, ich bin niemals der Mittelpunkt, im Gegenteil ...«

»Trinken Sie erst einmal den Hailsham Extra, dann werden wir weitersehen.« Melly kostete vorsichtig, da sie es vermeiden wollte, Gin zu trinken, aber dieses Getränk schien, was immer es enthalten mochte, nicht allzu stark zu sein.

»Also gut«, sagte Melly und leerte ihr Glas. Danach war sie etwas entspannt. Sie haßte Gesellschaften. Es war ihr fast unmöglich, angeregt über Nichtigkeiten zu plaudern, und nur um nicht den Anschein einer Außenseiterin zu erwecken, versuchte sie hin und wieder in ihrer Verzweiflung, sich zu einer beliebigen Gruppe zu gesellen. Um so glücklicher war sie jetzt, daß Rodney Hailsham zu ihr gekommen war, sie auserwählt hatte, und sie war fest entschlossen, ihn nicht so bald wieder fortgehen zu lassen. Seltsamerweise fühlte sie sich bei ihm schon nach wenigen Minuten so sicher und geborgen, wie sie sich seit dem Tode ihres Vaters bei niemandem gefühlt hatte. Sie sagte impulsiv: »Ich habe leider gar kein Plaudertalent, das ist mein Unglück.«

»Ich kann für zwei reden«, versicherte Rodney.

Nachdem sie ein zweites Glas halb ausgetrunken hatte, wurde Melly plötzlich viel sicherer und hielt sich nicht mehr für ganz reizlos. Sie lächelte freundlich.

»Wollen Sie mir nicht etwas von Ihrem Berufsleben erzählen?«

Melly verging das Lächeln, und ihre großen vorstehenden Zähne, die sie während der letzten zehn Minuten nicht beachtet hatte, begannen sie wieder zu stören.

»Darüber ist nicht viel zu sagen«, erwiderte sie mürrisch.

»Das glaube ich Ihnen nicht. Es muß interessant sein, für einen genialen und allgemein beliebten Arzt zu arbeiten.«

Melly blickte in die gegenüberliegende Ecke, wo Dr. Jim in ein Gespräch mit Mrs. Murphy und Mrs. O'Donnell vertieft war. Er schien ernst und aufmerksam zu lauschen, der Prototyp des gütigen, zuverlässigen Arztes. Je länger Melly ihn ansah, desto weniger begann er ihr zu bedeuten, bis ihr plötzlich klar wurde, daß er kein Halbgott, sondern ein Mann wie jeder andere war. War es möglich? Konnten sich Gefühle so verändern, oder war das nur auf den Hailsham Extra zurückzuführen? Sie fuhr sich mit der Zunge über die trockenen Lippen.

»Ärzte sind nicht mehr modern, heutzutage dreht sich alles um Wissenschaftler«, sagte sie.

»Möglich, aber wenn sie sich mit Atomspaltung und Herstellung von Kernwaffen beschäftigen, können sie mir gestohlen bleiben.«

Melly lächelte wieder. Alles war, wie es sein sollte. Sie fühlte, daß sie in seiner Gesellschaft, auch ohne Hailsham Extra, sorglos und glücklich sein konnte. Sie plauderte weiter: »Viele Leute haben Ärzten gegenüber eine sonderbare Einstellung – der Eid des Hippokrates flößt ihnen wohl ungeheuren Respekt ein, aber schließlich gibt es selbst unter Geistlichen schlechte Menschen, nicht wahr? Ganz nebenbei bemerkt sind Ärzte unter Umständen viel gefährlicher als Priester, da die meisten Menschen größeren Wert darauf legen, möglichst lange in dieser Welt zu verweilen, als sich eine bequeme Ecke in der nächsten zu sichern.«

Rodney lachte.

»Wie können Sie nur behaupten, kein Talent zum Plaudern zu haben, Miß Brown – oder darf ich Melly sagen?«

»Aber gern …«

»Rodney.«

»Aber gern, Rodney.«

»Wie ich sehe, sind die meisten Gäste inzwischen fortgegangen, und ich hätte fast vergessen, Ihnen zu bestellen, daß Bessie Sie bittet, mit uns zu Abend zu essen – nur wir drei.« Melly war so erstaunt, daß ihr keine Antwort einfiel. Rodney fuhr fort: »Ich muß Sie allerdings warnen, daß es wahrscheinlich nur ein Resteessen geben wird.«

Melly sah ihm in die Augen. Ihr Herz pochte wild, und das war bestimmt nicht die Folge des Hailsham Extra.

»Eine reizende Gesellschaft, und alles lief wie am Schnürchen«, bemerkte Mrs. Murphy, als die

Stiftsdamen fröhlich und leicht schwankend die Glebehof-Allee hinuntergingen.

»Wie am Schnürchen«, wiederholten die alten Damen im Chor.

Mrs. Murphy räusperte sich und stellte fest, daß die harmlosen Cocktails vielleicht doch stärker gewesen seien, als man im allgemeinen vermutet habe, und die anderen Damen stimmten ihr zu.

Mrs. O'Donnell gab auf taktvolle Weise der Hoffnung Ausdruck, daß sich die Damen nach dem Abendbrot wesentlich besser fühlen würden.

Die alten Damen kicherten und behaupteten, ganz wohl zu sein, obgleich ihnen der Gedanke, etwas zu essen, zuwider sei. Daraufhin schlug Mrs. Murphy vor, etwas schneller zu gehen, da man ja leider noch die ganze Stadt zu passieren habe, aber Mrs. O'Donnell sagte: »Nur immer mit der Ruhe! In der frischen Luft wird uns bald besser werden.«

Zehntes Kapitel

Als Melly die letzten Gäste durch das Gartentor verschwinden sah, wünschte sie sich nichts sehnlicher, als ebenfalls auf dem Heimweg zu sein. Eine Zeitlang war, mit Hilfe der Hailsham Extras, alles glatt gegangen, aber nun fürchtete sie, daß ihr Redefluß versiegen werde. Jedoch geschah nichts dergleichen, die Stunden vergingen wie im Flug, und als Rodney sie um elf Uhr abends zur Pension »Seeblick« begleitete, schien sie ihm noch immer zu gefallen.

Es war ein wunderbarer Abend, ein Abend, wie ihn Melly Brown bisher noch nie erlebt hatte.

Sie hätte keine Angst davor zu haben brauchen, allein mit Rodney und Miß Byrne zurückzubleiben, denn alles war ganz reibungslos verlaufen, der Unterhaltungsstoff war ihr nicht ein einziges Mal ausgegangen, und sie hatte sich weder scheu noch linkisch benommen.

Miß Byrne bat sie und Rodney, das Wohnzimmer aufzuräumen, während sie einen Augenblick zu Mrs. Coyle in die Küche ging. Sie blieb nicht lange fort, und als sie zurückkam, verkündete sie, daß die gute Mrs. Coyle einen Kalbsbraten mit Schoten und neuen Kartoffeln vorbereitet habe.

Als alle Aschenbecher geleert, alle Gläser abgeräumt und alle Kissen glattgestrichen waren, nannten sich auch Melly und Bessie bei ihren Vornamen. Kurz vor dem Essen gingen die Damen hinauf in Bessies Schlafzimmer, um sich etwas aufzufrischen.

»Sie haben interessante Backenknochen«, stellte Bessie fest, während Melly vor dem Frisierspiegel saß und sich, so gut sie es konnte, zurechtmachte. »Ich würde an Ihrer Stelle vielleicht etwas Rouge von den Backenknochen aus schräg nach oben auftragen, um einen mysteriösen orientalischen Effekt zu erzielen.«

Melly lachte heiser.

»Mit solchen Zähnen kann man unmöglich geheimnisvoll wirken«, sagte sie wegwerfend.

»Unsinn, Kind«, erwiderte Bessie und griff resolut nach dem Schminktöpfchen. »Rodney ist jedenfalls anderer Ansicht. Lassen Sie mich mal probieren, damit weiß ich nämlich Bescheid.«

Nachdem sie von Bessie mit erfahrener Hand geschminkt worden war, lag auf Mellys bleichen Wangen ein zartrosa Pfirsichhauch. Auch ihre Lippen waren rosenrot und nicht mehr orangefarben wie zuvor.

»Geben Sie doch, um Himmels willen, diese herbstlichen Schattierungen auf«, sagte Bessie und warf den organgefarbenen Lippenstift in hohem Bogen in den Papierkorb.

»Warum hellen Sie eigentlich Ihr Haar nicht ein

bißchen auf? Selbst ich kann der Versuchung nicht widerstehen, nach der Haarwäsche eine kleine Tönung zu verlangen.«

»Ich hatte schon mit dreißig Jahren die ersten grauen Haare«, erklärte Melly bedrückt.

»Wir armen Frauen! Rodney, der Glückspilz, hat mit vierzig Jahren noch nicht eins.«

»Vierzig?« Melly betrachtete ihr Spiegelbild prüfend. »Ich dachte, er sei viel jünger als ich.«

Sie lächelte der Frau im Spiegel ermutigend zu und stand auf. Bessie ordnete die Toilettengegenstände auf dem Frisiertisch.

»Rodney macht sich nicht viel aus hübschen jungen Mädchen«, sagte sie leichthin. »Er behauptet, daß sie ihn auf die Dauer doch nur langweilen.«

»Wirklich?«

Melly spürte, daß Bessie versuchte, ihr Selbstvertrauen zu stärken, indem sie andeutete, daß er sich nur für reifere Frauen interessiere, und sie war ihr von Herzen dankbar.

Später, im Wohnzimmer, erzählte Bessie lustige Anekdoten aus ihrer Vergangenheit, zeigte ihnen Fotos und Zeitungsausschnitte aus der Zeit ihrer Bühnentätigkeit und holte die Dresdner Porzellandose vom Kaminsims, in der sie ihre goldenen »Glückstaler« aufbewahrte. Als sie sich kurz darauf im Speisezimmer an den Tisch setzten, waren alle drei bereits gute alte Freunde.

»So, und jetzt ist es höchste Zeit, deine Gäste vom Nachmittag ein bißchen durch den Kakao zu ziehen, Bessie«, sagte Rodney lachend.

»Leg los, Rodney, aber kein böses Wort über meine guten Stiftsdamen – wenn ich bitten darf!«

»Ausgeschlossen. Ich werde doch nichts Schlechtes über die braven alten Kaffeetanten sagen.«

»Wetten, daß Melly sich nicht an deinem ekelhaften Spiel beteiligen wird?« fragte Bessie herausfordernd.

»Davon bin ich überzeugt, dazu ist sie viel zu lieb, viel zu nett und viel zu anständig«, sagte Rodney.

Melly errötete bis über die pfirsichfarbenen Backenknochen.

Als sich Melly und Rodney auf den Weg zum »Seeblick« machten, verschwammen Himmel und Erde perlgrau am Horizont, und hinter dem Armenhaushügel hing ein bleicher Mond. Die tiefe Stille wurde nur gelegentlich von den gedämpften Geräuschen der Stadt unterbrochen.

Rodney begann über Bessies Gesundheitszustand zu sprechen. Er machte sich große Sorgen um sie. Sie sollte so ruhig wie möglich leben, sagte er, aber nichts ging ihr mehr gegen den Strich, als ihr Temperament und ihren Betätigungsdrang zu zügeln.

»Werden Sie sich ihrer annehmen, wenn ich nicht mehr in Ballykeen bin, Melly?«

Melly nickte, und er fuhr fort: »Aber vorläufig werde ich noch eine ganze Weile hierbleiben, und ich hoffe, daß wir uns recht oft sehen werden. Wir verstehen uns doch ganz ausgezeichnet, nicht wahr?«

»Ja«, sagte Melly und starrte versonnen auf den Mond.

Als sie bei der Pension »Seeblick« ankamen, war die Straße still und verlassen; nur von der Strandpromenade her drang hin und wieder ein Fetzchen Musik. Aus einem Dachzimmer der Pension schien noch ein Licht; dort arbeitete George Pepper unermüdlich an seinem »Seziertisch«.

Melly legte die Hand auf die Gartentür und blickte noch einmal verträumt zum Mond empor.

Georges ruheloser Schatten zeichnete sich hinter dem Vorhang ab, als wandere er in seiner Stube hin und her, um auf eine Inspiration zu warten. Rodney legte seine Wange einen Augenblick an Mellys, flüsterte zärtlich: »Gute Nacht, Melly!« und verschwand in der dunklen Straße.

Während Melly ihm nachblickte, hielt sie das Gartentor noch immer fest umklammert.

Am nächsten Morgen war Dr. Jims Sprechstunde so schwach besucht, daß er der letzten Patientin ein reichliches Maß seiner kostbaren Zeit widmen konnte. Mrs. Baily war überglücklich, sich einmal gründlich aussprechen zu können, weil ihr sonst nie jemand zuhören wollte – aber Dr. Jim wurde ja dafür bezahlt.

Melly kümmerte sich inzwischen um Pettens, Mrs. Bailys Yorkshire-Terrier. Eigentlich hätte sie sich weiter mit ihrer Buchführung beschäftigen können, denn Pettens war daran gewöhnt, mindestens einmal in der Woche in Dr. Jims Vorzimmer auf sein Frauchen zu warten. Melly streichelte den kleinen Hund, auf dessen seidigem Kopf eine knallrote Haarschleife prangte. Pettens spitzte die Ohren und sah Melly erwartungsvoll an.

»Du möchtest wohl gern ein bißchen spielen, Pettens? Na, dann komm...«

Als Mrs. Baily aus dem Sprechzimmer kam, sah sie Pettens mit heraushängender Zunge einem alten Lederhandschuh nachjagen, den Dr. Jims Sekretärin an einem Bindfaden durch das Zimmer zog.

»Ist er nicht süß?« fragte sie strahlend.

Melly blieb atemlos vor ihr stehen.

»Er ist viel zu dick«, sagte sie.

»Es schmeckt ihm zu gut...« Mrs. Baily bückte sich schwerfällig und nahm den keuchenden Hund auf den Arm. »Wie seinem Frauchen! Dr. Jim hat sich die Mühe gemacht, mir einen ausführlichen Diätzettel zusammenzustellen.« Melly nickte, sie selbst hatte ihn getippt, und die Diät war ihr übertrieben reichhaltig erschienen. »Ich bin leider unfolgsam gewesen, ich habe es einfach nicht fertiggebracht, die Diät einzuhalten. Dr. Jim war zuerst sehr ärgerlich, aber dann hat er mir verziehen und mir statt dessen Pillen verordnet, und das ist natürlich viel einfacher.«

»Pillen schlucken ist immer am einfachsten.«

Mrs. Bailys Doppelkinn ruhte auf der mit der roten Haarschleife zusammengebundenen Tolle des Hündchens.

»Ich könnte sie zuerst an Pettens ausprobieren.«

»Glänzende Idee«, meinte Melly mit einem vergnügten Lächeln.

Melly lächelte noch immer, als sie Dr. Jim eine Tasse Kaffee und zwei Kekse auf den Schreibtisch stellte. Es gibt Menschen, die sich am vorteilhaftesten auf dem Rücken eines Pferdes ausnehmen; Dr. Jim machte den besten Eindruck, wenn er an seinem eleganten Schreibtisch saß, mit einem Stethoskop neben seiner vornehm geschnittenen und doch starken Hand. Melly sah ihn die Kaffeetasse mit der vornehmen, starken Hand ergreifen – und es bedeutete ihr nichts. Selbst sein charmantes Lächeln ließ sie kalt, eiskalt. Der alte Zauber hatte seine Wirkung verloren.

Als Melly eine Stunde später die Haustür öffnete, stand ihr Rodney gegenüber. Sie lächelte beglückt, aber er erwiderte ihr Lächeln nicht. Noch ehe er ein Wort gesagt hatte, schien ihr ein unerklärliches Angstgefühl die Kehle zuzuschnüren.

»Bessie hat einen schweren Herzanfall gehabt. Kann Dr. Smith-Crowley sofort zu ihr kommen?«

Melly nahm die Worte nicht gleich in sich auf. Sie trat einen Schritt zurück, und erst nach einer ganzen Weile sagte sie mit einem dummen kleinen Lachen: »Ja, natürlich. Ich weiß, daß er sie behandelt hat, als sie im Kurhotel erkrankte, ich dachte nur, daß die Armenhaus-Gnädigen, mit denen sie sich so angefreundet hat, vielleicht einen anderen Arzt vorgeschlagen hätten.« Sie zögerte, bevor sie verlegen fortfuhr: »Der Doktor ist hier. Ich werde ihm sofort Bescheid sagen.«

Melly saß steif auf der Stuhlkante und ließ die Armenhaus-Gnädigen nicht aus den Augen.

»Miß Byrne ist heute in die Sancta-Maria-Klinik gebracht worden. Da Sie mit ihr befreundet sind, hielt ich es für meine Pflicht, schnell heraufzukommen und Ihnen Bescheid zu sagen.«

»Das ist sehr lieb«, erwiderte Peter.

»Ich hielt es für richtig, Sie zu informieren, da Miß Byrne sonst niemanden hat, der ihr nahesteht«, sagte Melly langsam und bedeutungsvoll. »Mr. Hailsham ist nicht mit ihr verwandt. Sie ist ganz allein – bis auf ihre Freunde.«

»Die Stiftsdamen werden bestimmt dafür sorgen, daß sie sich nicht vereinsamt fühlt«, meinte Paul herzlich.

Melly wandte ihren Blick von den begriffsstutzigen Nonnen. Dann entschloß sie sich zu einem letzten Versuch.

»Ich schäme mich noch immer, weil ich neulich in diesem furchtbaren Zustand zu Ihnen kam. Sie waren so reizend, obwohl ich wahrscheinlich nur dummes Zeug geschwatzt habe. Was habe ich eigentlich gesagt?«

»Nichts von Bedeutung«, erwiderte Peter kurz und höflich.

Melly biß sich ärgerlich auf die Lippen. Kurz darauf verließ sie die beiden bornierten Nonnen und ihren albernen, kläffenden Köter.

»Bitte lassen Sie es mich jederzeit wissen, wenn Sie irgendwelche Wünsche haben«, sagte Mrs. Magee.

Bessie ließ sich erschöpft auf den Bettrand sinken. Das Bett war breit und weich, die Daunendecke war mit rosa Seide bezogen, und auch der Teppich war weich und rosa. Das Zimmer war elegant und modern möbliert. Auf dem Nachttisch stand ein weißes Telefon. Die Sancta-Maria-Klinik legte Wert darauf, wie ein Luxushotel zu wirken. Daher wurden verschiedene Gegenstände, die notgedrungen in ein Krankenzimmer gehörten, in einem eingebauten Schrank verstaut, auf dessen Tür sich ein langer Spiegel befand.

»Ich werde mich hier so wohl fühlen, daß es Ihnen schwerfallen wird, mich wieder loszuwerden«, meinte Bessie heiter.

»Ich verspreche Ihnen, daß Sie sehr bald wieder in Ordnung sein werden und uns verlassen können – aber jetzt: marsch ins Bett. Kann ich Ihnen behilflich sein? Nein? Wie Sie wollen, Miß Byrne. Dann werde ich Sie jetzt allein lassen und Ihnen etwas später, wenn Sie es sich im Bett bequem gemacht haben, eine Tasse Tee bringen. Ich habe Dr. Jim versprochen, daß ich selbst Sie pflegen werde.«

»Was sagt man dazu? Ich bin wirklich ein Glückskind.«

»Alle Patientinnen von Dr. Jim sind Glückskinder«, erwiderte Mrs. Magee mit einem schalkhaften Lächeln. »Bei ihm fühlt man sich geborgen und sicher, finden Sie nicht?«

»Geborgen ist das richtige Wort«, bestätigte Bessie.

»Vielleicht sollte ich nicht ganz so offen sein; denn meine Klinik ist natürlich auch auf alle anderen Ärzte in der Umgebung angewiesen – aber Dr. Jim ist bestimmt der beste Arzt weit und breit; er spezialisiert sich übrigens auf Herzkrankheiten. So, und nun wollen wir einmal sehen, wie Ihr Puls ist, meine Liebe.«

»Miserabel, nehme ich an«, sagte Bessie.

Mrs. Magee gab Bessie spielerisch strafend einen leichten Schlag aufs Handgelenk.

»Das will ich gar nicht gehört haben. Dr. Jim ist mit den modernsten Behandlungsmethoden vertraut. Warten Sie nur ab, er wird Sie im Handumdrehen kurieren.«

Als sie allein war, betrachtete sich Bessie nachdenklich im Spiegel des eingebauten Schrankes, schnitt eine Grimasse, nickte sich ermutigend zu und streifte die Schuhe ab.

»Du siehst schon viel besser aus, Stiefmama«, stellte Rodney fest.

»Das Herz hüpft mir nicht mehr bis zum Hals, es bleibt jetzt schön brav, wo es hingehört.«

Bessie klopfte sich befriedigt auf die Brust.

Rodney warf zuerst ein hellblaues und dann ein rosa Samtkissen vom Sessel, bevor er sich darauf ausstreckte.

»Hier erstickt man ja förmlich im Luxus«, stöhnte er. »Ich werde wohl auch bald hierbleiben, denn Mrs. Coyles Küche wird mir allmählich unerträglich.«

»Unsinn! Ihre Küche ist einfach, aber nahrhaft, und sie bekommt dir glänzend«, sagte Bessie ungerührt.

Rodney nahm eine Zigarette aus seinem Etui.

»Wenn du dir einbildest, daß ich schweigend zusehen werde, wie du rauchst, bist du schiefgewickelt, mein Lieber! Da ich nicht rauchen darf, wirst du dich gefälligst auch zurückhalten.«

»Was ist denn mit dir los, Bessie? Du scheinst die Rollen zu verwechseln«, sagte Rodney leicht vorwurfsvoll. »Du spielst doch die zartbesaitete kranke alte Dame, nicht wahr?«

»Ich gebe zu, daß ich einen Augenblick aus der Rolle gefallen bin, Rodney. Ich bin gleich wieder zuckersüß.« Sie machte eine nachdenkliche Pause. »Dr. Jim besitzt übrigens wirklich viel Charme. Den braucht er allerdings auch, denn ein großer Geistesheld ist der Arme nicht. Wie dem auch sei – er gibt sich Mühe. Heute hat er mir wieder eine neue Medizin verschrieben, eine grüne, aus Deutschland.«

»Irgend etwas muß er doch tun, um die hohen Liquidationen zu rechtfertigen.«

»Leider besteht er außerdem darauf, sich neben mein Bett zu setzen und lange Reden zu schwingen«, sagte Bessie seufzend.

»Ich wollte nur schnell einmal nachschauen, wie es Ihnen geht«, erklärte Melly.

Ihr Besuch in der Klinik war nicht bemerkenswert, da sie jeden Tag kam. Sie erschien unerwartet, zu den verschiedensten Zeiten, ging ruhelos im Zimmer auf und ab, sah in alle Ecken und gab sich wenig Mühe, eine für einen Krankenbesuch geeignete Konversation zu führen.

»Ich fühle mich schon viel besser«, sagte Bessie.

»Das hat mir Rodney erzählt.« Melly öffnete die

Tür des eingebauten Schrankes. »Was ist denn dieses grüne Zeug?«

»Meine neue Stärkungsmedizin.«

Melly gab dem Stechbecken einen Fußtritt und begann alles, was auf den Brettern des Schrankes lag, einer genauen Prüfung zu unterziehen. Dann warf sie die Tür so heftig zu, daß das Stechbecken klirrend gegen eine Flasche fiel. Bessie zuckte zusammen.

»Verzeihung.« Melly ging zum Bett, beugte sich über Bessie und fragte: »Schlafen Sie gut?«

»Wunderbar! Natürlich geben sie einem Schlafmittel, aber das ist auch nötig, wenn man den ganzen Tag im Bett liegt.«

»Anzunehmen«, brummte Melly. »Und hat man Ihnen schon gesagt, wann Sie aus der Klinik entlassen werden?«

»Dr. Jim möchte, daß ich noch eine Zeitlang hierbleibe, zur Erholung und zur Beobachtung. Ich habe nichts dagegen einzuwenden; ich genieße es, verwöhnt zu werden«, sagte Bessie lächelnd.

Melly starrte geistesabwesend in eine Ecke. Plötzlich entsann sie sich, daß man im Krankenzimmer eine leichte Konversation führen müsse. Sie bemerkte unvermittelt: »Es sieht leider etwas nach Regen aus.«

»Ich hoffe sehr, daß es sich wieder aufklären wird«, erwiderte Bessie höflich.

Mrs. Murphy wickelte ein Geschenk aus und hielt es triumphierend in die Höhe.

»Wir haben alle zusammengelegt – er soll besonders leicht verdaulich sein.«

»Ein guter Jahrgang. Auslese und *Château!* Wir haben uns nämlich von Major Medlicott beraten lassen, der ein Kenner ist«, verkündete Mrs. O'Donnell stolz.

»Mrs. Magee hat erlaubt, daß Sie jetzt gleich ein Glas trinken.«

Drei Gläser wurden mit Sekt gefüllt, und die Damen unterhielten sich angeregt, als Mrs. Magee ins Zimmer kam und bemerkte, daß Miß Byrne von ihren vielen Bekannten nach Kräften verwöhnt werde. »Ein Besucher reicht dem anderen die Hand«, sagte sie. Mrs. Murphy und Mrs. O'Donnell erhoben sich, aber Mrs. Magee gestattete ihnen, noch zehn Minuten dazubleiben. Auch Mrs. Magee nahm Platz und beteiligte sich liebenswürdig an der Unterhaltung. Schließlich schielte sie über ihre lange Nase hinweg auf Bessie und meinte, daß sich Dr. Jims Lieblingspatientin jetzt ein wenig ausruhen müsse, vielleicht könnten ihre Freundinnen es einrichten, morgen wiederzukommen.

Nachdem die beiden Damen gegangen waren, schwenkte Bessie ihr leeres Glas und sagte: »Herzensgute Geschöpfe, finden Sie nicht?« Und nach einer kleinen Pause fuhr sie fort: »Würden Sie so lieb sein, Mr. Higgings zu bitten, zu mir zu kommen, Mrs. Magee? Ich möchte mein Testament mit ihm besprechen.«

Mrs. Magee lachte herzlich über diese Idee, obwohl sie zugeben mußte, daß selbst kerngesunden Menschen plötzlich etwas zustoßen könne. Sie begriff nur zu gut, daß Bessie ihren beiden Freundinnen, die wohl nicht allzu reich mit irdischen Gütern gesegnet waren, ein kleines Andenken hinterlassen wollte.

Etwas später erschien Mr. Higgings in der Klinik und notierte Bessies Anweisungen. Er versprach, ihr das auf einem amtlichen Formular getippte Testament am Sonnabend zur Unterschrift vorzulegen.

Dann ging er, zufrieden lächelnd, die Treppe hinunter, und erst kurz bevor er die Straße betrat, legte er sein Gesicht in würdige Sorgenfalten.

Anderntags sprach Dr. Jim im Wartezimmer sehr ernst mit Rodney, während sich Mrs. Magee in der Diele ebenso ernst mit Mrs. Murphy und Mrs. O'Donnell unterhielt, die Bessie Blumen von der Äbtissin bringen wollten.

Bessies Zustand hatte sich leider verschlechtert, und sie durfte keine Besucher empfangen.

Auch während der ganzen nächsten Tage schlief Bessie sehr viel. Sie fühlte sich nicht schlecht, nur erschöpft und müde, und manchmal, wenn sie zufällig wach und allein war, schlüpfte sie unter die

Bettdecke und sang leise einen oder zwei Verse eines alten Operettenschlagers, um den Mut nicht zu verlieren.

Elftes Kapitel

Am Ende des Schuljahres veranstaltete die Klosterschule gewöhnlich eine Feier, zu der die Eltern der Schüler und Freunde des Ordens eingeladen wurden. In diesem Sommer sollte eine Aufführung von ›Hyppola, das Mädchen von Rom‹ die Krönung des Schulfestes sein.

Jane wachte an diesem Morgen frühzeitig auf und weckte Margaret, die wieder einmal verschlafen hatte. Sie weckte dann auch ihre Eltern, die sich ausnahmsweise nicht über die frühe Störung beklagten, sondern ihrer Tochter vom Bett aus freundlich zublinzelten.

»Versuche, dich in deine Rolle hineinzuleben, Kind!«

»Ich fürchte, die Nonnen haben den Kindern die richtige schauspielerische Technik noch nicht beigebracht, Alice.«

Sie waren gräßlich. Ein klügeres Mädchen hätte sie in Frieden gelassen.

»Meine Rolle eignet sich nicht zum Hineinleben, Mutti. Ich bin nur einer der römischen Zenturionen, ich stehe im Hintergrund und habe nichts zu sagen.« Jane wußte, daß sie keine schauspielerische Begabung besaß, und sie hatte auch keinen Ehrgeiz. »Ihr wißt doch, daß es nur auf Pompey ankommt!«

Nachdem er sich vom Besuch der Nationalökonomin und ihres Gatten erholt hatte und wieder glatt und seidig aussah, hatte Jane Pompey in der Schule vorgestellt, wo er einen Riesenerfolg davontrug. Nonnen und Mitschülerinnen umstanden ihn bewundernd, und selbst die Äbtissin ließ sich zu der Bemerkung hinreißen, daß er ein hübscher, gesunder Kater sei. Es war nur zu natürlich, daß Schwester Eucharia, die die Regie führte und deren schwierige Aufgabe es war, die Rollen der römischen Legionäre und deren Gefolge mit irischen jungen Mädchen zu besetzen, auf den glorreichen Gedanken kam, Pompey einen jungen Löwen spielen zu lassen.

»Die Klosterschule der Gnadenreichen Mutter in Dublin hat im vorigen Jahr ›Hyppola‹ gespielt, und sie hatten nur ein ausgestopftes Tier als Löwen«, sagte Jane verächtlich. »Der junge Löwe hat zwar nichts zu tun, als auf einem Samtkissen zu liegen, aber da er im Brennpunkt der Ereignisse steht, ist es natürlich ungeheuer wichtig, ein lebendiges Tier zu haben.«

Ihr Vater bemühte sich vergeblich, das Gähnen zu unterdrücken.

»Wenn Pompey nichts zu tun hat, als auf einem Kissen zu liegen, kann er ebensowenig im Brennpunkt der Ereignisse stehen wie du.«

»Seine Gegenwart unterstreicht die Idee des Stückes, Vati. Er erinnert die Zuschauer daran, daß

Christen in der Arena in Stücke gerissen und verschlungen wurden.«

»Natürlich mußten sie sich ausgerechnet so etwas aussuchen«, sagte ihre Mutter.

Ihr Vater lachte.

»Pompey wird nur mit einem verflucht kleinen Christen zu Rande kommen können.«

»Man nimmt nicht an, daß so junge Löwen Menschen fressen.« Zu ihrer Mutter sagte Jane: »Das Stück wurde hauptsächlich deshalb gewählt, weil niemand lange Hosen zu tragen hat, die wir nicht anziehen dürfen. Glücklicherweise trugen die alten Römer eine Toga, und das ist eine Art Rock.«

»Was haben die Nonnen gegen Hosen einzuwenden?« fragte ihre Mutter scharf.

»Hosen sind nicht züchtig.«

»Obwohl die alten Römer eine Toga trugen, waren sie nicht gerade ein Muster der Tugend«, sagte ihr Vater gähnend.

»Züchtig! Vergiß das altmodische Wort!« tadelte ihre Mutter.

Jane fand es immer schwierig, ihren Eltern Dinge zu erklären, die andere selbstverständlich fanden, aber sie gab sich die größte Mühe, es zu tun. »Dieses Wort, das ich nicht benutzen soll, macht gewisse Dinge interessanter, Mutti, zum Beispiel: die Mädchen im Internat müssen ihr Wannenbad im Badeanzug nehmen.« Ihre Mutter blickte sie entsetzt an, ihr Vater hörte auf zu gähnen. »Sie sollen ihren Körper nicht sehen – das ist natürlich übertrieben, denn sie müssen ja wissen, wie sie aussehen –, aber das Baden wird dadurch viel aufregender. Fast so schön wie Schwimmen!«

Janes Mutter setzte sich kerzengerade im Bett auf. »Wir hätten sie schon längst aus dieser Klosterschule nehmen sollen, Fred.«

»Sie wird den ganzen Unsinn schnell vergessen.«

»Hoffentlich! Weißt du nicht, daß wir stolz auf unseren Körper sein sollen, J. J.? Der menschliche Körper ist etwas ganz besonders Schönes«, sagte Mrs. Joyce mit tiefer innerer Überzeugung.

»Mir sind Katzen lieber.« Plötzlich kam Jane ein furchtbarer Gedanke. »Betreiben sie in dieser Reformschule etwa auch Nacktkultur?«

»Nein, Herzchen.«

»Wenigstens *ein* Glück!«

Jane konnte nicht noch mehr Zeit an ihre Eltern verschwenden, denn Pompey mußte jetzt gebürstet werden.

»Kommt ihr heute nachmittag zu unserer Vorstellung?«

Mr. und Mrs. Joyce tauschten nervöse Blicke aus.

»Du weißt doch, daß wir früh aufbrechen wollten, Jane...«

»Wir haben eine weite Reise vor uns, und ich muß den Wagen noch überholen lassen, aber wenn dir sehr viel daran liegt…«

Kein halbwegs vernünftiges Kind würde Wert darauf gelegt haben, einen Vater vorzuführen, der einen roten Vollbart hat. Außerdem war sich Jane durchaus nicht darüber im klaren, ob man sich auf Unterhaltung und Benehmen ihrer Eltern, selbst in einer Klosterschule, verlassen konnte. Aber da alle Eltern eingeladen waren, mußte sie auch den ihren eine Chance geben.

»Nein, mir liegt nicht besonders viel daran, daß ihr kommt, denn Pompey würde vielleicht unruhig werden, wenn er euch unter den Zuschauern entdeckte.«

»Dann halte ich es für besser, daß wir Pompey nicht ablenken werden«, sagte ihr Vater aufatmend.

»Wenn du nach der Aufführung nach Hause kommst, werden wir fort sein, J. J. Wir freuen uns natürlich schon darauf, bei unserer Rückkehr am Montag alles darüber zu erfahren.«

Jane sah ihre Eltern nachdenklich an. Sie waren bei Freunden zum Wochenende eingeladen, und sie wußte, daß sie sie auf dem Weg in dieser fürchterlichen Reformschule anmelden wollten.

»Muß ich wirklich in diese Schule…?«

»Wenn es dir nicht gefällt, werden wir dich nicht zwingen, dort zu bleiben.«

»Wir wollen nur, daß du es ein Semester ausprobierst, J. J.«

Es war hoffnungslos.

»Dann ist heute also mein letzter Tag in der Klosterschule... Ich wünsche euch eine angenehme Fahrt«, sagte Jane höflich. »Auf Wiedersehen, Vati, auf Wiedersehen, Mutti.«

Margaret war beim Frühstück in glänzender Stimmung. Jane wußte, daß sie sich auf die drei Tage Freiheit freute, während derer die Herrschaften fort sein würden. Das Haus würde schmutziger denn je sein und Jane sich wahrscheinlich ihr Essen selbst kochen müssen, denn obwohl Mrs. Joyce Margaret genaue Anweisungen gegeben hatte, würde sie den Ort ihrer Tätigkeit bei diesem schönen Wetter bestimmt nur als Schlafstelle benutzen. Jetzt aber sorgte sie noch gut für Pompey und stellte ihm einen Teller mit Hackfleisch neben seine Milch. Dabei bemerkte sie, daß er bestimmt alle anderen Schauspieler in den Schatten stellen werde.

»Er war bei einer Probe.« Jane achtete darauf, daß Pompey nicht zu schnell fraß. »Mutter Eucharia fand ihn hochintelligent. Er hat sogar versucht, wie ein Löwe zu brüllen.«

»Fabelhaft«, sagte Margaret mit einem verlogenen Lächeln. »Wann wirst du nach Hause kommen, Jane?«

»So gegen sieben.«

»Hör zu – wenn ich nicht hier sein sollte, werde ich die Tür angelehnt lassen, ja? In der Speisekammer ist etwas gekochter Schinken. Du wirst doch brav sein und pünktlich ins Bett gehen, nicht wahr? Ich würde mich nicht wundern, wenn du auf dem Kopfkissen eine süße Überraschung fändest – vielleicht sogar Pfefferminzschokolade!«

Jane bürstete Pompey fast eine halbe Stunde. Danach sah er hinreißend schön aus. Sie legte ihn in einen ausgepolsterten Korb, in dem er befördert werden sollte, weil er sich nicht unnötig durch Laufen ermüden durfte.

Heute herrschten im Kloster Aufregung und Verwirrung statt der gewohnten klösterlichen Ruhe. Nonnen und Schülerinnen rannten, mit Stühlen und Blumenvasen bewaffnet, verzweifelt hin und her, und jeder gab jedem Anordnungen. Mutter Eucharia drückte Jane ein Buch in die Hand und setzte sie, samt ihrer Katze, in eine ruhige Ecke, weil Pompey um keinen Preis nervös werden durfte. Trotzdem kamen ununterbrochen Leute, die Pompey bewunderten und Jane an der Lektüre des Buches ›Frachtschiffe auf englischen Kanälen‹ hinderten, das Mutter Eucharia eilig und geistesabwesend aus der Bibliothek genommen hatte. Schließlich legte Jane ihr Buch resigniert fort, beobachtete traurig die Nonnen und ihre Mitschülerinnen – lauter einfache, freundliche und keineswegs außergewöhnliche Menschen – und dachte daran, daß sie ab September von modern eingestellten Menschen mit außergewöhnlichen Ideen umgeben sein würde. Sie war sehr unglücklich.

Zum Mittagessen gab es, zur Feier des Tages, Apfeltorte mit Schlagsahne, und danach fühlte sich Jane besser. Auch hatte sie keine Zeit mehr, an etwas anderes als ›Hyppola‹ zu denken. Sie legte sich ihre Toga um und zog dicke weiße Baumwollstrümpfe und römisch geschnürte Sandalen an. Dann holte sie sich Helm, Schild und Speer, alles aus Pappe, mit Silberpapier beklebt, und ließ ihr Kostüm von Mutter Eucharia begutachten.

Es war ein glorreicher Augenblick, als Pompey, nahe dem Rampenlicht, zu Füßen des Kaisers auf ein rotes Samtkissen gebettet wurde, nachdem ihm kurz zuvor eine gewaltige Papiermähne umgebunden worden war. Jane strich ihm zum letztenmal liebevoll über den Rücken und flüsterte: »Sei brav! Rühr dich nicht von der Stelle!« Auf der Bühne durfte jetzt nur noch im Flüsterton gesprochen werden, da sich das Publikum bereits auf der anderen Seite des Vorhangs versammelt hatte. »Es ist kein Unglück, wenn er über die Bühne wandert, solange er sich die Mähne nicht abreißt«, zischte Mutter Eucharia. »Er sieht bildschön aus!« Mit stolzgeschwellter Brust trat Jane zurück in die Reihe der Zenturionen, der Kaiser ließ sich, von seinem heidnischen Hof umgeben, auf die niedrige Couch fallen, während Hyppola, das Christenmädchen, zu der Stelle geführt wurde, an der sie im vollen Licht der Scheinwerfer stehen würde, wenn der Vorhang aufging.

Als sich der Vorhang teilte, starrte Jane geradeaus, wie es von ihr verlangt wurde. Der Saal war voll. In der Mitte der ersten Reihe saß der Bischof, zwischen der Äbtissin und Mutter Daniela, der die Novizen unterstanden. Zu beiden Seiten saßen Priester und Nonnen in der ihnen gebührenden Rangordnung. In den Reihen dahinter saßen Eltern und Freunde, in der letzten Reihe, mit dem Rücken zur Wand, saßen die weniger wichtigen Ordensmitglieder. Unter ihnen entdeckte Jane Peter und Paul, die ihr zulächelten, aber Jane konnte ihnen nur mit einem Augenzwinkern antworten. Sie hatte die Gnädigen erwartet, die versprochen hatten, sich Pompey anzusehen. Seit ihrem ersten Besuch war sie noch zweimal im Armenhaus gewesen, und Peter und Paul wußten Bescheid über die Reformschule in Takeley und natürlich auch über Pompey. Jane wußte dafür über Tim Bescheid.

Nachdem sich der Kaiser und seine Entourage, die bei Beginn der Vorstellung aufgestanden und über die Bühne gewandert waren, wieder niedergelassen hatten, konnte Jane über ihre Köpfe hinweg auf Pompey blicken. Er schlief auf seinem Samtkissen, und auch während der nun folgenden Orgie von Tanz, Musik und Trinken wachte er nicht auf. Das Christenmädchen Hyppola stand wie angewurzelt im Licht der Scheinwerfer noch immer auf der gleichen Stelle und gab am Ende des ersten Aktes ihrer Verachtung durch das Singen einer Hymne schallenden Ausdruck.

Während des zweiten Aktes verließ Pompey sein Kissen im genau richtigen Moment. Der Kaiser war jetzt offensichtlich bis über beide Ohren in Hyppola verliebt, und er bot ihr zuversichtlich Perlen und Diamanten an, aber Hyppola war unbestechlich. Statt ihn einer Antwort zu würdigen, wandte sie sich zornig von ihm ab und begann eine weitere Hymne zu singen, woraufhin der Kaiser seine Taktik änderte und mit einem höhnischen Lachen auf seinen zahmen jungen Löwen wies, dessen Vorfahren so viele Christen zu Märtyrern gemacht hatten. In diesem Augenblick erhob sich die geniale Katze, streckte sich, verließ ihr Kissen und näherte sich Hyppola langsam und gemessen. Als der Vorhang fiel, rannen kalte Schauer des Entsetzens über die Rücken der Zuschauer, und Mutter Eucharia eilte auf die Bühne, um Jane gerührt zu umarmen.

Am Anfang des dritten Aktes schlief Pompey wieder auf seinem Samtkissen, während der Kaiser, dessen Absichten jetzt durchaus ehrenhaft waren, Hyppola die Krone einer Kaiserin anbot. Als sich herausstellte, daß das Christenmädchen ein Gelübde der Keuschheit abgelegt hatte und daher die ihm angebotene Ehre ablehnen mußte, verlor der verzweifelte Mann endlich die Geduld und befahl zwei Zenturionen, das Mädchen in die Arena zu schleppen und den Löwen zum Fraß vorzuwerfen. Während das unglückliche Geschöpf von den beiden Henkersknechten unter dem höhnischen Gelächter des Kaisers abgeführt wurde, erwachte Pompey. Er sah Jane an, und sie stellte erfreut fest, daß er seiner Rolle voll und ganz gewachsen war; sein Ausdruck war nachdenklich und etwas bestürzt, wie es einem Wesen geziemt, dessen Eltern irgendwo hinter der Bühne eine unschuldige Jungfrau in Stücke reißen. Er wandte sich zum Publikum, und Jane war nicht erstaunt, als seine schauspielerische Leistung beim Fallen des Vorhangs mit donnerndem Applaus belohnt wurde.

»Was für eine Katze! Kinder, ihr wart alle großartig, aber nein, nein, was für eine Katze!« sagte Mutter Eucharia hingerissen.

Als Jane sich später von der Äbtissin verabschiedete, teilte diese ihr mit, der Bischof sei von Pompey entzückt gewesen und habe sie gebeten, der Eigentümerin seine Glückwünsche zu übermitteln.

»Das freut mich sehr«, sagte Jane. »Von jetzt an werde ich wohl nur noch in griechischen Dramen spielen, die von Blutschande handeln«, fügte sie bedrückt hinzu.

Die Äbtissin schüttelte mißbilligend den Kopf und mahnte mit einem strengen Blick: »Jane!«

Jane seufzte. Sie kannte diesen Blick und diese Stimme. Sie hatte wieder einmal am falschen Platz ein falsches Wort gebraucht. Sie versuchte zu erklären, daß es manchmal schwer sei, zu wissen, ob man Dinge, über die zu Hause offen geredet wurde, woanders erwähnen dürfe oder nicht. Die Äbtissin schwieg, aber ihr Blick war nicht mehr mißbilligend.

»Sie werden wahrscheinlich froh sein, wenn ich erst einmal in der Schule in Takeley bin«, sagte Jane unglücklich. »Es war sehr nett von Ihnen, mich hier zur Schule gehen zu lassen und zu versuchen, meine Seele zu retten, obwohl Sie vielleicht fürchteten, daß ich einen schlechten Einfluß auf meine Mitschülerinnen ausüben könnte.«

Die Äbtissin schwieg noch immer. Pompey gähnte und machte einen Buckel. Die Äbtissin bückte sich und streichelte ihn.

»In der neuen Schule wirst du deine Worte nicht mehr so vorsichtig zu wählen brauchen, Jane.«

»Wahrscheinlich nicht. Ich glaube, dort ist so gut wie alles erlaubt.«

»Gewiß wirst du die Freiheit sehr genießen.«

Jane sah die Äbtissin prüfend an und kam zu der Überzeugung, daß diese sie trösten wollte, und das war sehr lieb von ihr. Trotzdem mußte sie die Wahrheit sagen.

»Ich hasse den Gedanken an Takeley!«

Die Äbtissin hörte auf, Pompey zu streicheln. Sie faltete die Hände, legte sie auf die Schreibtischplatte und betrachtete sie nachdenklich.

»Deine Mutter ist fest davon überzeugt, daß du dich dort sehr wohl fühlen wirst.«

»Wenn man jung ist, hört niemand auf einen, und niemand nimmt einen ernst«, stellte Jane traurig fest. »Wie kann man die Gefühle eines anderen beurteilen, wenn man sich, wie es so oft vorkommt, nicht einmal über die eigenen klar ist?«

»Sehr schwierig«, stimmte ihr die Äbtissin zu.

»Meine Eltern hoffen, daß ich mich in Takeley geistig entwickeln werde. Ich würde es lieber hier tun, aber ich bin ja leider machtlos.«

»Uns tut es jedenfalls sehr leid, dich zu verlieren, Kind.«

»Wirklich?« Jane war erstaunt. »Obwohl ich nicht in der richtigen Weise an Gott glaube?«

»Als Schülerin waren wir sehr mit dir zufrieden.«

»Es ist ein Jammer, daß ich fort muß. Am liebsten würde ich, wie die anderen, im Internat der Klosterschule leben, dann würde niemand Außergewöhnliches von mir verlangen«, sagte Jane verträumt. »Allerdings würde mich Pompey sehr vermissen. In der Reformschule erlauben sie einem, Tiere mitzubringen, und ich nehme Pompey natürlich mit.«

»Selbst das ließe sich bei uns arrangieren«, erwiderte die Äbtissin erstaunlicherweise.

»Jetzt wird mir der Abschied noch viel schwerer.«

»Ich wünschte, wir könnten dich behalten, mein liebes Kind«, sagte die Äbtissin mit einer Stimme, die Jane noch nie gehört hatte. »Lebe wohl, Jane, und Gott segne dich. Und vergiß nicht, uns so oft wie möglich zu besuchen.«

»Ich habe nur Angst, daß diese Reformschule mich so verändern wird, daß ich gar nicht mehr den Wunsch habe, Sie zu besuchen«, sagte Jane verzweifelt. »In meinem Alter ist man angeblich ein Produkt seiner Umgebung.«

Jane fand die Tür zum »Gartenhaus« unverschlossen. Der gekochte Schinken in der Speisekammer war vertrocknet und grau, aber da sie hungrig war, aß sie ihn. Er schmeckte nicht zu schlecht, aber für Pompey war er natürlich nicht frisch genug. Nach langem Suchen fand sie glücklicherweise hinter der Brotbüchse eine Dose Lachs, die Margaret dort wahrscheinlich für sich versteckt hatte. Sie würde bestimmt wütend auf Pompey sein, aber er hatte mehr Anspruch auf den Lachs als Margaret, denn das Haus war staubig und unordentlich. Margaret hatte offensichtlich keinen Finger gerührt.

Nach dem Abendbrot ging Jane mit Pompey zum Strand. Auf dem Weg wurden sie oft angehalten, denn viele Leute wollten Pompey, der plötzlich ein berühmter Kater geworden war, gratulieren. Trotz der Anstrengungen des Tages ließ er sich, ohne zu fauchen, von wildfremden Händen streicheln. Er tat Jane sehr leid, weil er unmöglich verstehen konnte, daß Ruhm teuer bezahlt werden muß.

Um ihn vor weiteren Huldigungen zu bewahren, nahm sie Pompey auf den Arm und trug ihn zum entlegensten Ende des Strandes, weit entfernt von der Strandpromenade, der Musik und Hurleys Vergnügungspark. Bald waren sie und Pompey allein in einer Welt von sanften Sandhügeln und hartem Seegras. Vom Meer her wehte eine leichte Brise, und über der Bucht stand ein bleicher Mond. Sie ließen sich am Fuß eines kleinen Sandhügels nieder, Jane lehnte sich dagegen und starrte in den Mond. Auch Pompey starrte zum Mond empor, dann streckte er sich, und bald darauf schlief er fest.

Jane blieb in Gedanken verloren sitzen, bis die Brise kühler wurde und das trockene Seegras wie klirrende Schwerter im Wind rasselte. Es war Zeit zum Heimgehen.

Sie nahm Pompey wieder auf den Arm, und während sie den kürzesten Weg zwischen den Hügeln wählte, trug sie dem Kater ein Gedicht vor, das er leise schnurrend und freundlich mit anhörte.

»Der Wald steht schwarz und schweiget,
und aus den Wiesen steiget
der weiße Nebel wunderbar.
Wie ist die Welt so stille ...«

Und mit diesen Worten stolperte sie über ein Paar ausgestreckte Beine und ließ den erschrokkenen Pompey fallen. Jemand fluchte, Pompey miaute wütend, und zwei Leute setzten sich auf und sahen Jane an, die schnell wieder aufgestanden war. Jetzt erkannte sie plötzlich Margaret. Ihr Haar war zerzaust, ihre Kleidung zerdrückt, ihr Gesicht erhitzt. Neben ihr saß ein Mann mit langen öligen Haaren, die ihm ins Gesicht hingen. Auch seine Kleidung war zerdrückt, sein Gesicht war erhitzt, und seine vollen roten Lippen waren feucht.

»Kannst du die Augen nicht aufmachen, dumme Göre?« schalt er.

Medusa, dachte Jane, als sie Pompey aufhob und Margarets Gesicht mit den verwirrten Haarschlangen aus der Nähe betrachtete.

»Frechheit – uns hier nachzuspionieren! Hast aber kein Glück gehabt, was? War nicht viel zu sehen.«

Jane drückte Pompey an ihr Herz.

»Entschuldigen Sie, Margaret. Ich wußte wirklich nicht, daß Sie hier sind. Hoffentlich hab' ich Ihnen nicht weh getan.«

»Mehr als du ahnst, Kleine«, sagte der Mann und lachte schallend.

»Halt den Mund! Das ist doch unsere Jane.«

Der Mann pfiff leise und anhaltend.

»Da wird's wohl Stunk geben, was?«

»Ach wo, ihre Eltern sind nämlich gar nicht prüde.« Beide lachten laut, und Jane atmete erleichtert auf. »Aber ich habe keinen Ausgang – unsereiner braucht ja angeblich keine frische Luft!« Margaret strich sich über ihr Kleid und sagte dann mit einem falschen Lächeln: »Jane ist ein liebes Kind – sie wird mich nicht verpetzen.«

»Um so besser«, erwiderte der Mann.

»Entschuldige, daß ich dich angeschrien habe, Jane, aber du hast uns einen Schrecken eingejagt. Es war so'n schöner Abend, und mein Freund und ich haben einen langen Spaziergang gemacht, dann wollten wir uns etwas ausruhen und sind hier eingeschlafen.«

»Stimmt – wir haben uns ausgeruht«, sagte der Mann.

Er sah Jane durchdringend an, und sein starrer Blick war ihr peinlich – vielleicht, weil sein Gesicht noch immer so erhitzt war.

»Du solltest eigentlich schon längst im Bett liegen, Jane«, bemerkte Margaret kopfschüttelnd.

»Ich werde auf dem kürzesten Weg nach Hause gehen«, sagte Jane.

»Wenn ich dich nicht verpetze, wirst du mich nicht verpetzen, einverstanden?« Jane nickte. »Gut so, und nun mach, daß du nach Hause kommst, ich komme bald nach.«

»Hier!« sagte der Mann. »Kauf dir 'n bißchen Schokolade, Kleine – weil du ein braves Mädchen bist.« Er nahm ein Zweischillingstück aus der Tasche und hielt es Jane hin. Sie nahm es, um ihn nicht zu verletzen, denn er schien es gut zu meinen. Als sie sich zu ihm hinunterbeugte, strich er mit der Hand über ihr Bein. Jane hatte ein sonderbares Gefühl im Rücken. »Du bist doch ein braves Mädchen, was?«

»Mach, daß du nach Hause kommst«, wiederholte Margaret scharf.

Jane eilte, mit Pompey auf dem Arm, auf die Strandpromenade zu. Als sie sie erreichten, war Jane außer Atem, und Pompey beschwerte sich über ihre unnötige Hast. Jane ging in eine der Verkaufsbuden, um die zwei Schillinge in einem Stück Bratfisch mit Pommes frites und einer Tüte Vanilleeis anzulegen. Als sie mit Pompey, der jetzt an der Leine geführt wurde, aus der Bude kam, stellten sich ihr zwei rauflustige Jungen in den Weg. Der eine war größer als Jane, der andere ebenso groß wie sie. Hinter dem Ohr des Größeren steckte ein Zigarettenstummel.

»Hast du 'n Stück Schokolade für mich?« fragte der Junge mit der Zigarette frech.

Jane trat einen Schritt zur Seite, die beiden Jungen taten das gleiche.

»Ja oder nein?« fragte der zweite Junge drohend.

»Oder vielleicht 'ne Zigarette?« fragte der erste.

Jane antwortete nicht. Sie bemerkte, daß sich vom anderen Ende der Promenade zwei Frauen näherten.

»Weshalb bist du eigentlich so hochnäsig – du und dein scheußliches Frettchen?«

»Das ist doch kein Frettchen, das ist ein Stinktier«, sagte der Junge mit der Zigarette.

»Pompey ist eine siamesische Katze.«

Der Junge mit der Zigarette grinste unverschämt.

»So 'n häßliches Katzenvieh hab' ich in meinem ganzen Leben noch nie gesehen.«

Er stieß mit dem Fuß nach Pompey, der schnell und geschickt zur Seite sprang. Im selben Augenblick ließ Jane ihr Päckchen und die Leine fallen, machte eine Finte mit der rechten Hand, holte mit der linken zum Schwung aus und landete einen Volltreffer auf dem Magen des Jungen. Er stieß einen Schmerzensschrei aus und sackte zusammen, aber gleich darauf richtete er sich wieder auf, und die Bengel versuchten mit vereinten Kräften, den unglücklichen Pompey beim Genick zu packen. Die beiden Frauen waren noch ein ganzes Stück entfernt, und es war ein Glück, daß Mickey Coyle gerade in diesem Moment um die Ecke bog. Er und Jane kannten einander nur flüchtig.

»Hände weg! Wird's bald?« sagte Mickey drohend.

Jane atmete auf, nun war sie wenigstens nicht mehr allein. Es kam jedoch nicht zu einem Kampf. Die Frauen gingen jetzt an ihnen vorbei, und der Junge mit der Zigarette sagte: »Wir haben ja nur Spaß gemacht, kleine Hexe.« Eine der Frauen drehte sich um, sah Jane strafend an und bemerkte: »Unerhört! Kleine Mädchen sollten sich wirklich nicht mit Jungen herumpöbeln.«

Jane hob ihr Päckchen auf, ergriff die Leine, bedankte sich bei Mickey Coyle und machte sich auf den Heimweg.

Nachdem sie und Pompey im Bett den Bratfisch, die Pommes frites und das Eis verzehrt hatten, rollte sich der Kater am Fußende des Bettes zusammen und begann sich in den Schlaf zu schnurren. Jane lag erst noch eine Weile wach, dann schlief auch sie ein.

Plötzlich erwachte sie vom Zuschlagen der Haustür. Sie hörte Margaret in der Diele kichern und flüstern, dann flüsterte eine fremde Stimme, darauf folgte ein klatschendes Geräusch, unterdrücktes Lachen, dann wieder die fremde Stimme – diesmal etwas lauter –, und Jane erkannte sie als die Stimme des Mannes von den Sandhügeln. Bald darauf hörte sie vorsichtige Schritte und das Öffnen und Schließen von Margarets Tür. Jane blieb mäuschenstill liegen. Nach wenigen Minuten wurde die Stille nur noch vom leisen Knarren der Sprungfedern des Bettes in Margarets Stube unterbrochen.

Jane stand kurzentschlossen auf, zog sich so leise wie möglich an und packte Kamm, Zahnbürste und einige Kleidungsstücke wie auch ihr Sparschweinchen in ihren Rucksack. Dann zog sie einen warmen Mantel an, schnallte sich den Rucksack um, nahm den in eine Decke gehüllten Pompey auf den Arm, öffnete vorsichtig das Fenster und stieg in den Garten – auf der Flucht vor Margaret und vor dem Mann mit dem erhitzten Gesicht.

Es gab für Jane in der ganzen weiten Welt nur einen Zufluchtsort, und dorthin wanderte sie durch die dunkle Nacht. Es war schon nach ein Uhr, die Straßenlaternen brannten nicht mehr, und die Stadt war menschenleer. Sie preßte den warmen weichen Kater, der sich trotz der ungewohnten Umstände brav und vernünftig benahm, fest ans Herz. Der Weg zum Armenhaus erschien ihr unendlich lang und steil. Als sie den Hof betrat, lag auch das Armenhaus in tiefer Dunkelheit, aber das schadete nichts, denn nun war sie in Sicherheit, und es würde bald Tag werden.

Im schwachen Schein des bleichen Mondes ging sie ums Haus, bis sie ein zerbrochenes Fenster fand, in das sie und Pompey einsteigen konnten. Jane hoffte, daß sie keine Fledermäuse vorfinden würde, aber schlimmstenfalls würde Pompey sie wohl vertreiben.

Jane breitete Pompeys Decke auf dem Fußboden des stockdunklen Raumes aus, und obwohl sie davon überzeugt war, daß sie kein Auge zutun werde, waren beide innerhalb weniger Minuten fest eingeschlafen.

Richard Burke steckte seinen Kopf durch das Fenster und fragte barsch, was Jane dort zu suchen habe. Sie fuhr erschrocken aus dem Schlaf auf. Pompey wanderte bereits schimpfend durch den Raum, der ihm begreiflicherweise nicht zu gefallen schien, denn er war entsetzlich staubig und voller Spinnweben. Jane war froh, daß sie den Schmutz in der Dunkelheit nicht bemerkt hatte. Sie erklärte Richard, daß sie erst spät nachts angekommen sei und es für richtiger gehalten habe, die Gnädigen nicht mehr zu stören.

Als Richard den Rucksack bemerkte, blieb ihm der Mund vor Erstaunen offenstehen. Schließlich meinte er: »Du liebe Güte! Du bist also durchgebrannt, was? Ich sage ja – die Jugend von heute ...«

»Von Durchbrennen kann keine Rede sein«, stellte Jane gekränkt fest.

»Auf jeden Fall kommst du jetzt sofort mit mir zu Peter und Paul!«

»Gern, ich möchte mich nur schnell kämmen.«

Die Gnädigen waren erstaunt, Jane zu sehen, aber sie begriffen sofort, daß sie die Nacht nicht unter dem gleichen Dach mit Margarets Freund hatte verbringen wollen.

»Vielleicht war es kindisch von mir, denn ich hätte ihn sicher gar nicht zu sehen bekommen, weil er viel zu sehr mit Margaret beschäftigt war, aber das Ganze war mir unheimlich«, gestand Jane.

»Nein, es war durchaus nicht kindisch«, sagte Peter ärgerlich, aber ihr Ärger war nicht gegen Jane gerichtet, für die sie eine Scheibe Toast dick mit Honig bestrich.

»So ein pflichtvergessenes Mädchen«, sagte Paul kopfschüttelnd, während sie eine Scheibe Speck für Pompeys Frühstück in kleine Stücke schnitt.

Ganz offensichtlich waren beide entsetzlich böse auf Margaret, und da sie Nonnen waren und vielleicht über gewisse Dinge nicht Bescheid wußten, hielt Jane eine Erklärung für angebracht.

»Margaret ist nur ihren natürlichen Instinkten gefolgt. Allerdings hätte sie das nicht in unserem Haus tun dürfen, sondern nur, wenn sie Ausgang hat, aber das hat sie wahrscheinlich nicht begriffen. Sie ist nämlich nicht sehr intelligent.«

Peter und Paul schwiegen, und Jane fuhr fort: »Ich hätte mich vielleicht weniger aufgeregt, wenn ich nicht den ganzen Tag über diese neue Schule nachgegrübelt hätte. Außerdem kann man spät nachts nicht mehr ganz klar denken«, fügte sie entschuldigend hinzu.

»Du hast ganz klar und logisch gedacht und dich sehr vernünftig benommen, Kind«, sagte Peter.

»Ich hatte das Gefühl, daß es richtig war, zu Ihnen zu kommen.«

»Natürlich, und wir freuen uns riesig, dich bei uns zu haben – und auch Pompey«, versicherte Paul freundlich.

»Ich würde gern noch länger bleiben, aber ich muß leider jetzt gehen, denn Margaret wird sich Sorgen um mich machen – falls sie schon wach ist. Aber ich werde schon mit ihr fertig werden. Gestern nacht war ich in einer Panik, inzwischen habe ich mein seelisches Gleichgewicht wiedergefunden.«

»Es kommt gar nicht in Frage, daß du mit ihr sprichst«, wehrte Peter energisch ab. »Paul und ich werden sofort ins ›Gartenhaus‹ gehen und ihr Bescheid sagen.«

»Fein, dann können wir noch ein bißchen hierbleiben«, erwiderte Jane.

»Du wirst bis Montag bei uns bleiben, Kind, bis deine Eltern wiederkommen«, entschied Peter.

Jane sah mit großen Augen von Peter zu Paul, und plötzlich begann sie zu weinen. Es war lächerlich und beschämend, aber es gelang ihr mit dem besten Willen nicht, die Tränen zurückzuhalten.

Die beiden Nonnen versuchten sie zu beruhigen, Pompey umkreiste sie erregt mit unruhig wedelndem Schwanz, aber Jane schluchzte weiter.

Zwölftes Kapitel

»Zwei Lümmel aus der Altstadt haben gestern abend die kleine Joyce belästigt, aber sie hat sich nicht einschüchtern lassen«, sagte Mickey anerkennend. Er machte mit der Rechten eine Finte und holte mit der Linken zum Schlag aus. »So hat sie es ihm gegeben – fabelhaft!« Mickey seufzte. »Wenn ich nicht so klein wäre, würde ich zu gern im Knabenklub ein paar Boxstunden nehmen.«

»Mir bist du groß genug«, sagte seine Mutter, die nach ihrer sechzehnjährigen Ehe mit dem Stromer kleine Männer, mit denen man fertig werden konnte, bevorzugte. »Aber warum kannst du nicht Spinnengewichtler werden?«

»Du meinst wohl Fliegengewichtler, Mutti?«

Beide lächelten zufrieden, während sie gemütlich ihren Elf-Uhr-Tee tranken. Die Sonne schien durch die hohen Küchenfenster des Glebehofs und spiegelte sich in den blankgescheuerten Töpfen und Pfannen. Das Haus wurde auch für Mr. Hailsham blitzsauber gehalten, während Miß Byrne in der Sancta-Maria-Klinik war. Mrs. Coyle und Mickey arbeiteten tagsüber zusammen im Glebehof, aber während Mickey, der Hüter des Hauses, in einem Zimmer über der Diele schlief, kehrte die brave Mrs. Coyle jeden Abend pflichtschuldig in das eheliche Bett zurück.

»Das muß Mr. Hailsham sein, er klingelt immer zweimal«, sagte Mrs. Coyle. »Geh du zur Tür, Mickey, ich brühe inzwischen einen frischen Tee für ihn auf.«

Aber anstelle von Mr. Hailsham schlenderte der Stromer angriffslustig in die Küche. Er sah sich herausfordernd um.

»Höchste Zeit, daß ich mich mal mit eigenen Augen davon überzeuge, was ihr beide hier treibt«, sagte er und fügte mit feiner Ironie hinzu: »Hoffentlich störe ich euch nicht! Ihr würdet natürlich nicht von selbst auf den Gedanken kommen, mich einzuladen, obwohl es nur natürlich ist, daß ein Mann wissen möchte, wie es seiner Familie geht.«

»Ich glaubte nicht, daß du den weiten Weg zum Glebehof kommen würdest, nur um uns zu besuchen«, erwiderte seine Frau mit einem schwachen Lächeln. »Natürlich freuen wir uns sehr, dich zu sehen, Tom. Möchtest du eine Tasse Tee? Ich habe gerade welchen frisch aufgebrüht.«

Der Stromer verzog sein Gesicht zu einem spöttischen Grinsen.

»Das lebt und genießt!« sagte er, obwohl er eigentlich keinen Grund zur Klage hatte, da er selbst den größten finanziellen Nutzen aus ihrer Tätigkeit zog. »Gibt's in diesem Haus nichts Stärkeres als Tee?«

»Nein«, erwiderte Mickey.

»Halt den Mund, Saubengel, ich hab' dich nicht gefragt.«

»Wir haben leider nichts als Tee«, sagte seine Frau ängstlich. »Soll ich dir vielleicht ein paar Setzeier machen, Tom?«

Der Stromer gab ihr eine obszöne Antwort. Dann, nachdem er die Hoffnung auf eine alkoholische Erfrischung aufzugeben schien, stellte er fest, daß eine alleinstehende alte Dame kein Recht habe, in einem so großen und schönen Haus wie dem Glebehof zu wohnen. Schließlich fragte er: »Hast du ein paar Schillinge bei dir, Katie? Ich führe nämlich kein Luxusleben, ich muß mein Essen selbst bezahlen.«

»Ich habe nur noch zwei Schilling, Tom; wir bekommen erst morgen unser Gehalt.«

»Du kannst dir dein Geld eben nicht einteilen, wie alle Frauen. Ich würde mit der Hälfte von deinem Gehalt besser auskommen«, sagte er vorwurfsvoll. »So, und jetzt will ich euch nicht länger beim zweiten Frühstück stören.« Er nickte huldvoll und ging zur Tür. Dort wandte er sich um. »Da ich nun schon einmal hier bin, möchte ich mir eigentlich erst noch das Haus ansehen.«

Mickey und seine Mutter blickten einander ängstlich an, dann begleiteten sie den Stromer in wortloser Übereinstimmung auf seinem Rundgang.

Während sie von einem Zimmer zum anderen gingen, zeigte sich der Stromer ausnahmsweise von der liebenswürdigen Seite. Er machte zwar freche Scherze über die pastellfarbenen Bettbezüge, und als er auf dem Kaminsims im Eßzimmer neben anderen Nippsachen eine nackte Bronzefigur entdeckte, wurden seine Bemerkungen so anzüglich, daß Mrs. Coyle vor Verlegenheit wie ein junges Mädchen errötete.

Mickey ließ seinen Vater während der ganzen Zeit nicht aus den Augen.

Beim Abschied schien der Stromer in glänzender Stimmung zu sein. Er sprach sich lobend über den Garten aus, den Mickey gut instand halte, und er kniff seine Frau lachend in die Seite und stellte fest, daß sie endlich ein bißchen Fett angesetzt habe. Zum Abschied winkte er Frau und Sohn freundlich zu und wanderte mit leichten Schritten, ein Liedchen summend, die Allee hinunter.

Mrs. Coyle blieb allein an der Haustür stehen und sah ihm verträumt nach. Dann seufzte sie und kehrte zurück in die Diele. Als Mickey plötzlich mit verstörtem Gesicht aus dem Eßzimmer kam, blieb sie wie angewurzelt stehen. Sein sonnenverbranntes Gesicht hatte eine gelbsüchtige Farbe angenommen, und die Sommersprossen hoben sich scharf von seiner bleichen Nase ab. Er sagte: »Du kennst doch die Dresdner Porzellandose auf dem Kaminsims, in der Miß Byrne die goldenen Zwanzigschillingstücke und ihre anderen Münzen aufhebt?«

Auch Mrs. Coyles Gesicht wurde kalkweiß.

»Hast du sie irgendwo aufgehoben, Mutti? Weggeschlossen?« fragte er verzweifelt.

»Nein«, flüsterte Mrs. Coyle.

»Sie sind fort...«

»Meine Großmutter hat den Banken nicht getraut«, sagte der Stromer und legte ein goldenes Zwanzigschillingstück, ein Zehnschillingstück und eine Krone – ein Fünfschillingstück – auf den Bartisch.

Mit seinen frischen Farben, seinen schimmernden Zähnen, seinem roten Pullover und den marineblauen Hosen wirkte er in dem verrauchten Wirtshaus wie das Urbild des typischen irischen Raufboldes. »Sie war eine vernünftige Frau, die ihre Ersparnisse in einen Strumpf getan und unter ihrem Bett versteckt hat.« Mit dieser Erklärung wandte sich der Stromer vertrauensvoll an Mr. Simpson, den einzigen Fremden in der Gaststube.

»Das hat seine Vorteile«, erwiderte Mr. Simpson höflich und wandte sich ab. Sein Beruf hatte ihn gelehrt, plump vertrauliche Aufschneider dieser Art mit Vorsicht zu behandeln. Je großartiger sie sich gaben, desto unproduktiver waren sie im allgemeinen.

Der Stromer sah sich um, und sein Blick fiel auf George Pepper.

»Meine Großmutter hat den alten Strumpf oft unterm Bett hervorgezogen, um ihn mir zu zeigen.«

»Hatte sie keine Angst?«

»Angst? Wovor?« fragte der Stromer gereizt.

»Vor Ihnen«, sagte George, der in letzter Zeit sehr mutig geworden war.

Der Stromer runzelte drohend die Stirn und ballte die Hand zur Faust, aber dann entschied er zu seinem Bedauern – und besonders im Hinblick darauf, daß der schmächtige George es bestimmt nicht mit ihm aufnehmen konnte –, daß es noch zu früh für Belustigungen dieser Art sei. Er drehte George den Rücken zu und beehrte Miß Prescott, die Bardame, mit einer Ansprache.

»Wenn ich nicht mehr hier bin, wird dir das alles gehören, Tom, hat meine Großmutter oft gesagt.« Der Stromer machte eine feierliche Pause.

»Möge sie in Frieden ruhen«, fügte er fromm hinzu.

Miß Prescott betrachtete die Münzen mißtrauisch.

»Kenn' ich nicht«, sagte sie. »Eine Krone hab' ich schon mal gesehen, die anderen Münzen noch nie.«

»Soll man das für möglich halten! Haben Sie noch nie von goldenen Zwanzigschillingstücken gehört?«

»Gehört hab' ich davon«, erwiderte Miß Prescott vorsichtig.

»Ich bezweifle, daß diese Münzen gesetzliche Zahlungsmittel sind«, sagte ein übereifriger Gast. Er war etwas größer als George Pepper, aber nicht sehr kräftig. Wieder ballte der Stromer die Hand zur Faust. Miß Prescott, die eine erfahrene Bardame war, sagte schnell: »Ich werde den Wirt holen, der weiß Bescheid.«

Mr. Hennessy eilte aus der Küche in die Gaststube; er hörte sich die Geschichte von Großmutters Strumpf nachdenklich an. Schließlich stellte er fest, daß die alte Mrs. Coyle schon seit über dreißig Jahren tot sei und daß sie einen sehr umfangreichen Sparstrumpf gehabt haben müsse.

»Groß und vollgestopft bis zum Rand«, erklärte der Stromer.

»Tatsächlich«, sagte Mr. Hennessy.

Der übereifrige Gast mischte sich wieder in die Unterhaltung.

»Die Münzen müssen jetzt viel mehr wert sein als damals.«

Diesmal warf ihm Mr. Hennessy einen ärgerlichen Blick zu, während der Stromer liebenswürdig lächelte.

»Stimmt, und ich weiß, daß Mr. Hennessy mir einen guten Preis dafür geben wird.«

Mr. Hennessy betrachtete die Münzen mit wachsendem Mißtrauen.

»Ich will nichts damit zu tun haben.«

»Das verstehe ich nicht.« Der Stromer sprach

mit unheimlich sanfter Stimme. »Wollen Sie damit andeuten, daß mein Geld nicht ebensogut ist wie das von anderen Gästen?«

Mr. Hennessy hatte keine Zweifel über den Wert der Münzen, aber er war sich nicht darüber klar, ob der Stromer deren rechtmäßiger Besitzer war. Als dieser sich nun jedoch drohend über den Bartisch beugte und seelenruhig begann, den rechten Ärmel seines roten Pullovers aufzurollen, hielt der Wirt einen Kompromiß für geraten.

»Ich werde Ihnen dreißig Schilling für das Zehnschillingstück geben. Den Rest können Sie behalten.« Er sah sich im Kreis seiner Gäste um. »Sie haben doch alle gehört, was er uns von seiner seligen Großmutter erzählt hat, nicht wahr?«

»Die gute alte Seele«, sagte George Pepper gefühlvoll. »Auf Großmutters Wohl!«

Der Stromer war so eifrig damit beschäftigt, die dreißig Schilling einzustecken und sich noch einen Whisky zu bestellen, daß er George nur einen drohenden Blick zuwarf. George lachte und erhob sein Glas. Mr. Simpson, der neben ihm stand, fragte interessiert: »Legen Sie wirklich Wert darauf, sich das Genick brechen zu lassen?«

»Im Augenblick nicht – dazu ist das Leben viel zu schön. Alles ist herrlich, alles geht wie geschmiert, bis auf meine schriftstellerische Tätigkeit.« Nach einer kurzen Pause fragte er zögernd: »War mein Buch wirklich so schlecht, wie Sie sagten, ober war Ihnen gerade eine Laus über die Leber gekrochen?«

»Meine Leber hat mein Urteil in keiner Weise beeinflußt. Ihr Roman ist hundsmiserabel.«

»Das Romanschreiben scheint also nicht meine Stärke zu sein«, meinte George bedrückt.

»Ich möchte nur wissen, wo Ihre Stärke liegt«, sagte Mr. Simpson mit schöner Offenheit.

»Wenn ich erst in New York bin, werde ich reichlich Gelegenheit haben, es Ihnen zu zeigen«, sagte George mit Überzeugung. »Ich könnte mir beispielsweise vorstellen, daß ich ein ganz ausgezeichneter Verlagslektor sein würde, denn die Fehler in den Arbeiten anderer werden mir bestimmt nicht entgehen. Jedenfalls können Sie sich fest darauf verlassen, daß ich Ihnen in Ihrem Verlag eine große Stütze sein werde.«

Mr. Simpson seufzte.

»Hoffen wir das Beste.«

»Ich habe es Girlie gestern abend erzählt; sie hat vor Freude geweint. Mein Schwiegervater weiß es noch nicht. Ich muß es ihm kurz und schmerzlos beibringen – er wird weniger entzückt sein.« George stellte sich in Positur und sagte dramatisch: »Mr. Dillon! Ich habe einen sehr lukrativen Posten bei einem großen New Yorker Verlag angenommen. Ich werde nächste Woche mit Ihrer Tochter ins Land der unbegrenzten Möglichkeiten fahren.«

»Klingt gut, aber glauben Sie, daß er seiner Tochter so ohne weiteres die Erlaubnis geben wird mitzufahren?«

George lächelte überlegen. »Girlie wird mitfahren. Ich habe seit gestern eine Trumpfkarte in der Hand – sogar mehrere Trumpfkarten. Mehr kann ich im Augenblick leider nicht sagen.«

Mr. Simpson schüttelte den Kopf und meinte: »Ich habe meine Schuld bei den Armenhaus-Gnädigen voll bezahlt; jetzt möchte ich mich möglichst schnell betrinken, um Sie und meine voreiligen Versprechungen zu vergessen.«

Der Stromer, der beide Männer um einen Kopf überragte, stand, leicht schwankend, hinter ihnen und bemerkte verständnisvoll, daß viele andere den jungen Pepper ebenfalls am liebsten vergessen würden. Auch ihm gefalle genaugenommen Peppers Nase nicht und er fordere ihn hiermit auf, mit ihm hinauszukommen, damit er sie ihm in Klumpen schlagen könne.

»Mir selbst gefällt meine Nase ganz gut, und ich lege Wert darauf, sie in ihrer ursprünglichen Form beizubehalten«, sagte George und verließ das Lokal so schnell, daß der Stromer zunächst einen Augenblick verdutzt in den rauchigen Raum starrte, bevor er begriff, daß George nicht mehr da war. Nachdem er sich von seiner Enttäuschung erholt hatte, heftete sich der Stromer an die Fersen des wackeren Yankees, der seine Verachtung für den läppischen jungen Pepper teilte, und begann mit tönender Stimme echt irische Balladen und Volkslieder zum besten zu geben. Zwischendurch erfrischte er sich mit den Getränken, die sein Freund, der Amerikaner, in großzügiger Weise bestellte. Mr. Simpson und die anderen Gäste sangen mit Begeisterung den Refrain, und die feuchtfröhliche Stimmung währte bis tief in die Nacht hinein. Um zwei Uhr morgens wurde selbst der Stromer heiser. Er sang noch einmal mit viel Ausdruck ›Gott schütze Irland‹, dann verschwand er in die dunkle Nacht.

Als Mrs. Coyle und Mickey das Gartentor zuschnappen hörten, fuhren sie zusammen. Sie lauschten angestrengt, während der Stromer mit unsicheren Schritten über den Gartenpfad zum Haus kam.

»Er ist sinnlos betrunken, Mickey!«

»Hast du etwas anderes erwartet? Er hat die Taschen voll Geld gehabt«, sagte Mickey ruhig. Im Schein des Kaminfeuers sah er alt und resigniert aus.

Der Stromer riß die Tür auf und betrachtete seine wartende Familie überrascht und ärgerlich.

»Ihr tut mir nicht oft die Ehre an, auf mich zu warten.« Er schlug die Tür krachend zu. »Und ich lege auch keinen Wert auf diese Ehre! Ich bin froh, wenn ich eure häßlichen Fratzen nicht zu sehen brauche.« Er ließ sich, laut rülpsend, in einen Stuhl fallen. »Gib mir was zu essen, Katie.« Mrs. Coyle starrte ihn sprachlos an. »Na – wird's bald?«

»Ja, Tom«, sagte Mrs. Coyle und ging mit einem ängstlichen Blick auf Mickey zum Küchenschrank.

»Vater...«, begann Mickey.

»Was machst du denn hier? Ich dachte, du bewachst den Glebehof.« Der Stromer lachte schallend. »Feinen Wächter haben die sich ausgesucht! Jammerlappen, halbe Portion! Prachtvollen Sohn hab' ich da in die Welt gesetzt.« Seine Fröhlichkeit verwandelte sich in Ärger, und er betrachtete seinen Sohn mit Abscheu. »Mit mir hast du wahrhaftig nicht die geringste Ähnlichkeit. Wahrscheinlich hat mich deine Mutter jahrelang an der Nase herumgeführt und mir ein Kuckucksei ins Nest gelegt.«

Mrs. Coyle zitterte vor Erregung, aber sie drehte sich nicht um, sondern fuhr fort, Brot zu schneiden. Auch Mickey zitterte, aber er sah seinem Vater ins Gesicht.

»Was fällt dir ein, Mutter so zu beleidigen?«

Der Stromer wurde wieder fröhlicher und aufgekratzt.

»Sieh mal einer an – das kleine Mistvieh will mir Manieren beibringen. Hast du das gehört, Katie?«

»Gib es mir sofort zurück, Vater.«

»Nein, Mickey. Warte bis nachher«, jammerte Mrs. Coyle.

»Gib mir das Geld zurück, das du im Glebehof gestohlen hast, Vater!« Der Stromer starrte ihn mit offenem Mund an. »Was du woanders tust, geht uns nichts an, aber für den Glebehof sind wir verantwortlich.« Mickeys Stimme zitterte. »Bitte, Vater...«

»Halt die Schnauze!« brauste der Stromer auf und schlug ihn nieder. Im nächsten Augenblick klammerte sich seine Frau verzweifelt an ihn. »Und du auch«, brüllte er und versetzte ihr einen Faustschlag. Aber sie gab nicht nach, sondern flehte ihn an, Mickey nicht zu verletzen. Der Stromer gab ihr einen weiteren Faustschlag. »Du Luder, du hast ihm beigebracht, seinen eigenen Vater zu beleidigen!« Inzwischen begann Mickey auf seinen Rücken einzuhämmern, aber der Stromer schüttelte ihn ab wie ein lästiges Insekt. »Du kommst später dran, Lausejunge!«

Vorläufig verwandte er seine Energie darauf, auf seine Frau einzuschlagen. Er hatte sich lange genug im Wirtshaus Zwang angetan, jetzt ließ er seinen unterdrückten Gefühlen freien Lauf. Mrs. Coyles Warnungsschrei kam zu spät. Mickey hatte sich hinter seinen Vater auf einen Stuhl gestellt, und jetzt ließ er den Feuerhaken auf seinen Kopf herniedersausen.

Der Stromer sackte auf dem Fußboden in sich zusammen.

Zwei Stunden später war der noch immer bewußtlose Stromer auf dem Weg ins Krankenhaus, Mrs. Coyle hatte einen hysterischen Anfall, die Polizei war in dem kleinen Haus am Fuß des Armenhaushügels, und Mickey betrat das Armenhaus durch das gleiche Fenster, das Jane in der vorhergehenden Nacht benutzt hatte.

Leise verließ er den Raum mit den Spinnweben und schlich über den Steinfußboden des Korridors. Er ging auf Zehenspitzen weiter und entfernte sich vom Quartier der Gnädigen. Einmal blieb er lauschend stehen, als er Richards leises Schnarchen hörte, dann ging er beruhigt weiter. Er sah in jedes Zimmer, und schließlich fand er am Ende der vielen verzweigten Gänge eine kleine dunkle Zelle, die mit altem Gerümpel angefüllt war. Auch das schmale Fenster war verstellt. Er ging hinein, verbarrikadierte die Tür mit einem rostigen Ofen, auf dem einst der Haferbrei für die Armenhäusler in großen Töpfen gebrodelt hatte, machte sich eine Ecke frei und ließ sich erschöpft auf den kalten Steinboden sinken.

Am späten Nachmittag stand Jane flüsternd und vorsichtig klopfend vor der Tür. Als Mickey sie endlich hereinließ, war sie sehr ärgerlich.

»Du bist ein dummer Junge! Warum läßt du mich so lange draußen im Korridor stehen, obwohl ich dir gesagt habe, daß ich es bin und daß ich dir etwas zu essen bringe! Wenn mich jemand gesehen hätte, wären sie dir wahrscheinlich auf die Spur gekommen. Willst du dich unbedingt festnehmen lassen?«

Mickey vermied es, sie anzusehen.

»Ist er tot?«

»Sie wissen noch nicht, ob er am Leben bleiben wird, und ich glaube, daß sich niemand sehr dafür interessiert, aber das Gesetz muß befolgt werden, und sie suchen überall nach dir.« Jane stellte die Schulmappe, die sie mitgebracht hatte, auf den Boden und sah sich befriedigt in dem kleinen Raum um. »Hier bist du ganz sicher. Ich hätte mir diese Kammer auch ausgesucht. Ich habe mir gestern zum erstenmal das ganze Armenhaus angesehen, und als heute diese Tür nicht aufging, wußte ich, daß du hier sein mußtest.«

Sie setzte sich neben ihn auf den Boden. Mickeys hageres Gesicht zuckte.

»Wenn du herausgefunden hast, daß ich hier bin, werden es die anderen auch tun.«

»Das glaube ich nicht.« Jane begann die Mappe auszupacken. »Ich wußte, daß du im Armenhaus bist, weil ich selbst dort Schutz suchte, als ich sehr unglücklich war.« Sie zögerte. »Peter und Paul mögen eine Ahnung haben, denn sie sind sehr scharfsinnig.« Sie zögerte nochmals. »Vor ein paar Stunden war übrigens die Polizei da, aber Peter und Paul sagten, du wärest bestimmt nicht hier, und die Polizisten sind wieder fortgegangen, ohne auf einer Haussuchung zu bestehen, denn es wäre ja eine Beleidigung, das Wort einer Nonne anzuzweifeln.« Sie sah ihn ernst an. »Peter und Paul würden unter keinen Umständen lügen; was sie getan haben, ist etwas, das man vielleicht als Sophisterei bezeichnen könnte.« Sie blickte nachdenklich auf die Käsebrote und die Flasche Tee auf dem Fußboden. »Als ich um etwas Proviant bat und fragte, ob ich Pompey eine Weile bei Schwester Borgia lassen dürfte, weil ich auf eine Erkundungsfahrt gehen wollte, machten sie keine Einwände, und Borgia gab mir besonders gut belegte Brote, obwohl ich schon zu Abend gegessen hatte. Ich bin ziemlich sicher, daß alle drei Sophistik betrieben, und dagegen ist nichts einzuwenden. Hast du keinen Hunger, Mickey?«

»Er ist mir schon fast vergangen«, stöhnte Mikkey und biß gierig in ein Brot.

Jane reichte ihm einen Becher Tee und sagte vorwurfsvoll: »Du warst sehr dumm, ohne Proviant fortzulaufen. Hast du wenigstens Geld?« Mickey, der auf beiden Backen kaute, schüttelte nur den Kopf. »Das hab' ich mir gedacht, und deshalb habe ich mein Sparschweinchen mitgebracht.« Sie nahm das Gipsschweinchen aus der Mappe und betrachtete es betrübt. »Man muß es zerbrechen, um an das Geld zu gelangen – deshalb ist es eine besonders gute Sparbüchse.« Als sie nach einer Eisenstange griff, gab es ihr doch einen leisen Stich.

»Du kannst dein Geld behalten, ich werde es auch so schaffen«, erklärte Mickey mit rauher Stimme.

»Wie willst du das anfangen?« fragte Jane mit erhobener Eisenstange.

»Ich werde versuchen, im Dunkeln nach Waterford zu entkommen und mich auf ein Schiff zu schleichen.«

»Nach England?«

»Ja. Wenn ich erst mal dort bin, ist alles in Ordnung.«

»Du mußt dich also hier aufs Schiff schleichen, und drüben mußt du ebenso heimlich wieder runterschleichen. Mit einer Fahrkarte ist das viel einfacher«, sagte Jane, schloß die Augen und zertrümmerte das Sparschweinchen. Sie öffnete die Augen, um das Geld zu zählen. Das Resultat war sehr befriedigend. »Zähl mal nach!«

Sie hatte vier Pfund, sechs Schilling und acht Pence gespart.

»Wahrscheinlich werden sie mir ja doch beim Schiff auflauern«, sagte Mickey ungnädig.

»Weshalb bist du denn plötzlich so verzagt? Das finde ich sehr enttäuschend, nachdem du so außergewöhnlich mutig warst.« Sie füllte seinen Becher auf. »Du darfst den Mut nicht verlieren, Mickey. Bisher ist alles großartig gegangen; außer mir weiß niemand genau, wo du bist. Ich werde dich selbstverständlich nicht denunzieren, aber wenn du mir nicht glaubst, kannst du mich ja umbringen und meine Leiche in dem alten Eisenofen verstecken.« Sie verbesserte sich. »Nein, das würdest du natürlich nicht fertigbringen, denn es ist ein großer Unterschied zwischen Mord und fahrlässiger Tötung.«

»Ich wünschte nur, du würdest dich zum Teufel scheren und mich in Ruhe lassen«, sagte Mickey.

»Das werde ich auch, sowie du aufgegessen hast. Ich muß Borgia die Flasche und den Becher zurückgeben. Ich weiß genau, wie dir zumute ist. Diese furchtbare Spannung ist unerträglich. Aber selbst wenn sie dich finden sollten und selbst wenn sich dein Vater nicht mehr erholen sollte, selbst dann ... würden sie dich nicht hängen.« Sie sah ihn prüfend an. »Wahrscheinlich bist du sogar noch zu jung fürs Gefängnis.«

Mickey knirschte mit den Zähnen.

»Lieber erhänge ich mich, als daß ich mich in eine dieser verfluchten Besserungsanstalten sperren lasse; und ich lass' mich nicht mit meiner Mutter vor der ganzen Welt auf die Anklagebank setzen, und ich will nicht, daß alles in die Zeitung kommt...« Er fuhr sich mit dem Jackenärmel über die Augen. »Weißt du zufällig, wie es meiner Mutter geht?«

»Ich glaube, sie befindet sich in einem nur zu natürlichen Erregungszustand, aber weiter nichts.« Jane setzte sich auf den Boden und legte die Arme um ihre Knie. »Mich wollen sie auch in eine schreckliche Schule schicken, Mickey! Wäre es nicht herrlich, wenn wir zusammen fliehen könnten?«

Mickey stieß den Schwanz des Schweinchens mit dem Fuß zur Seite.

»Du hast nicht mehr Verstand als ein kleines Kind, und ich bin davon überzeugt, daß du klatschen und tratschen wirst, sobald du wieder draußen bist. Ich wünschte wahrhaftig, ich könnte dich in den Ofen stecken.«

»Ich tratsche nie, Mickey, aber seit gestern finde ich, daß es keinen Wert hat, zu vernünftig zu sein«, sagte Jane ernst. »Es war bestimmt nicht sehr vernünftig von mir, mitten in der Nacht ins Armenhaus zu laufen, aber jetzt, nachdem ich es einmal getan habe, fühle ich mich hier sehr wohl, und wenn ich nicht schnell noch etwas viel Unvernünftigeres tue, schicken sie mich in die Reformschule...« Plötzlich sprang sie erregt auf. »Wir könnten heiraten, Mickey!«

»Himmlischer Vater«, stöhnte Mickey verzweifelt.

»Mädchen von zwölf und Jungen von vierzehn können legalerweise heiraten, und du bist doch schon über vierzehn, nicht wahr?« Mickey war sprachlos. »Dann würden sie mich nicht fortschikken, und du würdest nicht ins Erziehungsheim kommen, weil Mann und Frau, glaube ich, nicht voneinander getrennt werden dürfen. Das steht in der Verfassung«, sagte sie etwas unsicher. »Es wird nur schwierig sein, jemanden zu finden, der uns traut!«

»Dann gehe ich schon lieber in ein Erziehungsheim«, bemerkte Mickey ungalant.

Jane war tief in Gedanken verloren.

»Wenn wir ein Baby erwarteten, würden sie uns nicht am Heiraten hindern – im Gegenteil.«

»Wie sollten wir denn das zustande bringen?« fragte Mickey sittlich entrüstet.

»Weißt du noch nicht darüber Bescheid?« fragte Jane erstaunt. »Ich habe zu Hause Broschüren, in denen alles erklärt wird. Ich werde sie dir mitbringen.«

»Schämst du dich nicht, über diese Dinge zu reden?« fragte Mickey schockiert.

Jane seufzte verzweifelt.

»Ich scheine immer das Falsche zu sagen. Nur Peter und Paul verstehen mich, bei ihnen brauche ich kein Blatt vor den Mund zu nehmen – das ist wenigstens ein Glück.« Sie verstaute die Flasche und den Becher in der Schulmappe. »Ich wollte nur vorgeben, daß wir ein Kind erwarten, denn vorläufig bin ich körperlich noch nicht imstande zu gebären, obwohl auch das nicht ganz feststeht.« Sie ging auf die Tür zu. »Vergiß nicht, die Scherben des Schweinchens in den Ofen zu tun, es sind gefährliche Anhaltspunkte.« Nach kurzem Zögern fuhr sie fort: »Wenn ich an deiner Stelle wäre, würde ich Peter und Paul die Wahrheit sagen – sie werden dir bestimmt helfen.«

Er warf ihr einen wütenden Blick zu.

»Mach, daß du rauskommst«, sagte er und gab ihr einen Stoß.

»Viel Glück!« sagte Jane tapfer.

»Ich kann's brauchen.« Bevor sie die Tür schloß, fügte er schnell hinzu. »Tut mir leid, daß du meinetwegen dein Sparschwein zerbrochen hast.«

Jane ging mit gesenktem Kopf über den langen Korridor. Als sie um eine Ecke bog, stieß sie mit Peter zusammen und ließ vor Schreck ihre Mappe fallen. Peter hob sie auf.

»Du hast also die ganzen Brote aufgegessen.«

»Die Brote sind aufgegessen worden«, sagte Jane spitzfindig. »Hoffentlich habe ich Ihnen nicht weh getan, ich hatte Sie hier nicht erwartet.«

Peter räusperte sich.

»Bei Regenwetter gehen Paul und ich hier manchmal auf und ab, um uns etwas Bewegung zu machen.«

»Ach so ...« Sie sahen sich an. »Heute ist aber schönes Wetter.«

»Stimmt«, sagte Peter. Eine Spinnwebe hing wie ein gespenstischer Schleier von der Decke herunter. Peter fegte sie zur Seite. »Wenn ein Mensch in

Not ist, ist es am besten, den Tatsachen ins Auge zu blicken und mit der Wahrheit herauszurücken, Jane.«

»Das würde ich auch tun, aber die Menschen sind verschieden. Manche würden sich lieber umbringen. Sie fürchten sich nicht vor der Strafe, sondern vor der öffentlichen Meinung – und nicht nur für sich selbst, sondern auch für andere. Leider kann man ihnen keine Ratschläge geben, weil sie ihre Ansichten um keinen Preis ändern wollen. Man kann nur versuchen, ihnen zu helfen«, sagte Jane traurig.

»Er ist in der alten Rumpelkammer, nicht wahr?« fragte Peter unvermittelt. Jane schwieg. »Also gut, Jane...« Plötzlich gab Peter zu Janes großer Erleichterung jegliche Diplomatie auf und sagte ganz offen: »Jetzt werde ich einmal ein ernstes Wort mit Mickey reden.«

Dreizehntes Kapitel

Da Mr. Simpson noch nie einen runden irischen Turm gesehen hatte, beschlossen Peter und Paul, ihren letzten gemeinsamen Ausflug nach Ardmore zu machen, wo ein besonders schöner Turm stand.

Mr. Simpson interessierte sich nicht sehr für Türme, aber er begleitete die Gnädigen gern an jeden Ort, den sie vorschlugen, da er sich in ihrer Gesellschaft immer besonders wohl fühlte. Manchmal mußte er sich Mühe geben, sich der hohen Meinung würdig zu erweisen, die sie von ihm hatten. Paul hielt Verleger für allwissende Wesen, die sich auf einer sehr hohen Ebene bewegten, und da er sie um keinen Preis enttäuschen wollte, hatte er, als Vorbereitung für den Ausflug, ein schmales Bändchen studiert, das sich mit Archäologie befaßte. Peters Meinung zu rechtfertigen war weniger schwierig, da sie ihn für den ehrlichen und gleichzeitig erfolgreichen Geschäftsmann hielt, der er tatsächlich war.

Als er am Sonnabend nachmittag in den Hof fuhr, warteten Peter, Paul und Tim bereits auf ihn. Alle drei machten einen niedergeschlagenen Eindruck. Peter und Paul grüßten ihn geistesabwesend und machten es sich im Rücksitz des Wagens bequem. Tim legte sich wie gewöhnlich neben ihn auf den Vordersitz. Selbst als der törichte Neufundländer dem Wagen in der Hauptstraße bellend nachlief, setzte sich Tim nicht laut kläffend in Positur, sondern knurrte nur leise im Schlaf.

»Fühlt er sich nicht wohl?« fragte Mr. Simpson und hoffte, daß Tim sich nicht während der Fahrt übergeben würde.

»Er ist müde«, sagte Paul zögernd. »Er war in eine Beißerei verwickelt.«

»Der Kater der kleinen Joyce wohnt vorübergehend bei uns, und die beiden Tiere vertragen sich nicht.«

Hierauf folgte ein längeres Schweigen.

Schließlich machte Mr. Simpson eine scherzhafte Bemerkung, über die die Gnädigen pflichtschuldig lachten. Danach herrschte wieder Schweigen. Mr. Simpson, der sich weiterhin bemühte, möglichst fröhlich zu erscheinen, war gerührt, denn die traurige Stimmung war offensichtlich darauf zurückzuführen, daß es ihre letzte gemeinsame Ausfahrt war. Auch ihm fiel der Abschied nicht leicht.

Der runde Turm wurde besichtigt, und Mr. Simpson hielt seinen archäologischen Vortrag, aber zu seiner großen Enttäuschung schien Paul nur ein wenig und Peter gar nicht beeindruckt zu sein. Sie war merkwürdig ungeduldig, und als Mr. Simpson, um seine umfassende Ortskenntnis zu beweisen, vorschlug, die nahe Quelle von St. Declans zu besuchen, bat sie kurz, man solle lieber gleich nach Hause zurückfahren.

»Sie müssen doch sicherlich noch Reisevorbereitungen treffen«, sagte sie, während sie den Kopf zur Seite drehte, um den Turm zu betrachten.

»Ich bin mit allem fertig«, erwiderte Mr. Simpson erstaunt.

»Sie werden vielleicht einiges umändern müssen«, sagte Paul nervös.

Mr. Simpson sah die beiden Nonnen erstaunt an. Sie erwiderten seinen Blick. Dann marschierte Peter auf einen kleinen moosigen Hügel zu.

»Bei Ihrem ersten Besuch nahmen Sie uns das Versprechen ab, Ihnen zu sagen, wenn wir etwas von Ihnen wollten – und jetzt ist es soweit.«

Mr. Simpson setzte sich auf den moosigen Hügel, und die Armenhaus-Gnädigen ließen sich wie zwei Krähen neben ihm nieder. Während er ihnen zuhörte, fror das blaue Meer zu einem Eisblock, die Dornen der reizenden Heckenrosen wuchsen und bohrten sich in seine Knöchel, und die Krähen wurden zu Geiern. Er starrte entsetzt von einer der Gnädigen zur anderen. Sie sahen unheimlich – irrsinnig ruhig aus. Er versuchte verzweifelt, sie zur Vernunft zu bringen.

»Das können Sie auf keinen Fall tun, liebe Schwestern. Man darf einem Verbrecher keine Unterkunft gewähren.«

Peter sagte, sie wüßten, was sie täten, und Paul

behauptete, daß Mickey Coyle kein Verbrecher sei, daß er aber einer werden könnte, wenn man ihn einsperrte; davon seien sie beide fest überzeugt, nachdem sie sich eingehend mit ihm unterhalten hätten. »In Amerika wird er sich bestimmt zu einem Prachtburschen entwickeln«, schloß Paul zuversichtlich.

»Und wie kommen Sie auf die absurde Idee, daß ich ihn nach Amerika bringen kann?« fragte Mr. Simpson erregt. Als er sich darüber klar wurde, daß er einen Fehler gemacht hatte, fügte er hastig hinzu: »... falls ich mich überhaupt dazu bereit erkläre, ein Helfershelfer zu sein – denn darauf läuft es hinaus. Sie sind es bereits!«

Die Helfershelferinnen ließen sich nicht aus der Ruhe bringen. Sie sagten, daß ein so kluger Mensch wie Mr. Simpson bestimmt einen Ausweg finden werde. Peter meinte, daß es wahrscheinlich notwendig sei, den Flug von Shannon umzubuchen, weil Mickey auf dem Flugplatz ein Visum und einen Paß vorweisen müsse. Wenn er aber auf dem Wasserweg nach England gebracht würde, ließe sich von dort aus alles viel einfacher regeln.

Mr. Simpson, der sich jetzt wie eine Fliege im Spinnennetz fühlte, erkundigte sich verzweifelt, was die Polizei inzwischen unternehmen werde. Peter sagte, nicht viel, da der Polizeioberst ein guter Freund von ihnen sei und es sich herausgestellt habe, daß der Stromer nicht mehr in Lebensgefahr schwebe. Paul bemerkte, daß ein Mann, der im Krieg gewesen sei, mit Mickey ohne weiteres fertig werden könne. Mr. Simpson lachte heiser, und Paul stellte fest, daß jemand, der es mit japanischen Soldaten aufnehmen konnte, sich nicht vor irischen Polizisten zu fürchten brauche. Mr. Simpson erwiderte unwirsch, daß es sich damals um legales Töten gehandelt habe. Paul verdrehte die Augen.

»Haben Sie noch nie in Ihrem Leben etwas Illegales getan?«

»Ich habe höchstens einmal vergessen, rechtzeitig die Autolampen einzuschalten«, sagte Mr. Simpson unfreundlich.

Peter und Paul ließen nicht locker, und Mr. Simpson wußte, daß er geschlagen war, während sie noch auf ihn einredeten. Als Tim keuchend von der Jagd nach einer unsichtbaren Beute zurückkehrte, hatte sich Mr. Simpson bereit erklärt, Mikkey Coyle am Montag nach Dublin zu schmuggeln, von dort mit ihm nach London zu fahren und ihn so schnell wie möglich nach New York zu bringen.

»Und was soll ich in New York mit ihm anfangen?«

»Ihm eine Stellung verschaffen«, lautete Peters praktischer Vorschlag.

»Schicken Sie ihn in eine Abendschule! Wer weiß, was aus Mickey noch alles werden kann«, sagte Paul mit träumerischem Augenaufschlag.

»Oder aus George Pepper – New York wird den jungen Leuten aus Ballykeen bald zur zweiten Heimat werden«, bemerkte Mr. Simpson ironisch, obwohl er wußte, daß Ironie sinnlos geworden war.

»Der liebe Gott hat Sie zu uns geschickt«, sagte Paul fromm.

Mr. Simpson lachte heiser.

Melly fühlte, daß der Augenblick nahe war, da sie einen Schreikrampf bekommen würde und an einen Ort gebracht werden müßte, an dem sie andere nicht mehr durch ihren Lärm stören konnte. Ob ihr Ausbruch von Dr. Jim, Mrs. Finnegan oder Rodney ausgelöst werden würde, hing vom Zufall ab.

Jeden Morgen war sie davon überzeugt, daß sie den Arbeitstag bei Dr. Jim nicht ruhig überstehen werde; jeden Abend um sechs verließ sie ihn, ohne daß der gefürchtete Zwischenfall eingetreten wäre.

Allabendlich um Viertel nach sechs wurde ihre Geduld von Mrs. Finnegan auf die Probe gestellt. Mrs. Finnegan machte dauernd scherzhafte Anspielungen und gab ihrer Befriedigung darüber Ausdruck, daß Melly jetzt endlich einen so reizenden Freund gefunden habe.

»Ein einfacher, netter Mensch, setzt sich ganz ungezwungen zu mir in die Küche und wartet auf Sie – wenn Sie mich fragen, Miß Brown, muß ich

Ihnen offen sagen, daß Sie keinen Besseren finden könnten. Ich fürchte, daß ich bald eine gute Mieterin verlieren werde.« Mrs. Finnegan fügte schalkhaft hinzu: »Was lange währt, wird endlich gut, einmal kommt der Richtige bestimmt.«

Etwas später erschien Rodney, und Mellys Herz begann höher zu schlagen, bis ihr plötzlich wieder einfiel, daß sie ihr furchtbares Geheimnis wahren mußte, wenn die Rede auf Bessie kam.

Während der letzten drei Tage war Melly wiederholt an der Sancta-Maria-Klinik vorbeigegangen, und jedesmal war die Haustür verschlossen gewesen. Aber am heutigen Sonnabend nachmittag hatten gerade zwei Frauen die Klinik verlassen, und es war Melly gelungen, sich ungesehen durch einen Türspalt ins Haus zu schleichen und die Treppe hinaufzueilen. Vor dem Zimmer, an dessen Tür ein Schild hing »Besuche verboten«, blieb sie einen Augenblick atemlos stehen, dann trat sie leise ein.

Bessie lag still und schien fest zu schlafen, aber als Melly sich neben ihr Bett kniete und ihren Puls fühlte, öffnete sie die Augen. »Hallo, Herzchen«, murmelte sie mit schwerer Zunge.

»Psst!« Melly flüsterte in Bessies Ohr: »Ich bin heimlich gekommen. Sie dürfen eigentlich keinen Besuch empfangen.«

»Böses Mädchen! Lassen Sie sich nur nicht von Mrs. Magee ertappen«, sagte Bessie mit schwacher Stimme.

»Wie geht es Ihnen?«

»Man nennt mich Mimi-wie-eiskalt-ist-dein-Händchen«, sagte Bessie mit einem Versuch zu scherzen. Dann sah sie Melly fest an. »Bestellen Sie Rodney, daß ich ihm dreißigtausend Pfund hinterlasse... Er wird herzlich lachen... Heute abend kommt Mr. Higgings.«

»Mr. Higgings!« Bessie begann schläfrig zu blinzeln. Melly flüsterte erregt: »Bitte versuchen Sie noch einen Augenblick wachzubleiben!«

»Das ist leichter gesagt als getan«, erwiderte Bessie, die Mellys Bitte als eine Ungerechtigkeit empfand. »Wie soll ich wachbleiben, wenn sie mir ununterbrochen Einspritzungen zum Schlafen machen?«

»Bitte hören Sie zu, Bessie. Ich sollte das eigentlich nicht sagen, aber möchten Sie nicht lieber nach Hause kommen? Sie können sich auch im Glebehof ausruhen. Soll Rodney Sie abholen? Soll ich ihn bitten, sofort zu kommen?«

»Armer Rodney!« Bessie fiel in einen Halbschlaf, aber Melly rüttelte sie wach. »Er sagt, daß er Mrs. Coyles Küche nicht mehr ertragen kann«, flüsterte Bessie.

Melly richtete sich entschlossen auf.

»Ich muß jetzt gehen, aber ich werde bald mit Rodney zurückkommen.«

Bessie begann wieder zu blinzeln, und Melly ging auf Zehenspitzen aus dem Zimmer.

Dankbar, triumphierend und glücklich winkten Peter und Paul Mr. Simpson zu, als sein Wagen aus dem Hof des Armenhauses fuhr. Am Montag früh um acht würden sie ihn wiedersehen. Sie blickten einander in stummem Glück an, als Tim laut bellend in die entfernteste Ecke des Hofes rannte. In diesem Augenblick bog Mr. Higgings um die Ekke. »Guter Hund!« sagte er und legte seine Hand sacht auf den Kopf des ihn anspringenden Wachhundes. Tim begann sofort stürmisch mit dem Schwanz zu wedeln und geleitete Mr. Higgings zu den Gnädigen, dann ließ er sich, noch immer schwanzwedelnd, zu Füßen des wundervollen Mannes nieder.

»Guten Abend, Schwestern.« Mr. Higgings lächelte liebenswürdig. »Ein freundliches Hündchen!«

Paul sagte leicht erstaunt: »Es heißt immer, daß Hunde einen guten Instinkt haben.«

»Es wird viel Unsinn geredet. Ich muß mich bei Ihnen entschuldigen, weil ich ohne Ihre Erlaubnis ein bißchen herumgewandert bin. Mein Name ist –«

»Wir kennen Sie vom Sehen, Mr. Higgings«, sagte Peter kurz.

»Wir kennen fast alle Leute in Ballykeen«, sagte Paul und starrte enttäuscht auf Tims Schwanz.

»Und jeder kennt die Gnädigen vom Armenhaus«, bemerkte Mr. Higgings mit einer höflichen

Verbeugung, »die so vielen mit Rat und Tat zur Seite stehen.«

»Ich hoffe, daß Sie weder unseren Rat noch unsere Hilfe zu beanspruchen haben«, sagte Peter, die durchaus keinen hilfsbereiten Eindruck machte.

»Nein, glücklicherweise nicht.« Mr. Higgings wies mit einer großen Geste auf das Armenhaus. »Ein prächtiges Gebäude.«

»Wir sind über Ihre Meinung unterrichtet.«

Mr. Higgings schüttelte lachend den Kopf.

»Wie ich sehe, sind Sie über alles, was in Ballykeen vorgeht, informiert. Es wäre tatsächlich sehr geeignet für eine Fabrik, finden Sie nicht?« bemerkte er mit lobenswerter Offenheit. »Außerdem würden wir es natürlich spottbillig bekommen.«

Peter bewahrte ein eisernes Schweigen, aber Paul glaubte, etwas sagen zu müssen. »Im Geschäftsleben ist es wohl unvermeidlich, ungeduldig zu werden, wenn einem jemand im Weg steht. Es kann nicht leicht sein, Gott und dem Mammon gleichzeitig zu dienen, Mr. Higgings.«

»Jeder irische Geschäftsmann hält es für eine gute Politik, beiden zu dienen, und wir beabsichtigen, genau das hier zu tun. Wir werden Heiligenfiguren fabrizieren, die anderer Leute Seelen und unseren Taschen zum Vorteil gereichen werden. Wir wollen den Betrieb die ›Sancta-Gesellschaft‹ nennen.«

Er erwartete ihren Kommentar. Peter schwieg, und Paul fühlte sich nochmals verpflichtet, einige passende Worte zu sagen.

»Ich halte das für einen sehr geeigneten Namen, Mr. Higgings.«

»Freut mich, daß Sie ihn billigen«, sagte Mr. Higgings erleichtert. »Ich hoffe, daß Sie mir gestatten werden, Ihnen und Schwester Peter die erste Statuette zu verehren, die wir fabrizieren.«

Paul begann sich bei ihm zu bedanken, als sie sich plötzlich darüber klar wurde, was sein großzügiges Angebot bedeutete. Sie unterbrach sich mitten im Satz und blickte Peter fragend an. Peter sah Mr. Higgings starr an. Er lächelte, aber Peter verzog keine Miene. Paul fing an zu zittern, während Tim erneut mit dem Schwanz zu wedeln begann. Mr. Higgings vermied ihre Blicke und betrachtete aufmerksam das Armenhausgebäude.

»Ein wirklich imposantes Gebäude. Ich habe es sehr eingehend inspiziert.« Er machte eine Pause, bevor er mit ruhiger Stimme fortfuhr: »Eine Tür ließ sich nur schwer öffnen, aber schließlich ist es mir doch gelungen – die Anstrengung hat sich gelohnt«, sagte er mit einem gewinnenden Lächeln.

Paul schloß die Augen, um das gewinnende Lächeln und Tims wedelnden Schwanz nicht mehr sehen zu müssen. Peter befahl ihrem freundlichen Hund streng: »Marsch! Steh auf!« Zu Mr. Higgings sagte sie: »Würden Sie so gut sein, uns klar und deutlich mitzuteilen, was Sie uns mitteilen wollen.«

Mr. Higgings wurde plötzlich ernst.

»Ich muß Ihnen leider eine unangenehme Überraschung bereiten ...«

»Bitte halten Sie uns nicht mit sinnlosen Vorreden auf, Mr. Higgings.«

»Wie Sie wollen, ich werde mich also kurz fassen. Ich habe Mickey Coyle gesehen, und ich war nicht erstaunt, ihn hier zu finden. Er hat mich übrigens nicht gesehen. Eigentlich sollte ich schon längst auf dem Weg zur Polizei sein.«

»Und warum sind Sie es noch nicht?« fragte Peter.

Paul stöhnte.

»Weil ich eine andere Idee habe.«

In der Wohnstube erklärte er ihnen diese Idee kurz, während Tim vor der Tür heulte. Pauls auf dem Schoß gefaltete Hände zitterten. Peter blieb unbeweglich, wie eine Statue. Nachdem Mr. Higgings mit seinen Erzählungen fertig war, herrschte tiefes Schweigen. Dann rührte sich Peter unter ihrem Nonnengewand.

»Ich kann es kaum verstehen.«

»Ich habe versucht, mich so klar wie möglich auszudrücken«, bemerkte Mr. Higgings entschuldigend.

»Ich wollte damit sagen, daß ich Sie nicht verstehe. Alles andere habe ich begriffen: Unter der Bedingung, daß wir das Armenhaus verlassen, erklären Sie sich bereit, Mickey Coyle nicht bei der Polizei anzuzeigen.«

»Sehr richtig, Schwester Peter.«

»Aber, das ist doch...«, Paul erhob ihre Augen erstaunt und entsetzt zu Mr. Higgings, »... das ist doch eine Erpressung!«

Mr. Higgings gab zu, daß man es so nennen könne.

»Der Not gehorchend... Zweifellos werden Sie beide bald realisieren, daß dem Jungen etwas Disziplin nur gut tun würde«, stellte Mr. Higgings fest.

»O nein, es wäre ein furchtbarer Fehler...«, begann Paul, aber Peter winkte ab.

»Wenn Sie die Polizei ins Armenhaus schicken, würden Sie sich in Ballykeen sehr unbeliebt machen«, sagte Peter.

»Das weiß ich nur zu gut«, gab Mr. Higgings zu. »Ich möchte es natürlich, wenn möglich, vermeiden, mich unbeliebt zu machen.« Er unterbrach sich, dann fuhr er fort: »Ich hoffe, es wird nicht notwendig sein.« Peter betrachtete ihn nachdenklich. Mr. Higgings hielt ihrem Blick stand. »Vielleicht möchten Sie sich miteinander beraten. Ich kann inzwischen draußen warten.«

»Das ist nicht nötig«, sagte Peter langsam.

Pauls Gesicht zuckte nervös. Sie sagte mit gequälter Stimme, ohne Mr. Higgings anzusehen:

»Wir müssen Mickey um jeden Preis retten, nicht wahr, Peter?«

»Dieser Junge hat uns von jeher nichts als Kummer bereitet«, brummte Peter ärgerlich.

Mr. Higgings sah sie fragend an. Peter nickte. Mr. Higgings stand auf.

»Es war mir ein Vergnügen, mit so klardenkenden Menschen zu verhandeln. Es wäre mir eine Ehre, auch zukünftig noch einmal Gelegenheit zu haben, die Bekanntschaft zu erneuern, aber das ist wohl nicht sehr wahrscheinlich.«

»Nein«, sagte Peter.

»Ich nehme also an, daß Sie der Äbtissin umgehend mitteilen, daß Sie ins Kloster zurückkehren wollen.«

»Wir werden es ihr morgen mitteilen.«

»Morgen früh, wenn ich bitten darf, bevor der Junge heimlich an einen anderen Ort gebracht werden kann.« Paul sah ihn entrüstet an.

»Verlassen Sie sich nicht auf unser Wort?«

»Ich habe es mir zur Regel gemacht, mich auf niemanden zu verlassen; bittere Erfahrung hat mich dazu gezwungen«, erwiderte Mr. Higgings traurig. »Auf Wiedersehen, Schwestern. Wenn es mehr Menschen wie Sie auf der Welt gäbe, würden nicht so viele wie ich gebraucht werden.«

Er verbeugte sich und verließ sie. Sie blieben sitzen, während er dem entzückten Wachhund die Tür öffnete, der ihn bis zum Gartentor geleitete, wo er sich nur zögernd von ihm verabschiedete.

»Ich habe schon immer gewußt, daß dieser Hund keinen Funken Verstand besitzt«, murmelte Peter erbost.

Zum erstenmal machte Paul keinen Versuch, Tim zu verteidigen. Sie holte tief Atem und senkte den Kopf.

»Für diesen Mann müßte man wahrhaftig beten; er hat es mehr als nötig. Aber, so wahr mir Gott helfe, ich kann mich kaum überwinden, es zu tun.«

Nach einem langen Schweigen hob Paul den Kopf und griff nach ihrem Rosenkranz. Peter tat das gleiche. Beide ließen die Perlen im selben Augenblick aus der Hand fallen.

»Wir können nicht erwarten, daß sie uns noch weiterhin hilft, Peter.«

»Nein.«

»Ich kann mir nicht vorstellen, daß dies das Ende ist, Peter.«

»Ich fürchte, es ist das Ende, Paul.«

Sie blickten traurig in entgegengesetzte Ecken des Zimmers. Dann schlüpften ihre Finger verstohlen zurück zu den Perlen ihres Rosenkranzes.

Vierzehntes Kapitel

Melly rannte den ganzen Weg von der Sancta-Maria-Klinik zur Pension »Seeblick«. Am Gartentor stieß sie fast mit Rodney zusammen.

»Ich muß sofort etwas trinken, Rodney«, keuchte sie atemlos.

Er ging mit ihr in das kleine Wirtshaus an der Ecke der Straße. Während er ein Glas Bier trank, stürzte sie ein Glas Gin hinunter und bat um ein zweites. Er bestellte es, ohne mit der Wimper zu zucken. Melly setzte das Glas entschlossen an die Lippen.

»Ein Glück, daß du dich nicht aus der Ruhe bringen läßt, Rodney.«

»Ich habe keinen Grund dazu.«

»Nein? Auch dann nicht, wenn eine Frau sich möglichst schnell betrinken will?«

»Ich habe bereits bemerkt, daß dies deine Absicht ist.«

»Glaubst du, es würde schneller wirken, wenn ich jetzt zu Kognak überginge?«

»Nein, wenn man die Getränke mischt, wird einem nur übel.«

Melly kicherte leise. »Das wäre ja sinnlos ... Bin ich vielleicht schon betrunken?«

»Nur etwas angeheitert. Willst du dich richtig betrinken?«

»Ich muß ganz einfach trinken, um meine Hemmungen zu überwinden, um mich zum Sprechen zu bringen. Mit Hilfe von Gin ist mir das schon einmal gelungen. Bitte bestell mir den nächsten ohne Zitrone.« Sie seufzte. »Wie lieb du bist, Rodney! Du sitzt seelenruhig da, ohne mir eine Frage zu stellen. Ich ... ich wollte nämlich seit Tagen mit dir sprechen und habe es nicht fertiggebracht, aber wenn ich jetzt noch einen letzten Gin trinke, wird es wohl gehen, und ... und glaube nur nicht, daß ich eine zu lebhafte Phantasie besitze oder daß ich unausgeglichen bin.«

»Im Gegenteil. Nüchtern oder betrunken – du bist immer ruhig und ausgeglichen, Herzchen.«

»Rodney!«

»Ja?«

»Ich hab' dich wirklich gern.«

»Ich dich auch.«

»Wie schön! Diesen Gin kann ich, glaube ich, nicht ganz austrinken, aber den Mut zum Reden habe ich noch immer nicht gefunden. Vielleicht geht es draußen etwas besser, neulich hat mir die frische Luft auch geholfen.«

Auf der Straße schwankte Melly ein wenig, und Rodney nahm ihren Arm, um sie zu stützen. Sie lehnte sich dankbar an ihn.

»Wie wäre es, wenn wir langsam zum ›Seeblick‹ gingen? Auf dem Weg kannst du mir vielleicht sagen, was du auf dem Herzen hast.«

Plötzlich fühlte sich Melly völlig nüchtern, und alles, selbst Rodney, erschien ihr alltäglich und eintönig; alles stand in krassem Gegensatz zu den melodramatischen Ereignissen, die sie beschreiben wollte. Gerade als sie tief Atem holte, um sich dennoch zum Reden zu zwingen, blieb ihr der Mund offenstehen, denn sie sah Mr. Higgings leichtbeschwingt und ein Liedchen summend den Armenhaushügel herunterkommen. Er blieb nicht stehen, sondern winkte ihnen nur im Vorbeigehen freundlich zu. Melly wandte den Kopf und blickte ihm nach, bis er um die Ecke bog und in der Richtung der Elm Road verschwand. Dann setzte sie sich plötzlich in Trab, rief dem erstaunten Rodney gerade noch zu: »Bitte warte im ›Seeblick‹ auf mich« und rannte hinter Mr. Higgings her.

Im Haus an der Elm Road waren die Jalousien heruntergelassen, um etwaige Patienten davon abzuhalten, Dr. Jim an seinem freien Nachmittag aufzusuchen.

Melly schloß das Sicherheitsschloß mit ihrem Schlüssel leise auf und betrat vorsichtig das Haus. In der Diele blieb sie einen Augenblick lauschend stehen und stellte fest, daß es in der Küche ganz still war. Dr. Jims getreue Haushälterin hatte Ausgang und war bei dem schönen Wetter wahrscheinlich am Strand.

Melly schlich auf Zehenspitzen zur Eßzimmertür, hinter der sie Stimmengemurmel, Lachen und das Klirren von Gläsern vernehmen konnte. Sie bückte sich und legte ihr Ohr auf das Schlüsselloch.

Zwanzig Minuten später stürzte sie erregt in die Küche der Pension »Seeblick«, in der Rodney sich mit George unterhielt.

»Rodney! Rodney!«

»Möchten Sie sich nicht setzen?« fragte George höflich und brachte ihr einen Stuhl.

Melly lachte verlegen.

»Ich weiß, daß ich ein bißchen betrunken bin, aber das spielt keine Rolle. George, ich habe eine tolle Geschichte für Sie! Hören Sie gut zu – und du auch, Rodney! Habt ihr jemals darüber nachgedacht, wie gefährlich es sein kann, alt und reich zu sein und keine Erben zu haben?«

»Gefährlich? In meiner Gegenwart hat sich noch nie etwas Gefährliches ereignet«, stellte George betrübt fest.

»Also jetzt hat es sich ereignet!« Melly lachte hysterisch beim Anblick der erstaunten Gesichter. Rodney packte sie liebevoll, aber energisch bei der Schulter und zwang sie zum Sitzen.

»Bitte rege dich nicht zu sehr auf, Kind«, sagte er und strich ihr zärtlich über den Kopf.

»So, und jetzt fühlen wir uns ganz frisch und munter, nicht wahr?« sagte Mrs. Magee.

Bessie hätte eigentlich erwidern können, daß wir uns durchaus nicht munter fühlten, seitdem uns

Dr. Jim vor einer halben Stunde eine Einspritzung gemacht hatte.

Aber sie schwieg und lächelte Mrs. Magee freundlich zu.

»Und wie nett und adrett wir aussehen«, fuhr Mrs. Magee fort und zog den Volant des rosa Kissenüberzuges gerade.

»Ich werde Mr. Higgings jetzt heraufführen.«

Bessie blieb still liegen, während sie Mrs. Magee die Treppe hinuntergehen hörte, dann hob sie lauschend den Kopf und blickte sich im Zimmer um, in dem kein Laut zu hören war. Sie hielt den Atem an, aber es rührte sich nichts. Endlich hörte sie Schritte die Treppe heraufkommen, umklammerte einen Augenblick lang ihr Taschentuch und ließ dann den Kopf entspannt auf ihr Kissen zurückfallen. Als Mr. Higgings eintrat, empfing sie ihn nur mit schwachem Lächeln.

»Ich freue mich, daß es Ihnen soviel besser geht, Miß Byrne.« Er rückte einen Stuhl neben ihr Bett und nahm, mit der Aktenmappe auf dem Schoß, Platz.

Bessie sah ihn verträumt an. Mr. Higgings öffnete die Mappe.

»Ich will Sie nicht unnötig lange aufhalten.«

Er überreichte ihr zwei mit Schreibmaschine beschriebene Pergamentbogen. »Würden Sie das bitte durchlesen. Ich hole inzwischen Mrs. Magee, damit sie Ihre Unterschrift beglaubigen kann.«

Bessies Hände zitterten, während sie vergeblich versuchte zu lesen. »Leider verschwimmt mir die Schrift vor den Augen«, sagte sie entschuldigend.

Mr. Higgings nahm ihr das Dokument vorsichtig aus der Hand.

»Ich werde sehr oft von Klienten gebeten, ihnen ihr Testament vorzulesen.«

Bessie schloß die Augen, und Mr. Higgings begann zu lesen.

»... und erkläre hiermit, daß alle vorherigen Testamente und Verfügungen ungültig sind ...«

»Bitte etwas lauter!«

Mr. Higgings sprach lauter.

»... und ich hinterlasse die Summe von ...«

»Noch lauter. Meine Ohren dröhnen – ich kann nicht verstehen.«

Mr. Higgings verlas geduldig, mit langsamer, deutlicher Stimme, jede Klausel von Miß Byrnes Testament.

Schließlich öffnete sie die Augen und versuchte zu lächeln.

»Würden Sie so freundlich sein, mir das Ganze noch einmal vorzulesen? Es tut mir leid, Ihnen soviel Mühe zu machen, aber es fällt mir so entsetzlich schwer, mich zu konzentrieren.«

Mit unendlicher Geduld erfüllte Mr. Higgings ihre Bitte.

»Ist Ihnen jetzt alles klar, Miß Byrne?«

»Klar wie dicke Tinte.«

»Alles genau, wie Sie es wünschen?«

»Ganz genau.«

Mr. Higgings saß auf der linken Seite des Bettes und Mrs. Magee auf der rechten, als Bessie mühsam und mit zitternder Hand ihre Unterschrift unter das Testament setzte. Nach ihr unterschrieb Mrs. Magee mit ziemlich ungelenken Buchstaben; dann glättete sie die Kissen mit einer automatischen Bewegung.

»So, das wäre geschafft – aber eigentlich hätte sich Miß Byrne noch viele Jahre Zeit lassen können, bevor sie ihr Testament macht, Mr. Higgings.«

»Ich bin ganz Ihrer Meinung, aber schließlich wollen wir Anwälte auch leben.«

Mrs. Magee verließ fröhlich lachend das Zimmer.

Als Mr. Higgings im Begriff war, das Testament in seiner Aktenmappe zu verstauen, streckte Miß Byrne eine schwache Hand danach aus.

»Kann ich es bitte haben?«

»Möchten Sie es sich noch einmal ansehen? Aber gern.«

»Ich möchte es hierbehalten.«

»Davon muß ich Ihnen dringend abraten, liebe Miß Byrne.« Mr. Higgings ließ den Verschluß der Aktenmappe zuschnappen und stand auf. »In einer Klinik gehen zu viele Leute ein und aus. Ein Testament ist ein wertvolles Dokument, und für dieses Schriftstück bin ich verantwortlich.«

»Ich möchte es trotzdem lieber hierbehalten«, sagte Bessie leise, aber bestimmt.

Mr. Higgings lächelte wohlwollend.

»Sie sind und bleiben eine eigenwillige Frau, doch diesmal werden Sie Ihren Willen nicht durchsetzen. Ich werde das Testament aufbewahren, bis Sie es sich in meinem Büro abholen können.«

Er schüttelte lachend den Kopf, nickte seiner törichten Klientin ermutigend zu und ging zur Tür. Er hatte bereits die Hand auf der Türklinke, als die Stille des Krankenzimmers plötzlich von einem klirrenden Geräusch zerrissen wurde. Mr. Higgings drehte sich um und sah, wie die Spiegeltür des eingebauten Schranks aufflog und George Pepper mitsamt dem Stechbecken geräuschvoll in Erscheinung trat.

»Sie möchte es wirklich lieber behalten«, sagte George sanft.

Mr. Higgings' Hand umklammerte noch immer die Türklinke, während er George sprachlos anstarrte. George bückte sich und schob den etwas angeschlagenen Toilettengegenstand diskret zurück in den Schrank. Mr. Higgings warf einen verstohlenen Blick auf Bessie, die sich das Muster ihres Taschentuches interessiert besah. Dann hob er die Augenbrauen.

»Ich bezweifle sehr, daß Ihr Chefredakteur die

gleiche Konzeption von Pressefreiheit hat wie Sie, Mr. Pepper.«

»Ich bezweifle es nicht«, erwiderte George schlicht.

»Im übrigen ziehe ich es vor, mir Ihre etwaigen Erklärungen dieses außergewöhnlichen Vorfalls draußen anzuhören«, sagte Mr. Higgings wütend. »Ich werde Mrs. Magee bitten, zu ihrer Patientin zu kommen.«

In diesem Augenblick wurde die Tür von außen geöffnet, Mr. Higgings wich unwillkürlich einen Schritt zurück, und Rodney betrat das Zimmer. Bevor er die Tür hinter sich schloß, hatte Mr. Higgings gerade noch Gelegenheit, festzustellen, daß Mrs. Magee mit ängstlicher Miene draußen auf dem Flur stand.

»Sie möchte es wirklich lieber behalten«, sagte Rodney ebenso sanft wie George.

Mr. Higgings blieb wie angewurzelt stehen, nur seine Augen wanderten unaufhörlich von einem zum anderen.

Dann lächelte er.

»Dritter Akt, dritte Szene einer altmodischen Posse?«

»Aber bestimmt nicht eines Radaustücks, denn weder Sie noch ich haben einen vulgären Geschmack.« Rodney wies auf die Aktenmappe. »Darf ich?«

»Ich habe es von jeher vorgezogen, mich auf

meinen Kopf zu verlassen und nicht auf meine Fäuste«, sagte Mr. Higgings. Er nahm das Dokument aus der Tasche und überreichte es Rodney. Während dieser das Testament studierte, lehnte sich Mr. Higgings mit verschränkten Armen gegen die Wand und beobachtete ihn mit ironischem Lächeln. George beobachtete Mr. Higgings. Bessie rollte ihr Taschentuch zu einem festen Ball.

Nachdem Rodney das Dokument aufmerksam zu Ende gelesen hatte, sagte er: »Ich weiß, daß George und du, liebe Bessie, es schon zweimal gehört habt, trotzdem bin ich der Ansicht, daß eine dritte Lesung von Interesse sein dürfte.«

»Ich würde doch vorschlagen, Miß Byrnes Zustand zu berücksichtigen«, bemerkte Mr. Higgings.

»Ach was, Bessie ist zäh.«

»Sie macht zwar im Moment nicht den Eindruck, aber sie muß es wohl sein«, stellte Mr. Higgings nachdenklich fest.

Während Rodney das Testament laut vorlas, gab es keine Unterbrechung. Sein Vortrag war nicht nur ebenso klar und deutlich wie der von Mr. Higgings, sondern er hielt sich auch viel genauer an den vorliegenden Text und vergaß, im Gegensatz zu Mr. Higgings, nicht zu erwähnen, daß Bessie dem praktischen Arzt Dr. James Smith-Crowley, Ballykeen, Kreis Waterford, in Anerkennung seiner ärztlichen Bemühungen die Summe von siebentausend Pfund vermachte – und zwar zur Förderung der medizinischen Wissenschaft. Bessie schnappte nach Luft und zerrte an ihrem Taschentuch. Auch George verlor einen Augenblick die Haltung und atmete schwer, dann aber wurde er sehr kühl und lehnte sich, ebenso lässig wie Mr. Higgings, an die Wand. Mr. Higgings wartete schweigend.

»Du hattest wohl keine blasse Ahnung, daß du Dr. Jim dieses hübsche kleine Sümmchen hinterlassen hast, Bessie?«

»Keine blasse Ahnung.«

»Zur Förderung der medizinischen Wissenschaft – eine charmante Idee«, sagte Rodney.

Mr. Higgings räusperte sich.

»Meine Klientin mag sich im Augenblick nicht ganz klar über die mir gegebenen Instruktionen sein.«

»Halten Sie es wirklich für angebracht, jetzt noch weitere Worte darüber zu verlieren?« fragte Rodney.

»Es mag nicht der geeignete Zeitpunkt sein.«

»Und später?«

»Wenn Sie die Absicht haben, mir Schwierigkeiten zu machen, werde ich mit allen mir zur Verfügung stehenden Mitteln kämpfen.« Mr. Higgings blickte von George zu Bessie und von Bessie zu George. »Eine kranke alte Frau! Ein blutjunger Reporter! Nein, ich werde bestimmt nicht klein beigeben ... Aber vielleicht könnten wir uns doch darauf einigen, die ganze Angelegenheit zu vergessen. Das wäre für uns alle der einfachste Ausweg.«

»Für Sie und Dr. Jim bestimmt!«

Ohne Georges unverschämtes Grinsen zu beachten, fuhr Mr. Higgings fort: »Selbst wenn meine Klientin nicht imstande ist, klare Anweisungen zu geben – und das wäre in ihrem augenblicklichen Gesundheitszustand nur zu verständlich –, kann man Dr. Smith-Crowley nicht für etwaige Unklarheiten in ihrem Testament verantwortlich machen.«

»Vielleicht doch«, meinte Rodney schlicht.

Bessie begann plötzlich leise zu wimmern.

»Bitte bring mich fort von hier, Rodney. Ich kann es nicht mehr ertragen. Ich mag das Gesicht dieses Mannes nicht – und Melly, sie dürfen Melly nichts zuleide tun.«

»Reg dich nicht auf, liebste Bessie. Melly ist bei den Gnädigen im Armenhaus.«

»Aha! Die tüchtige, gewissenhafte Miß Brown. Jetzt geht mir ein Licht auf.«

Rodney öffnete die Tür.

»Guten Abend, Mr. Higgings.«

Bessie setzte sich auf.

»Mr. Higgings!«

Er wartete aufmerksam und höflich. Bessie fuhr fort: »Wenn Sie das hören, was ich Ihnen jetzt sage, werden Sie sich totlachen.« Bessie begann laut zu lachen. »Das gesamte Vermögen, das Sie und ich gemeinsam verteilt haben, ist nicht vorhanden. Ich besitze keinen Cent, Mr. Higgings. Ich lebe von der Rente, die Rodney mir gibt.«

Mr. Higgings lachte sich nicht tot. Er sah Bessie fassungslos an, schließlich zischte er wütend: »Eine reizende alte Dame« und ging.

Als Bessie von Rodney ins Armenhaus gebracht wurde, war ein Zimmer für sie bereit. Borgia rieb noch etwas Leinöl auf den Fichtenholztisch, und Paul arrangierte einige Wicken in blauen Schattierungen künstlerisch in einem Marmeladenglas. Peter legte ein Päckchen weißes Pulver auf den Nachttisch. Nur Melly stand unbeschäftigt und mürrisch dabei.

»Aufregungen schlagen meistens auf den Magen«, sagte Peter und legte einen Löffel neben das Pulver.

Bessie blickte dankbar auf das Bett.

»Ich fühle mich im ganzen etwas unbehaglich.« Melly lachte bitter. Sie sah alle Anwesenden und besonders die Gnädigen strafend an.

»Als ich Ihnen erzählte, was vorging, haben Sie es nicht zur Kenntnis genommen.«

»Sie irren sich, Melly, selbstverständlich haben wir es zur Kenntnis genommen«, sagte Peter lebhaft. »Es war nur nicht ganz einfach festzustellen, was Phantasie war und was Wahrheit.«

Melly wandte sich an Bessie.

»Und Sie haben sich freiwillig zum Versuchskaninchen gemacht!« Sie warf Rodney einen ärgerlichen Blick zu. »Ich durfte inzwischen schlaflose Nächte verbringen.«

»Ich habe ein verflucht schwaches Herz, bitte vergessen Sie das nicht«, sagte Bessie entrüstet. »Ich hielt es für meine Pflicht, die Behandlung Ihres Dr. Jim auszuprobieren – als reiche alte Dame, die es sich leisten kann, für seine Kurpfuscherei zu zahlen. Ich war das ideale Versuchskaninchen!«

Paul ergriff Mellys Hand.

»Wir hielten es für besser, Ihnen nichts zu sagen, weil Sie ein so guter, durch und durch ehrlicher Mensch sind.«

Rodney nickte Melly ermutigend zu.

»Nichts für ungut, Kind. Du weißt ganz genau, daß du die Hauptperson in diesem Drama bist.« Er zwirbelte einen unsichtbaren Schnurrbart. »Meine Herren, bedaure, feststellen zu müssen, daß Sie gründlich reingelegt worden sind.«

»Miß Byrne zittert, ich glaube, es ist ein Schüttelfrost. Ich werde ihr sofort eine Tasse heiße Bouillon holen«, sagte Borgia und eilte in die Küche.

»Heiße Bouillon!« Bessie seufzte beglückt. »Ein einfaches Hausmittel – einfache, liebe Menschen.« Sie sah Peter und Paul dankbar lächelnd an, dann begann sie wieder zu zittern. »Es ist mir eben erst klargeworden, daß sie in der Sancta-Maria-Klinik keinen großen Wert auf mein Weiterleben gelegt hätten, nachdem ich das Testament unterschrieben hatte – vorausgesetzt natürlich, daß alles für Mr. Higgings glatt gegangen wäre.« Sie runzelte die Stirn. »Ich habe nichts dagegen, eines natürlichen Todes zu sterben, das müssen wir ja alle, aber ich würde es als eine Beleidigung empfinden, so einfach abgeschoben zu werden.«

»Wahrscheinlich hätten sie abgewartet und gehofft, daß Gottes Wille möglichst bald geschehen möge, Bessie. Wenn er sie jedoch enttäuscht hätte und du nach deinem Testament gefragt hättest, wäre es dummerweise nicht aufzufinden gewesen. Wie dem auch sei, das Notwendige wäre bestimmt auf eine möglichst angenehme Art getan worden«, schloß Rodney tröstend.

»Herzlichen Dank für deine freundlichen Worte«, erwiderte Bessie ironisch.

»So, und jetzt genug geplaudert, marsch ins Bett!« sagte Peter gebieterisch und warf Rodney und Melly, ohne ein Wort der Entschuldigung, aus dem Zimmer.

Von Peter und Paul besorgt beobachtet, schlürfte Bessie langsam ihre Fleischbrühe. Dann meinte sie kopfschüttelnd: »Es ist merkwürdig, nachdem ich mir die größte Mühe gegeben habe, nicht ins Armenhaus zu kommen, bin ich nun doch hier gelandet.«

»Wir freuen uns, daß Sie hier sind«, sagte Peter.

Bessie sah die Gnädigen lange nachdenklich an.

»Ich habe kein Recht, hier zu sein.«

Paul dachte an Mickey, der noch bis Montag in der Rumpelkammer bleiben mußte, an Jane, die wahrscheinlich in der Küche wieder auf verschwenderische Art versuchte, einen Kuchen zu backen, und auch an Pompey, der ohne Zweifel auf dem besten Stuhl im Wohnzimmer saß und dem armen Tim drohende Blicke zuwarf; es ließ sich leider nicht leugnen, daß das Armenhaus außergewöhnlich viele Besucher hatte. Andererseits, um der Wahrheit die Ehre zu geben, mußte man feststellen, daß trotz allem noch sehr viel Platz im Armenhaus war.

Bessie holte tief Atem und stellte ihre Tasse auf den Nachttisch.

»Als ich Sarah zum erstenmal sah, erklärte sie: ›Sie haben's in sich!‹«

»Sarah benimmt sich Besuchern gegenüber leider oft sehr schlecht«, sagte Peter entschuldigend. »Sie glaubt, in ihrem Alter das Recht dazu zu haben.«

Bessie schüttelte energisch den Kopf.

»Sarah hat ganz recht.«

Peter und Paul sahen sich ängstlich an, dann meinte Peter, daß Bessie jetzt ein wenig schlafen sollte.

»Ich will aber nicht schlafen«, erwiderte Bessie gekränkt. »Begreifen Sie nicht, daß ich den

Wunsch habe, Ihnen die Wahrheit über meinen unmoralischen Lebenswandel zu gestehen – und Sie wollen mir nicht einmal erlauben, mein Geständnis zu beginnen.«

Sie sagten, daß sie sie natürlich nicht daran hindern würden, daß es jedoch besser wäre, erst ein wenig zu schlafen. Außerdem lägen die furchtbaren Dinge, die Bessie angeblich getan haben wollte, doch wohl viele Jahre zurück, und daher habe es mit der Beichte vielleicht keine allzu große Eile. Bessie hörte ihnen verzweifelt zu.

»Warum machen Sie es mir eigentlich so schwer?«

Die Gnädigen warfen sich wieder ängstliche Blicke zu, dann falteten sie ihre Hände im Schoß und warteten aufmerksam und geduldig auf Bessies Geständnis.

»Wenn Sie glauben, daß es Sie erleichtert, sich auszusprechen, müssen Sie es tun«, sagte Peter.

»Ich muß Ihnen leider mitteilen, daß ich seit dem Tage, an dem ich Ballykeen verließ, von Männern ausgehalten worden bin«, begann Bessie mit schriller Stimme.

»Ach du liebe Zeit, wie entsetzlich«, entfuhr es Paul.

»Schlimm, schlimm«, sagte Peter.

Sie saßen noch immer aufmerksam und freundlich da, und Bessie war mit Recht ärgerlich.

»Sie brauchen mich nicht wie ein kleines Kind

zu behandeln, selbst wenn ich krank bin. Tun Sie nicht so, als ob Sie nicht empört wären.«

»Wir sind empört«, sagte Paul. Sie räusperte sich diskret. »Ich habe immer gehört, daß der Beruf eines Straßenmädchens sehr anstrengend ist, aber Ihnen sieht man das nicht an.«

»Ich war kein Straßenmädchen«, stellte Bessie jetzt selbst empört fest. »Ich war nur, was man eine ausgehaltene Frau nennt.«

»Meinen Sie vielleicht eine Mätresse?« fragte Paul schüchtern.

»Ja – ich glaube.«

»Aber das ist auch schrecklich – so viele Männer«, meinte Paul mitfühlend.

»Vier«, erklärte Bessie.

»Ach, nur vier?« sagte Paul und fügte rasch hinzu: »Schlimm, sehr schlimm.«

»Sehr schlecht«, bekräftigte Peter.

»Ich bin schlecht«, stellte Bessie befriedigt fest.

»Sie waren schlecht, meinen Sie«, verbesserte Paul sanft.

»Ich würde unter den gleichen Umständen auch heute wieder das gleiche tun«, behauptete Bessie.

Jetzt sah Peter sie zum erstenmal leicht strafend an.

»Der Sündenlohn –«

»War gut«, sagte Bessie.

Peter war ernsthaft empört; Paul betrachtete

Bessie mit einer Mischung von Entsetzen und Respekt.

»Sie müssen ein sehr kluges Mädchen gewesen sein«, sagte sie.

»Nicht besonders, nur hübsch und lebhaft«, erwiderte Bessie.

»Sicher waren Sie klug«, erklärte Peter mit Überzeugung. »Schließlich leben die meisten Frauen auf diese oder jene Weise von Männern, aber wie ich höre, sind die meisten so geizig, daß es nicht leicht ist, angenehm auf ihre Kosten zu leben.« Sie zögerte. »Allerdings bin ich noch nie einer Mätresse begegnet; vielleicht haben sie es besser als Ehefrauen.«

»Eine Zeitlang sicherlich.« Bessie betrachtete Peters ernstes Gesicht und seufzte. »Ich wäre so gern bei Ihnen geblieben – lange kann es ja sowieso nicht mehr dauern –, und jetzt werden Sie keinen Wert mehr darauf legen, mir Gastfreundschaft zu gewähren. Aber ich mußte Ihnen reinen Wein einschenken.«

»Wir sind an Kummer und unmoralische Frauen gewöhnt«, sagte Peter grob, »und ich wäre dafür, daß Sie sich jetzt etwas ausruhen.«

»Würden Sie mir bitte noch etwas länger zuhören?« bat Bessie.

»Aber natürlich«, sagte Paul eifrig.

Bessie lehnte sich befriedigt in ihre Kissen zurück.

»Am ersten Tag in London lief ich allein und unglücklich durch die Straßen, um mich nach Arbeit umzusehen. In einer ärmlichen Straße hing an der Tür eines schäbigen Varieté-Theaters ein Anschlag: ›Girls gesucht‹. Ich wußte nicht, wofür sie gesucht wurden, vielleicht zum Scheuern, aber ich war ein Mädchen, und ich ging hinein. Am selben Abend hüpfte ich bereits mit elf anderen Mädchen in rosa Pantalons über die Bühne.«

»Sie müssen sehr begabt gewesen sein, wenn Sie so schnell tanzen gelernt haben«, sagte Paul triumphierend.

»Dazu brauchte man keine Begabung, nur Beine... Jedenfalls ging es von diesem Moment an bergauf. Ein Agent begann sich für mich zu interessieren, und mit seiner Hilfe landete ich in einem größeren Theater, in dem ich mit nur sieben anderen Mädchen in hellblauen Pantalons auftrat. Bald darauf durfte ich ganz allein in einem langen eleganten Abendkleid auf der Bühne stehen und ein Lied von veilchenblauen Augen singen. Eines Abends kam ein erlauchter Gast ins Theater, dessen Aufmerksamkeit ich erregte. Glücklicherweise war er sehr unmusikalisch.«

Bessie machte eine Pause.

»Und dann?« fragte Paul gespannt.

»Diese Freundschaft erhöhte mein Prestige erheblich... Ihm folgte ein Baron, ein reizender Kerl, der leider bettelarm war.«

»Tragisch«, flüsterte Paul.

»Tieftragisch«, sagte Bessie. »Er heiratete später ein sehr reiches Mädchen, aber um diese Zeit war ich bereits mit Rodneys Vater befreundet.«

Beide Nonnen blickten erstaunt auf.

»Es muß also der vierte und letzte gewesen sein«, stellte Peter fest.

Paul stieß einen Seufzer der Erleichterung aus.

»Er war Fabrikant – Marmeladen und Konserven. Seine Frau, mit der er ganz und gar nicht auskam, stand unserem Glück insofern im Wege, als er mich nicht heiraten konnte. Wir lebten zwanzig Jahre zusammen in einem reizenden Haus in Hampstead. Rodney wohnte bei uns, weil seine Mutter keine Zeit für ihn hatte. Ich habe ihn erzogen und mir die größte Mühe gegeben, ihm die Mutter zu ersetzen.«

»Sie und Ihr Gefährte waren ein schlechtes Beispiel für einen heranwachsenden Jungen«, erklärte Peter schroff.

»Ich bin anderer Ansicht, aber wir wollen uns nicht streiten. Das alles gehört der Vergangenheit an – vergessen wir es! Als Rodneys Vater starb, fühlte ich mich wie eine Witwe.«

»Aber Sie waren es nicht«, sagte Peter mißbilligend.

»Miß Byrne hat ja auch nur gesagt, daß sie sich wie eine Witwe fühlte, Peter.«

»Sie hatte kein Recht, sich so zu fühlen, Paul.«

»Ich werde das Armenhaus morgen früh verlassen«, verkündete Bessie.

»Reden Sie keinen Unsinn«, sagte Peter ärgerlich. »Und jetzt haben Sie überhaupt genug geredet, jetzt wird geschlafen!«

Die Gnädigen hatten Mr. Higgings ersucht, ins Armenhaus zu kommen. Liebenswürdig und höflich wie stets saß er in der Wohnstube und hörte Peter aufmerksam zu. Paul sprach fast gar nicht. Tim heulte gelegentlich sehnsüchtig vor der Tür. Schließlich faltete Peter ihre Hände auf dem Schoß und sagte: »Nun?«

»Nun?« wiederholte Mr. Higgings gedehnt.

Er wartete. Paul ließ die Rosenkranzperlen zum Heil seiner Seele durch ihre Finger gleiten. Peter, die daran gewöhnt war, das gleiche Spiel mit der Äbtissin zu spielen, wartete ebenfalls. Sie gewann den schweigenden Kampf. Mr. Higgings sprach als erster.

»Ihr Vorschlag ist vernünftig, Schwester. Ich halte meinen Mund über den Verbleib des jungen Coyle, und Sie bleiben in Ihrem Armenhaus. Sie verpflichten sich dafür zu sorgen, daß niemand etwas über gewisse Mißverständnisse in der Sancta-Maria-Klinik erfährt.«

»Sehr richtig«, sagte Peter.

»Es läuft schlicht und einfach auf eine beiderseitige Erpressung hinaus«, stellte Mr. Higgings anerkennend fest.

Paul stöhnte unwillkürlich. Dann klapperten die Perlen wieder eifrig, während sie nun auch für Peter und sich selbst die Gnade des Himmels erflehte. Peter strafte sie mit einem kalten Blick, bevor sie sich wieder an Mr. Higgings wandte.

»Zur Zeit sind so viele Menschen auf unsere Hilfe angewiesen, daß wir uns den Luxus nicht leisten können, Sie und Dr. Smith-Crowley ins Gefängnis zu bringen.«

»Ich bezweifle, daß Ihnen das gelingen würde, da Ihre Hauptzeugin ja nur unter der Wahnvorstellung leidet, eine reiche Frau zu sein.«

»Wir würden uns die größte Mühe geben.«

»Das glaube ich gern. Allerdings halte ich es auf jeden Fall für sinnlos, zuviel Staub aufzuwirbeln, und ich bin davon überzeugt, daß es für alle Beteiligten am besten ist, die Vergangenheit ruhen zu lassen.«

Peter sah ihn lange und ernst an.

»Wir werden bestimmt dafür sorgen, daß Sie und Ihr Freund nicht noch mehr Unheil anrichten. Ich warne Sie: wir werden Sie von jetzt an nicht mehr aus den Augen lassen.«

»Sie dürfen unsere Missetaten nicht überschätzen, Schwester. In einer so kleinen Stadt hat man wenig Spielraum, und jetzt, nachdem Ihre Augen auf uns gerichtet sind, wird mir wohl nichts anderes übrigbleiben, als einen Strich unter die Rechnung zu ziehen und ein neues Leben zu beginnen.«

»Ja, bitte, bitte tun Sie das! Um Ihrer selbst willen!« flüsterte Paul. Sie errötete und griff nach ihrem Rosenkranz. »Eine Beichte, Mr. Higgings ...«

»Es ist allgemein bekannt, daß ich ein religiöser Mensch bin und meine kirchlichen Pflichten sehr ernst nehme«, erklärte Mr. Higgings feierlich.

»Leben Sie wohl, Mr. Higgings«, sagte Peter schroff.

Mr. Higgings stand auf. »Wirklich schade, daß wir uns immer unter so ungünstigen Umständen begegnen.«

»Schade, daß wir uns überhaupt begegnen mußten. Leben Sie wohl.«

Fünfzehntes Kapitel

An diesem Sonntagmorgen spazierte der Reporter George Pepper stolz durch die Straßen von Ballykeen. In seiner Rocktasche befand sich moralisches Dynamit. Leider hatten die Armenhaus-Gnädigen verfügt, daß es nicht benutzt werden durfte, aber schon der Gedanke, daß er es bei sich hatte, ließ die Tinte in Georges Adern schneller rollen. Mr. Higgings, der von der Zwölf-Uhr-Messe kam, grüßte freundlich: »Guten Morgen, Mr. Pepper.« George klopfte auf das Notizbuch in seiner Tasche, sagte: »Morgen, Mr. Higgings« und stolzierte weiter.

In seiner Brusttasche befand sich noch mehr Dynamit, und er war im Begriff, damit zu arbeiten.

Dillons Mädchen, Ellie, kam ärgerlich aus der Küche, um ihm die Tür zu öffnen, da sie gerade damit beschäftigt war, das Sonntagsessen zu kochen. Sie ließ ihn nur zögernd eintreten, denn sie war ein intelligentes Mädchen und fürchtete, daß sein Erscheinen sich ungünstig auf den Appetit des Hausherrn auswirken würde. Daher sagte sie höflich, daß sie den Herrn leider jetzt nicht stören könne, und fragte, ob sie ihm eine Bestellung ausrichten dürfe.

»Ich muß Sie leider bitten, Mr. Dillon zu stören.

Es handelt sich um eine sehr wichtige Angelegenheit, die sich nicht aufschieben läßt«, sagte George.

Ellie sah ihn mit offenem Mund an. War jemand gestorben? Aber das erfuhr man meistens durch ein Telegramm. Allerdings hörten die Zeitungen oft zuerst von Unfällen. Nachdem George ihr versichert hatte, daß seines Wissens alle Verwandten der Familie Dillon wohl und munter seien, richteten sich ihre Gedanken vom Tod zur Geburt. Einen Augenblick später schämte sie sich ihres Verdachtes; so etwas ereignete sich nicht in herrschaftlichen Kreisen, und außerdem war Girlie unverändert, wohl und munter.

»Machen Sie sich keine Sorgen, Mr. Dillon wird nicht böse sein«, sagte George beruhigend, als Ellie ihn ins Wohnzimmer führte.

Er irrte sich sehr. Wie Ellie abends ihrem Freund berichtete, hatte Mr. Dillon beinahe einen Schlaganfall bekommen und sie eine Idiotin genannt. Danach hatte er auch seine Frau beschimpft, weil sie ihre Dienstboten nicht besser erzogen habe. Ellie hatte beleidigt geantwortet, daß sie leider nicht allwissend sei, aber daß sie bei der nächsten Gelegenheit auch den wichtigsten Besuchern den Eintritt verwehren werde.

Mrs. Dillon, die fürchtete, ihre Perle zu verlieren, bat Ellie, sich nicht zu kränken. Sie sagte: »Sie hatten ganz recht, sich auf Ihr eigenes Urteil zu verlassen, Ellie, und Mr. Dillon wird das auch einsehen.« Daraufhin grunzte Mr. Dillon etwas Unverständliches, und Ellie verzog sich, noch immer beleidigt, in die Küche.

»Das kommt davon, daß du dich auf der Cocktailparty mit diesem unverschämten jungen Lümmel unterhalten hast«, herrschte Mr. Dillon seine Frau an, nachdem Ellie abgerauscht war.

»Ich habe dir doch gesagt, daß er darauf bestanden hat, mit mir zu sprechen. Du hast dich ja auch mit ihm unterhalten.«

Mr. Dillons Ärger richtete sich jetzt gegen seine unmögliche Tochter.

»Wenn sich der Bursche einredet, daß er in fremder Leute Haus eindringen kann, nur weil man den Anstand hat, sich in der Öffentlichkeit höflich mit ihm zu unterhalten, hat er sich geirrt.«

»Er ist bereits eingedrungen«, erwiderte Girlie kühl.

Mr. Dillon griff sich an den Kopf. Mrs. Dillon sagte streng: »Sei nicht so unverschämt zu deinem Vater!«

»Was will der Bursche eigentlich von mir?« fragte Mr. Dillon.

Girlie lächelte. »Warum fragst du ihn nicht selbst, Vati?«

»Du weißt also Bescheid, was?«

»George und ich haben keine Geheimnisse voreinander.«

»Vor mir wirst du gefälligst auch keine haben. Raus mit der Sprache! Was ist es?«

»Das wird George dir mitteilen.«

Die kleine, zerbrechliche Girlie hob die Augen furchtlos zu ihrem großen, kräftigen, wutschnaubenden Erzeuger. »Ich habe George versprochen, es dir nicht zu sagen. Er ist Manns genug, es selbst zu tun.«

Mrs. Dillon hatte plötzlich den gleichen furchtbaren Verdacht wie ihr Mädchen Ellie. »Fürchtest du dich etwa, es uns zu sagen, Girlie?« fragte sie ängstlich.

Girlie sah ihre Mutter stolz und verständnislos an. Mrs. Dillon seufzte beschämt und erleichtert, und Mr. Dillon überbrückte den peinlichen Augenblick, indem er eine furchtbare Drohung ausstieß.

»Ich werde den jungen Mann jetzt aus dem Haus jagen«, bemerkte er schlicht.

»Gut, dann kannst du mich auch gleich fortjagen«, sagte Girlie ebenso schlicht.

»Mit dem größten Vergnügen.«

Mrs. Dillon hielt es für angebracht, die undankbare Rolle des Friedensstifters zu übernehmen.

»Wäre es nicht vernünftiger, wenn du möglichst bald mit Mr. Pepper sprechen würdest, anstatt dich mit Girlie zu zanken, William? Es ist längst Essenszeit, und du weißt doch, wie Ellie sich aufregt, wenn sie nicht pünktlich anrichten kann.«

In ihrer Verachtung für den Friedensstifter bildeten Vater und Tochter instinktiv eine Einheitsfront.

»Aber Mutti«, sagte Girlie vorwurfsvoll.

»Auch das noch!« schnauzte Mr. Dillon.

»Der Auflauf wird zusammenfallen«, stöhnte Mrs. Dillon.

Mr. Dillon verließ wortlos das Zimmer; Girlie ließ sich achselzuckend auf einen Stuhl fallen.

George pfiff leise und klopfte auf die Brusttasche, um sich Mut zu machen, während er sämtliche Bilder an den Wänden des Wohnzimmers der Reihe nach eingehend betrachtete. Er war im Begriff, einem schwerfälligen Fischer aus Aran in die verschlagenen Augen zu blicken, als Mr. Dillon das Zimmer betrat. George wandte seinen Blick von dem irischen Fischer und starrte statt dessen in Mr. Dillons unfreundliche, blutunterlaufene Augen.

»Sie wünschen?« fragte Mr. Dillon.

»Bitte entschuldigen Sie diesen unangemeldeten Besuch«, sagte George förmlich.

»Worum handelt es sich?«

George hatte sich eine höfliche Vorrede zurechtgelegt, aber er entschloß sich, darauf zu verzichten und sofort zur Sache zu kommen. Er warf sich in die Brust und deklamierte: »Man hat mir einen einträglichen Posten bei einem Verlag in New York angeboten. Ich werde nächste Woche ins Land der unbegrenzten Möglichkeiten fahren, und zwar mit Ihrer Tochter.«

»Na und?« sagte Mr. Dillon.

»Das ist alles«, erwiderte George verblüfft.

»Sehr interessant – guten Morgen, Mr. Pepper!« Mr. Dillon ging auf die Tür zu, aber George verstellte ihm schnell den Weg.

»Sie sollten mich lieber anhören, Mr. Dillon.«

»Wenn Sie mir weiter nichts mitzuteilen haben, ist der Fall für mich erledigt.«

»Ich sage Ihnen doch, daß ich Ihre Tochter standesgemäß erhalten kann. Ist Ihnen das ganz unwichtig?«

»Girlie ist neunzehn Jahre alt. Für die nächsten zwei Jahre werde ich selbst sie standesgemäß erhalten. Wenn sie nachher immer noch den Wunsch haben sollte, mit Ihnen in einer Dachstube zu leben –«

»In einer eleganten Neubauwohnung, Mr. Dillon; mein Anfangsgehalt in Mr. Simpsons Verlag ist viertausend Dollar«, sagte George schnell.

Mr. Dillon schien überrascht, aber nicht beeindruckt zu sein. »Ich hätte nicht geglaubt, daß man am Seziertisch soviel verdienen kann.«

»Als Junggeselle wäre ich bereit gewesen, die Unsicherheit einer literarischen Karriere auf mich zu nehmen, aber ich würde es meiner Frau nicht zumuten, dieses Opfer für mich zu bringen«, erklärte George edelmütig. »Ich werde in der geschäftlichen Abteilung von Simpson und Schumann arbeiten.«

Mr. Dillon betrachtete George mit hochgezogenen Augenbrauen. Dann, als ihm plötzlich klar wurde, daß die Wogen des Atlantischen Ozeans seine törichte Tochter bald von dem aufdringlichen jungen Mann trennen würden, reichte er ihm die Hand.

»Ich gratuliere Ihnen herzlich, Mr. Pepper. Und jetzt würde ich vorschlagen, daß wir unsere Meinungsverschiedenheiten vergessen und uns als Freunde voneinander verabschieden.« Er fuhr in herzlichem Ton fort: »Ich bewundere jeden jungen Mann, der den Mut hat, im fremden Land eine Existenz zu gründen.« Er lächelte wohlwollend, während er mit seinem inneren Ohr dem Rauschen des weiten Meeres lauschte. »In ein paar Jahren mag vieles anders aussehen, nicht wahr, mein Junge?«

George räusperte sich.

»Girlie wollte unbedingt im weißen Brautkleid und Schleier heiraten, doch leider werden wir nun keine Zeit dazu haben.« Er flüsterte gerührt: »Aber sie ist bereit, meinethalben darauf zu verzichten.«

Mr. Dillon biß sich auf die Lippen, denn es hatte keinen Sinn, mit dem Emigranten Pepper die Geduld zu verlieren. »Ich glaubte, mich ganz klar ausgedrückt zu haben, Mr. Pepper.«

»Allerdings.«

»Dann habe ich weiter nichts zu sagen.«

»Mr. Dillon! Ich habe eine Stellung mit guten Aussichten für die Zukunft. Wenn Sie sich noch immer weigern, mich als Schwiegersohn anzuerkennen, müssen Ihre Vorurteile persönlicher Natur sein.«

Mr. Dillon vergaß den Atlantischen Ozean.

»Natürlich habe ich persönliche Vorurteile«, sagte er. »Ihr Anblick ist mir unerträglich, und Ihre guten Aussichten für die Zukunft stehen auf sehr schwachen Füßen. Was geschieht, wenn Simpson nach näherer Bekanntschaft nicht mit Ihnen zufrieden ist und Sie bei der ersten Gelegenheit hinauswirft?«

»Mich wirft niemand bei näherer Bekanntschaft hinaus«, erklärte George einfach.

»Ich tue es bestimmt«, sagte Mr. Dillon fest. Er zwang sich dazu, sich wieder auf die rollenden Meereswogen zu konzentrieren, und es gelang ihm mit bewunderungswürdiger Willenskraft, in herzlich kameradschaftlichem Ton fortzufahren: »Aber wir wollen uns nicht streiten. Sie und Girlie sind noch sehr jung, vielleicht in ein paar Jahren ...«

»Nein, nächste Woche«, sagte George beharrlich.

»Nein! So, und jetzt bitte ich Sie, mir den Weg nicht noch länger zu verstellen.«

George rührte sich nicht von der Tür. Statt dessen öffnete er sie behutsam und zog den Schlüssel von außen ab.

»Ich muß Ihnen etwas zeigen. Haben Sie etwas dagegen, wenn ich die Tür zuschließe?« Mr. Dillon war so erstaunt über diese Gangstermethoden, daß ihm keine Antwort einfiel. »Girlie mag ungeduldig werden, und es wäre peinlich, wenn wir unterbrochen würden«, sagte George sanft. Mr. Dillon, wütend, aber gleichzeitig neugierig, schwieg noch immer. George ging zu einem kleinen Tisch, schob zwei silberne Aschenbecher und eine Vase mit Nelken beiseite, steckte die Hand in seine Brusttasche und seufzte. »Zu schade, ich habe das Gefühl, daß wir uns normalerweise gut verstehen würden.«

Mr. Dillon beobachtete seine Vorbereitungen mißtrauisch. War der Bursche geistesgestört? Führte er ein Doppelleben? George stützte seine gespreizte Hand auf den Tisch. Mr. Dillon ließ ihn nicht aus den Augen, denn er machte nun wirklich einen irrsinnigen Eindruck.

»Kürzlich hat ein irischer Kollege, der in England arbeitet, hier seine Ferien verbracht. Er ist ein alter Freund der Gnädigen vom Armenhaus. Dort lernte ich ihn kennen, und ich habe mich mit ihm angefreundet. Natürlich habe ich ihm auch von Girlie erzählt.« George machte eine Pause. »Er arbeitet bei einer Wochenzeitung, deren Spezialität Enthüllungen sind. Das ist Ihnen doch ein Begriff, nicht wahr? Sie arbeiten mit infraroten Linsen ...«

»Ich habe keine Ahnung, wovon Sie sprechen«, unterbrach ihn Mr. Dillon.

»Wirklich nicht? Also dieser Journalist ist in seiner Redaktion auf ein Bündel Fotografien gestoßen, die bisher nicht verwertet worden sind. Da er glaubte, daß sie mich interessieren könnten, hat er sie mir geschickt.« George zog das Dynamit aus der Tasche und breitete es auf dem Tisch aus. »Geschickt aufgenommen, was?«

Mr. Dillon betrachtete die Fotografien.

Jeder Mann hat gelegentlich das Bedürfnis, sich etwas gehenzulassen und sich zu amüsieren. Vernünftige Männer entfernen sich zu diesem Zweck möglichst weit von zu Hause, besonders wenn sie in kleinen Städten leben. Mr. Dillon war ein vernünftiger Mann. Nicht nur in Ballykeen, sondern in ganz Irland galt er als ein Muster an Tugend und ein leuchtendes Vorbild für seine Mitbürger. Die drei Fotografien, die jetzt vor ihm lagen, zeigten deutlich, daß er, fern der irischen Heimat, zuweilen ein toller Draufgänger sein konnte.

Es war eine geschickte Aufnahme und ein gemeiner Trick. Mr. Dillon, der sich in einem Restaurant in der Nähe von Piccadilly vergnügte, ahnte natürlich nicht, daß die infrarote Linse einer Miniaturkamera auf ihn gerichtet war. Selbst wenn er es gewußt hätte, wäre es ihm wahrscheinlich in seiner damaligen Stellung gleichgültig gewesen, denn aus den Fotografien ging deutlich hervor, daß er und seine Geschäftsfreunde im Rausch des Vergnügens ihre Umgebung vergessen hatten.

Auf einem der Bilder trug Mr. Dillon eine Papiermütze, mit einer Hand schwang er ein Glas, und sein anderer Arm war zärtlich um die Taille eines vollbusigen, langbeinigen Mädchens geschlungen – wahrscheinlich die Privatsekretärin eines Geschäftsfreundes. Auf einem anderen Bild saß die Papiermütze schief auf Mr. Dillons Haupt, während er mit einem schlanken schwarzgekleideten Mädchen das Tanzbein schwang. Das Mädchen schmiegte seine Wange vertrauensvoll an Mr. Dillons Brust. Auf dem dritten Bild saßen Mr. Dillon und die Schwarzgekleidete eng umschlungen auf einem Sofa. Über sie gebeugt spielte ein Zigeunertrio süße Weisen.

Auf allen Fotografien sah Mr. Dillon alt, dick, dumm und betrunken aus. Er empfand einen körperlichen Schmerz, denn an jenem Abend war er glücklich gewesen, hatte geglaubt, daß er jung, fröhlich, unwiderstehlich und der Mittelpunkt der Gesellschaft sei. Dabei hatte er die ganze Zeit so ausgesehen!

Er nahm sich zusammen und zwang sich, George anzusehen.

»Sehr hübsch«, sagte er.

»Sehr geschickt gemacht«, erwiderte George unsicher und nahm die Fotografien vom Tisch.

»Äußerst geschickt«, bestätigte Mr. Dillon lachend. »Wie ich von Girlie höre, haben Sie keine Geheimnisse voreinander.«

»Das stimmt nicht ganz. Girlie hat keine Geheimnisse vor mir.«

»Ich verstehe.« Dann fuhr er scheinbar seelenruhig fort: »Ihr Freund scheint jedenfalls für ein tolles Skandalblatt zu arbeiten.«

»Es ist nur halb so schlimm; keine englische Zeitung veröffentlicht diese Art von Bildern.« George spielte achtlos mit den Fotos. »Sie waren auf der Suche nach Bildmaterial, um einen Artikel über das Londoner Nachtleben zu illustrieren, und da haben sie ein paar amüsante Aufnahmen gemacht.«

»Bestimmt nicht amüsanter als diese!« George schwieg, und Mr. Dillon fuhr im gleichen seelenruhigen Ton fort: »Ich nehme an, daß Sie mir einen Vergleich vorschlagen wollen, nicht wahr?«

George spielte weiter mit den Fotografien.

»Schon möglich.«

»Gemeiner Erpresser«, sagte Mr. Dillon mit leicht erhobener Stimme. Er begann im Zimmer auf- und abzugehen. Schließlich blieb er, mit dem Rücken zu George, vor dem Gemälde des Fischers stehen. »Es war eine völlig harmlose Angelegenheit, eine kleine Geschäftsfeier. Bei solchen

Gelegenheiten läßt man sich leicht einmal ein bißchen gehen.«

»Das ist nur zu natürlich.«

»Finden Sie diese Bilder komisch, Mr. Pepper?«

»Man könnte sie vielleicht als komisch bezeichnen«, erwiderte George unsicher.

»Ich finde sie sogar sehr komisch, und Girlie und alle anderen werden bestimmt meiner Meinung sein – mit Ausnahme meiner Frau.«

George räusperte sich.

»Niemand braucht diese Bilder zu sehen.«

»Ich weiß nur zu gut, worauf Sie hinauswollen, Sie Schuft«, sagte Mr. Dillon.

George räusperte sich wieder. Mr. Dillon fuhr fort: »Harmlos und komisch, ganz einfach ein dicker älterer Herr, der sich lächerlich macht. Ich bin an diesem Abend allein in mein Hotel gegangen.«

»Davon bin ich überzeugt.«

»Davon ist bestimmt jeder überzeugt, der den alten Esel auf dem Bild sieht.«

»So habe ich es nicht gemeint.«

»Aber ich! Ganz Ballykeen würde Tränen lachen.« Mr. Dillon wandte sich von dem Porträt des Fischers ab und sah George bitter lächelnd ins Gesicht. »Ein Mann in meinem Alter sollte wissen, wie er sich in der Öffentlichkeit zu benehmen hat.«

»Man hat in jedem Lebensalter das Recht, gelegentlich einmal über die Stränge zu schlagen«, erklärte George.

Mr. Dillon schien ihn nicht zu hören.

»Wenigstens habe ich meine Lektion gelernt«, sagte er mit heruntergezogenen Mundwinkeln.

»Verflucht noch mal«, schrie George und zerriß die Fotografien in kleine Stücke.

Mr. Dillon und George sahen die Papierfetzen auf den Teppich flattern, dann blickten sie sich wortlos an.

»Das war ziemlich voreilig«, sagte Mr. Dillon schließlich. »Allerdings nehme ich an, daß Ihr Freund die Negative nicht vernichtet hat.«

»Wenn er sie noch haben sollte, kann er sie behalten«, versetzte George wütend. »Ich werde jetzt gehen, aber in zwei Jahren bin ich Ihr Schwiegersohn, darauf können Sie Gift nehmen, und dann gehen wir zusammen auf eine Herrenpartie, setzen uns Papiermützen auf und machen uns zum Narren, wenn uns der Sinn danach steht.«

»Ich werde diese Einladung nicht vergessen«, erwiderte Mr. Dillon höflich.

»Der Teufel soll Sie holen«, sagte George und ging auf die Tür zu.

Nachdem sich Mrs. Dillon und ihre Tochter drei Viertelstunden gestritten und gestichelt hatten, hörten sie das Öffnen und Schließen der Wohnzimmertür und vernahmen gleich darauf Schritte im Gang. Girlie stand zitternd auf.

»Wenn er nein gesagt hat, kann er es nur aus Bosheit und Gehässigkeit getan haben, Mutter.«

Nach dem Zusammensein mit Girlie war Mrs. Dillon selbst in gehässiger Stimmung.

»Dein Vater wird tun, was er für richtig hält.«

Girlie verkündete leidenschaftlich: »Ich könnte mit ihm in einer –«

»– Dachkammer leben und trockenes Brot essen. Ich weiß Bescheid«, sagte Mrs. Dillon erbittert, denn sie hatte schon zu oft gehört, mit wie wenig Nahrung Girlie in der richtigen Gesellschaft auskommen könnte.

»Inzwischen wird das Mittagessen verderben.«

Girlie ging nicht darauf ein. Sie lauschte mit geöffneten Lippen.

»Sie sind noch immer in der Diele, das ist ein gutes Zeichen. Einmal muß Vati ja zur Vernunft kommen.«

Die Hoffnung darauf hatte Mrs. Dillon bereits am Anfang ihrer Ehe aufgegeben, aber sie machte keinen Versuch, ihrer Tochter die Illusionen zu rauben. Auch sie lauschte ängstlich, in der Hoffnung, die Haustür zuschnappen zu hören. William würde natürlich in einer entsetzlichen Stimmung sein, aber wenigstens könnte Ellie dann endlich das Essen servieren.

Als beide Herren das Eßzimmer betraten, blickten beide Damen erstaunt auf. Girlies Blick blieb verzückt auf der Hand ihres Vaters haften, die auf Georges Arm ruhte. Mrs. Dillon schloß ungläubig die Augen. Als sie sie wieder öffnete, lag die Hand noch immer auf derselben Stelle.

Mr. Dillon lächelte freundlich und sagte herzlich: »Ich glaube, Sie haben meine Frau schon kennengelernt, George.« Die beiden Frauen waren sprachlos. »Darf ich dir George jetzt als deinen künftigen Schwiegersohn vorstellen, Liebling?«

»Vati, Vati!« rief Girlie begeistert und warf sich an seine Brust.

»Nein, so eine Überraschung«, stammelte Mrs. Dillon.

»Ja ... nein ...«, stotterte George.

Beim Klang seiner männlichen Stimme hob Girlie den Kopf von der Brust ihres Vaters und blickte seelenvoll in die Augen ihres Geliebten. George erwiderte ihren Blick ebenso seelenvoll. Der Augenblick war unerträglich schön. Girlie warf sich weinend in die Arme ihrer Mutter.

»Um Himmels willen! Was ist denn jetzt geschehen?« fragte Mrs. Dillon fassungslos.

»Ich bin zu glücklich«, schluchzte Girlie.

Mr. Dillon glättete die Wogen der Erregung, indem er die Sektflasche öffnete, die schon seit Weihnachten im Weinschrank lag. Nachdem alle Gläser gefüllt waren, erhob er das seine.

»Aufs Wohl von George und Girlie! Auf ein langes und glückliches Leben!«

Das liebende Paar trank mit feierlichem Ernst, Mrs. Dillon war noch immer in begreiflicher Verwirrung, und Mr. Dillon schnitt eine kleine Grimasse, weil der Sekt abgestanden und viel zu süß war.

»Vati! Mutti!« Girlie schien im Begriff zu sein, wieder in Tränen auszubrechen. »Nachdem ihr ihn nun kennengelernt habt, gefällt er euch doch auch, nicht wahr?«

Mrs. Dillon, die sich allmählich von ihrem ersten Schrecken erholt hatte, sagte nüchtern: »Ich kann nicht behaupten, George schon richtig zu kennen, Girlie.«

Girlies Lippen zitterten.

»Hast du das Gefühl, daß du ihn liebgewinnen wirst, Mutti?«

»Ja, natürlich«, erwiderte Mrs. Dillon etwas ungeduldig.

»Und du, Vati?« fragte Girlie zögernd, denn sie war sich selbst im Rausch des Glückes darüber klar, daß sie von ihrem Vater kaum eine so schnelle und gründliche Meinungsänderung erwarten durfte. Aber als sich auf seiner Stirn keine Zornesadern zeigten, wiederholte sie hoffnungsvoll: »Und du, Vati?«

»George und ich werden uns gut verstehen«, sagte Mr. Dillon freundlich. »Wir haben festgestellt, daß wir beide Freude an einer lebhaften Debatte haben. Viele Schwiegerväter und Schwiegersöhne langweilen sich gegenseitig, aber um der lieben Familie und des lieben Friedens willen müssen sie sich zwingen, immer höflich zu bleiben. George und ich werden uns weder langweilen, noch brauchen wir uns voreinander Zwang anzutun.«

»Vati! Mutti! George! Das Leben ist zu schön!« Girlie breitete ihre Arme aus, als wollte sie alle drei umarmen. Plötzlich ließ sie die Arme matt sinken. »Eigentlich ist es gar nicht so schön, denn jetzt werdet ihr nicht nur nach mir Sehnsucht haben, sondern auch nach George.«

»Wir fahren nicht nach Amerika, Girlie«, sagte George schnell.

»Er kommt in unser Geschäft«, erklärte Mr. Dillon. Mrs. Dillon sah ihren Mann fassungslos an. »Als Teilhaber, damit ich ihn nicht hinauswerfen kann, nachdem ich ihn richtig kennengelernt habe.«

Girlie sah George mit feuchten Augen an und sagte mit tränenerstickter Stimme: »Ich erlaube nicht, daß du meinetwegen deine Karriere aufgibst, Liebling.«

»Aber Girlie ...«

»Nein, auf keinen Fall!«

»So nimm doch endlich einmal Vernunft an«, sagte ihre Mutter.

»Vernunft annehmen ist für euch gleichbedeutend mit Geldverdienen«, antwortete Girlie verächtlich.

»Dein Vater hat sich ein sehr schönes und gutgehendes Geschäft aufgebaut«, sagte George. Er bemerkte Mr. Dillons ironischen Blick und fügte eilig hinzu: »Wir müssen auch deine Karriere berücksichtigen, Girlie. Schließlich glauben wir an das gleiche Recht für beide Eheleute, nicht wahr? Wenn wir dein Talent für Haute Couture im Keim ersticken, bleibt deine schöpferische Persönlichkeit unerfüllt.«

Der Gedanke an diese furchtbare Gefahr schien Girlie einen Augenblick zu erschüttern, aber dann sagte sie mit Märtyrerstimme: »Man kann Literatur nicht mit Haute Couture vergleichen. Wenn einer von uns unerfüllt bleiben muß –«

Mr. Dillon mischte sich plötzlich in die Debatte.

»Ich sehe keinen Grund, warum ihr eure Persönlichkeiten nicht beide erfüllen könnt. George wird jeden Abend reichlich Zeit zum Schreiben haben.«

Er sah George ermutigend an. Nach einer langen Pause sagte George: »Ja.«

»Und am Wochenende.«

Jetzt sagte George erst nach einer sehr langen Pause: »Ja.«

»Und natürlich während der Ferien«, fügte Mr. Dillon mit einem bösartigen Lächeln hinzu.

Mrs. Dillons weibliche Instinkte traten plötzlich zutage, und alle drei taten ihr leid.

»Du wirst natürlich bei uns zu Mittag essen, George.«

Es war bereits eine Stunde nach der üblichen Essenszeit. Mrs. Dillon klingelte und bereitete sich darauf vor, Ellie mit dem gleichen Mut und Heroismus entgegenzutreten, mit dem die meisten Frauen täglich ein schwieriges häusliches Problem nach dem anderen bewältigen.

Sechzehntes Kapitel

Mr. Simpson kam am Montag morgen pünktlich um acht Uhr beim Armenhaus an. Borgia, die den Wagen gehört hatte, erschien sofort in der Tür.

»Die Schwestern bitten Sie, so dicht wie möglich vor der Tür zu halten, damit sie Mickey Coyle unbeobachtet ins Auto bringen können.« Sie sah sich ängstlich um. »Im Augenblick ist keine Menschenseele hier, aber man kann ja nie wissen.« Mr. Simpson, der sich wie ein Verbrecher vorkam, versuchte kühl und gefaßt auszusehen. »Immerhin hat bestimmt niemand Interesse daran, uns Schwierigkeiten zu machen«, sagte Borgia beruhigend.

Mr. Simpson hielt so nahe bei der Tür, daß er selbst nur mit Mühe aussteigen konnte. Borgia nickte befriedigt und führte ihn eilig in die überfüllte Wohnstube.

Peter und Paul redeten einer weinenden Frau gut zu. Mickey Coyle stand unglücklich daneben. Ein kleines Mädchen in einem Mantel saß aufmerksam in einer Ecke; auf ihrem Schoß schlief eine Katze. Mr. Simpson nahm an, daß sie die kleine Joyce war und die Katze dieselbe, die den Armenhaushund neulich gekratzt und in die Flucht geschlagen hatte, denn Tim lag auf einem Stuhl in der gegenüberliegenden Ecke und tat, als ob ihn das Ganze nichts anginge. Einen Augenblick blieb Mr. Simpson, der sich ebenso unglücklich fühlte wie Mickey Coyle, an der Tür stehen. Dann entdeckte ihn die weinende Frau und stieß einen Jammerschrei aus.

»Gott möge Ihnen vergelten, was Sie für meinen armen Jungen tun«, schluchzte sie.

»Das ist Mickeys Mutter«, erklärte Peter unnötigerweise.

»Der Himmel wird's Ihnen lohnen!« sagte Mrs. Coyle leidenschaftlich.

Mr. Simpson hatte nur den einen Wunsch, so schnell wie möglich abzufahren, und er zögerte nicht, es zu sagen.

Mrs. Coyle umarmte laut weinend ihren Sohn.

»Ich werde dich nie wiedersehen, Mickey!«

»Entfernungen spielen heutzutage keine Rolle mehr«, tröstete Paul.

Mrs. Coyle antwortete mit erneutem Schluchzen.

»Sie haben kein Recht zum Jammern«, sagte Peter scharf. »Es ist Ihre eigene Schuld, wenn Sie nicht mit Mickey nach Amerika gehen. Ich habe Ihnen immer wieder erklärt, daß es besser für Sie wäre, Ihren Mann zu verlassen und woanders ein neues Leben aufzubauen.«

Mr. Simpson hörte sich diese umstürzlerischen Reden aus dem Munde einer Nonne mit Entsetzen an. Gestern abend hatte er erfahren, daß ihm

George erspart worden sei, und nun hatte es den Anschein, daß ihm die Gnädigen statt seiner dieses verweinte Unglückswesen aufdrängen wollten. Aber Mr. Simpson war unbedingt entschlossen, den gerissenen Nonnen das Handwerk zu legen. Er war noch nie so fest davon überzeugt gewesen, daß die Unlösbarkeit der Ehe eine moralische Notwendigkeit ist. Zu seinem Glück war Mrs. Coyle derselben Meinung.

»Was Tom auch getan hat, ändert nichts daran, daß ich ihn noch immer liebhabe. Dagegen läßt sich nichts machen«, sagte Mrs. Coyle in leicht herausforderndem Ton.

»Sie sind daran schuld, daß er sich so entwickelt hat«, erwiderte Peter ärgerlich. »Sie würde selbst ein Heiliger tyrannisieren.«

»Ich werde mir in Zukunft nicht mehr soviel von ihm gefallen lassen.« Mrs. Coyle wurde etwas zuversichtlicher. »Dieser Schlag auf den Schädel hat ihn völlig verändert, er ist so sanft wie ein kleines Kind.«

»Hoffentlich bleibt er so«, sagte Peter ohne Mitleid für den möglicherweise geistesgestörten Stromer.

Mr. Simpson atmete erleichtert auf und lächelte Mickey und dem kleinen Mädchen mit der Katze freundlich zu. Das kleine Mädchen erwiderte sein Lächeln ebenso freundlich.

»Ich komme auch mit.« Als Jane Mr. Simpsons

erschrockenes Gesicht sah – er wußte, daß er sich erst sicher fühlen würde, wenn er den Gnädigen glücklich entkommen war –, erklärte sie schnell: »Nur als Tarnung, bis wir die Stadt verlassen haben. Richard ist mit dem Eselswagen vorausgefahren, um uns zu erwarten.«

»Tatsächlich«, sagte Mr. Simpson gebrochen.

»Mickey darf in der Stadt nicht gesehen werden«, erläuterte sie. »Schwester Paul und ich wollten ihn eigentlich als Mädchen verkleiden, aber Schwester Peter war dagegen. Jetzt haben wir beschlossen, ihn auf dem Rücksitz unter den wallenden Gewändern der Gnädigen zu verstecken.«

»Eine glänzende Idee«, sagte Mr. Simpson.

Schneller als Mr. Simpson zu hoffen gewagt hatte, wurde Mickey erfolgreich unter den weiten Falten der Nonnengewänder im Auto versteckt. Jane saß stolz und harmlos neben dem Führersitz, und während Mrs. Coyle weinend zurück zu Tim und Pompey in die Wohnstube ging, fuhr Mr. Simpson rasch ab.

Jane bestritt den Hauptteil der Unterhaltung. Die Gnädigen schienen zu beten, Mickey hatte kaum genug Luft zum Atmen, und Mr. Simpson, der morgens immer schweigsam war, verspürte heute noch weniger Lust zum Reden als gewöhnlich. Jane amüsierte sich trotzdem großartig.

»Glauben Sie, daß uns dieser Polizist mißtrauisch angesehen hat?«

»Nein«, sagte Mr. Simpson und beschleunigte das Tempo. Peter horchte auf.

»Unsinn, das ist doch der junge Murphy«, sagte sie. »Seine Frau hatte einen eingewachsenen Zehennagel, den sie ihr im Krankenhaus herausschneiden wollten. ›Das können Sie mit heißem Wasser, Soda und einer Schere selbst tun‹, riet ich ihr. Natürlich tat sie es und war mir dankbar.«

»Als ich jünger war, habe ich gern Kriminalromane gelesen«, vertraute Jane Mr. Simpson an. »Jetzt ist es fast wie in einer Kriminalgeschichte, nicht wahr?«

»Findest du?« fragte Mr. Simpson.

»Wir helfen einem Verbrecher zu fliehen.«

Nun mischte sich Paul in die Unterhaltung.

»Mickey ist kein Verbrecher, Jane.«

»Stimmt. Wahrscheinlich würde er nur vors Jugendgericht kommen.« Sie wandte sich wieder an Mr. Simpson. »Wie wäre Ihnen zumute, wenn uns ein Polizeiwagen mit heulenden Sirenen folgte?«

»Fürchterlich.«

»Ja, das kann ich mir vorstellen. Aber schnell fahren ist sehr aufregend, vor allem, wenn man es unbedingt tun muß!« Mr. Simpson mußte es unbedingt tun, und sie fuhren sehr schnell. Sie hatten die Stadt verlassen, und die vor ihnen liegende Landstraße war leer. »Als ich jünger war«, plauderte Jane weiter, »habe ich oft Liebesgeschichten gelesen. Wenn dies eine Liebesgeschichte wäre, müßte jemand in diesem Auto jemanden heiraten.« Sie machte eine Pause. »Mickey und ich sind die einzigen, die in Frage kommen.«.

Unter den Falten der Gnädigen ertönte ein gedämpfter Schrei. »Reg dich nicht auf, es ist eine rein theoretische Erörterung, Mickey«, sagte Jane freundlich. Sie beugte sich zu Mr. Simpson und flüsterte ihm ins Ohr: »Er hat noch nicht den Impuls zu heiraten, er gehört zu den Menschen, die sich spät entwickeln.«

»Was für Bücher liest du jetzt?« fragte Mr. Simpson verzweifelt.

»Hauptsächlich Romane, am liebsten psychologische – Sie wissen ja, was ich meine. Über Menschen, die trotz Erfolg und Reichtum unglücklich sind und die mit wem sie wollen ins Bett gehen und dennoch nicht zufrieden und ausgeglichen sind. Mir scheint das alles ziemlich sinnlos«, sagte Jane kritisch, »aber es ist nun einmal die Mode des Augenblicks.«

Der Wagen bog um eine Ecke, und Mr. Simpson atmete erleichtert auf, als er Richard mit seinem Eselswagen im Schatten eines Baumes warten sah.

Der Abschied war kurz. Richard verstaute die Nonnen schweigend und mißbilligend in seiner Kutsche, Jane kletterte nach ihm auf den Bock, während Paul einen tapferen letzten Versuch machte, Mickey aufzuheitern.

»Eines Tages wirst du nach Ballykeen zurückkehren, Mickey, und mit den vielen Dollars in deiner Tasche klimpern.«

Mickey war rot und verschwitzt; er atmete die frische Luft in vollen Zügen ein.

»Wir müssen jetzt losfahren, sonst wird man uns noch auf frischer Tat ertappen«, sagte Richard mürrisch. Er warf Mr. Simpson einen letzten unfreundlichen Blick zu und ließ den Eschenstock auf Billys Rücken sausen.

Mr. Simpson blickte den Armenhaus-Gnädigen nach, und dann begann der erste und gefährlichste Teil seiner Rückkehr zum normalen Leben eines braven Bürgers.

Als Jane das Armenhaus kurz vor Peter und Paul betrat, fand sie dort ihre Eltern, die sie erwarteten. Es war eine peinliche Szene. Mr. und Mrs. Joyce saßen steif auf den beiden Sesseln. Pompey, der seinen Sessel an Janes Vater hatte abtreten müssen, nahm den größeren Teil von Tims Stuhl für sich in Anspruch. Der arme Hund mußte mit einer Ecke vorliebnehmen. Tim spielte den toten Hund, nur gelegentlich, wenn Pompey drohende Brummlaute von sich gab, zuckte er mit den Ohren. Alle vier machten einen recht unglücklichen Eindruck.

Als Jane ins Zimmer kam, wurde sie von Pompey mit heiseren Schreien begrüßt. Jane warf ihm einen warnenden Blick zu und sagte: »Tag, Vati! Tag, Mutti! Wie war das Wochenende? Hoffentlich schön!« Den Rest überließ sie den Gnädigen, in deren diplomatische Fähigkeiten sie mit Recht uneingeschränktes Vertrauen setzte. Die Nonnen schüttelten Janes Eltern herzlich die Hand und sagten höflich, wie sehr sie sich über Janes Besuch freuten. Janes Vater erklärte entschuldigend, daß Jane im allgemeinen ausgeglichen und vernünftig sei, aber daß die Entwicklungsjahre oft gewisse Schwierigkeiten mit sich brächten. Vielleicht wäre es am vernünftigsten gewesen, sie gleich wieder nach Hause zu schicken; er sei sich jedoch darüber klar, daß die Schwestern es gut meinten. Mrs. Joyce, die Hausarbeit haßte, sagte mit einem ärgerlichen Blick auf ihre Tochter, daß die gute Margaret Janes merkwürdiges Benehmen als persönliche Kränkung aufgefaßt und gekündigt habe. In einer Woche müsse sie sich nach einem neuen Mädchen umsehen.

Jetzt vergaß Peter ihren Vorsatz, höflich zu sein, und sagte aufgebracht: »An Ihrer Stelle würde ich diese Person nicht einen Tag länger im Haus behalten!«

»Sie ist nicht schlimmer als die meisten Mädchen«, erwiderte Mrs. Joyce hochmütig.

»Ich hoffe von Herzen, daß Sie recht haben«, sagte Peter.

Da ihre Eltern so kalt und verständnislos waren, hielt es Jane für ihre Pflicht, ihnen die Sachlage zu erklären.

»Schwester Peter hofft, daß nicht alle Mädchen ihren natürlichen Instinkten auf dieselbe Art wie Margaret folgen. Die meisten tun das wohl im Freien, wenn sie Ausgang haben, aber Margaret tut es in unserem Haus.« Jane überlegte einen Augenblick, weil sie nicht unfair sein wollte. »Ich weiß nicht genau, warum das so unrecht ist, denn eigentlich sollte Margaret zur Schlafenszeit machen können, was sie will – aber mir war es unheimlich.« Jane fühlte, daß ihre Mißbilligung von Margarets nächtlichem Benehmen unlogisch war; daher machte sie einen Versuch, dieses Gefühl zu erklären. »Es muß ein unterbewußtes Vorurteil sein. Leider kann man diese Dinge nicht immer ausschalten«, schloß sie beschämt.

Unterbewußte Vorurteile waren für Janes Eltern ein rotes Tuch, weil man dagegen in Irland auf Schritt und Tritt ankämpfen mußte. Sie hatten es ihrer Tochter immer wieder nahegelegt, dieses Übel bei sich und anderen keinesfalls zu dulden. Jane wußte, daß sie ihren Eltern eine große Enttäuschung bereitet hatte. Ihre Mutter sah ungewöhnlich blaß aus, ihr Vater schien sehr ärgerlich zu sein. Er sagte mit merkwürdiger Stimme: »Margaret behauptet, daß du das Haus am Morgen verlassen hast, weil sie dir Vorwürfe über dein spätes Zubettgehen machte.«

»Janes Bericht ist völlig anders«, sagte Peter trocken.

»Sie hat nicht bis zum Morgen gewartet«, ergänzte Paul ärgerlich. »Sie ist mitten in der Nacht mit ihrer Katze zu uns gekommen, weil sie nicht im gleichen Haus mit dieser... mit diesen...«

Sie räusperte sich verzweifelt.

»Ich hatte Margarets Freund nämlich schon kennengelernt, und ich wußte, daß er es gut meinte, denn er gab mir Geld und streichelte meine Beine, aber er hat mir trotzdem gar nicht gefallen – wahrscheinlich eine rein chemische Reaktion«, erklärte Jane, die wußte, daß das ein unüberwindlicher psychologischer Faktor war, den man, im Gegensatz zu unterbewußten Vorurteilen, nicht bekämpfen konnte.

Janes Vater sah die Gnädigen an und sagte mit zitternder Stimme: »Es scheint, daß wir Ihnen zu großem Dank verpflichtet sind.«

»O Jane!« seufzte Janes Mutter.

Jane bemühte sich, weiter fair und akkurat zu bleiben.

»Oder vielleicht mißfiel er mir, weil er zuerst ziemlich unfreundlich war, als ich ihn und Margaret unglücklicherweise bei den Sandhügeln ertappte, wo sie, glaube ich, gerade im Begriff waren –«

»Hör auf, Jane!« schrie Mr. Joyce.

Jane war erstaunt. Sie war sich nicht bewußt, ein falsches Wort benutzt zu haben – oder irgendeinen Ausdruck, den ihre Eltern als unpassend empfinden konnten. Aber sie hielt es für das beste, weiter nichts zu sagen. Die Erwachsenen begannen sofort laut und aufgeregt zu reden; manchmal sprachen sie alle auf einmal, und Jane konnte der Unterhaltung nicht mehr folgen. Sie ging unbemerkt zu Pompey und begann ihn unterm Kinn zu kraulen.

Paul sagte, es bestehe kein Grund zur Beunruhigung, da Janes Seele keinen Schaden erlitten habe; sie sei ein reines Wesen, dem Schmutz und Gemeinheit nichts anhaben könnten.

»O Fred – Fred!« jammerte Janes Mutter.

»Reg dich nicht auf, Alice, du siehst doch, daß alles gut abgelaufen ist«, sagte Janes Vater.

Jetzt fiel das Wort Takeley, und Peter wiederholte laut, daß die Reformschule, nach dem Schock mit Margaret, zuviel für ein zwölfjähriges Gemüt sei. Mrs. Joyce erklärte beleidigt, daß man diese Schule gewählt habe, damit Janes Persönlichkeit sich frei entfalten könne, und Peter erwiderte bitter, daß es sich wohl eher darum handle, Janes Charakter den Wünschen ihrer Eltern entsprechend zu entwickeln.

Einen Augenblick herrschte Schweigen. Janes Vater bemerkte ärgerlich, daß er und seine Frau mit Recht behaupten könnten, anders als andere Eltern zu sein; Peter widersprach, und Janes Mutter sagte, die Schwestern müßten verstehen – selbst wenn sie anderer Meinung seien –, daß ihre Tochter in einer Umgebung aufwachsen sollte, in der sie in geistiger und in religiöser Beziehung in keiner

Weise beeinflußt werden würde. Wenn sie erwachsen sei, könne Jane sich zu ihrer eigenen Lebensphilosophie bekennen.

Jane fand, daß sich ihre Mutter besser als sonst ausgedrückt habe, aber Peter stimmte nicht mit ihr überein, sondern behauptete, daß die meisten Kinder, in welcher Schule sie auch gewesen sein mochten, später im Leben ihre eigenen Ansichten entwickelten. Jane hielt das für einen zweifelhaften Punkt, aber sie mischte sich nicht in die Debatte, sondern streichelte Pompey nachdenklich. Sie hoffte, daß die Reformschule sie nicht zu einem völlig anderen Menschen machen würde. Womöglich wird der Tag kommen, an dem selbst Pompey und ich nicht mehr en rapport sind, dachte sie betrübt.

Paul, die bisher nicht viel gesprochen hatte, sagte jetzt mit tiefer, trauriger Stimme: »Jane ist ein gutes, gehorsames Kind. Sie brauchen keine Angst zu haben, daß sie davonlaufen wird. Sie wird sich mit Takeley abfinden, denn sie ist ein tapferes Kind.«

Janes Eltern sahen sie betroffen an.

»Aber Schwester«, sagte ihre Mutter, »es ist das Hauptbestreben dieser Schule, den Schülern völlige Freiheit zu geben!«

»Sie wird sich damit abfinden, sie wird sich nicht unterkriegen lassen«, stellte Paul zuversichtlich fest.

»Da komme ich leider nicht mehr mit, Schwester«, sagte Mr. Joyce verzweifelt. Dann wandte er sich an Jane: »Ich möchte etwas mit den Schwestern besprechen. Würdest du so lieb sein, uns zehn Minuten allein zu lassen?«

Jane wußte, daß andere Kinder oft aus dem Zimmer geschickt wurden, wenn die Unterhaltung, nach Ansicht der Eltern, unpassend war, aber Janes Eltern hatten das bisher noch nie getan. Jane hielt es für ein gutes Zeichen, daß sie sich ausnahmsweise einmal wie normale Eltern benahmen. Mit Pompey auf dem Arm verließ sie das Zimmer.

Sie benutzte die Zeit, um sich von Borgia zu verabschieden, die Pompey eine Scheibe kaltes Roastbeef gab, obwohl sie sich innerlich große Vorwürfe über ihre sündhafte Verschwendung machte. Dann ging Jane zu Richard, der ihr versprach, daß sie bei ihrem nächsten Besuch im Armenhaus auf Billy um den Hof herumreiten dürfe. Bisher hatte er sich immer energisch gegen alle diesbezüglichen Vorschläge gesträubt. Nachdem die zehn Minuten um waren, kehrten Jane und Pompey zurück ins Wohnzimmer.

Alle saßen steif und schweigend auf ihren Stühlen. Die Gnädigen blickten in ihren Schoß, Janes Mutter betrachtete eingehend die Spitzen ihrer Sandalen, nur ihr Vater blickte sie an.

»Ich möchte dir eine wichtige Frage stellen, J. J.

Denke bitte gründlich nach, bevor du sie mir beantwortest!«

Jane stand, mit Pompey auf dem Arm, abwartend da. Aus den gespannten Gesichtern ging deutlich hervor, daß die Frage von großer Bedeutung war. Ihr Vater räusperte sich.

»Wenn du die Wahl hättest, dir eine Schule auszusuchen – jede beliebige Schule im Land –, welche würdest du wählen?«

Jane preßte ihren Kater krampfhaft an sich. Sie sah sich im Kreis um, das Herz schlug ihr bis zum Hals, dann sagte sie fest: »Die Klosterschule in Ballykeen, Vati.«

»Bist du ganz sicher?«

»Ja, Vati.«

Mr. Joyce seufzte resigniert, Mrs. Joyce nickte ihrer Tochter zu.

»Also gut«, sagte ihr Vater.

Jane sah ihn fassungslos an. »Ist das wirklich wahr?«

Sie lächelten traurig. Sie waren unmöglich, aber im großen ganzen meinten sie es gut, und jetzt taten sie unglaublicherweise einmal etwas Gutes und Richtiges. Zum erstenmal brauchte Jane ihre Worte nicht auf die Waagschale zu legen, denn die richtigen sprudelten aus ihrem Mund.

»Vielen tausend Dank, Fred und Alice!«

Rodney blickte auf Bessie hinab, die zufrieden im Armenhaus lag, nicht weit von dem Raum, in dem ihre Großmutter gestorben war.

»Auf Wiedersehen, Stiefmama! In ein paar Monaten komme ich zurück, um zu sehen, wie es dir geht.«

»Bei deinem nächsten Besuch werde ich vielleicht schon ebenso geschäftig wie die Gnädigen im Armenhaus herumlaufen.«

»Das wäre großartig!«

»Und wenn ich inzwischen das Zeitliche segnen sollte, wirst du mich mit allem Drum und Dran begraben, ja?«

»Ja, mit allem Drum und Dran, Stiefmama. Dutzende von Rosen, selbst mitten im Winter. Ich werde keine Kosten scheuen.«

»Du bist ein lieber Kerl, Rodney«, sagte Bessie lachend. Nach einer kurzen Pause fuhr sie fort: »Du bist zu lieb, so lieb, daß sich die arme Melly Brown in dich verliebt hat, und wenn du das für komisch hältst, stehe ich aus meinem Bett auf und leg' dich übers Knie.«

Rodney war nicht zum Lachen zumute. Er sagte entsetzt: »Aber Bessie, das ist doch ...«

»Die Armenhaus-Gnädigen sind fest davon überzeugt«, unterbrach ihn Bessie in einem Ton, der keine Widerrede zuließ.

»Ach du liebe Zeit! Und ich habe Melly so gern, wir sind die besten Freunde.«

»Ich weiß, und ich hatte gehofft, ihr das erklärt zu haben, aber sie hat mich anscheinend nicht verstanden. Jetzt ist es natürlich zu spät, ihr reinen Wein einzuschenken, aber wir müssen versuchen, ihr die bittere Pille zu versüßen. Du mußt ein schöner Traum für sie bleiben, Rodney, denn leider, leider hast du eine Frau!«

Rodney runzelte die Stirn, dann sagte er langsam: »Ja – natürlich. Sehr herrschsüchtig, wahrscheinlich eine kalte Blondine.«

»Und Kinder!«

»Nein, das nicht«, wehrte Rodney entsetzt ab.

»Drei Kinder... heute abend wirst du es ihr schonend beibringen. Heute abend ist Vollmond. Der Mond mag Melly helfen.« Sie schwieg nachdenklich. Schließlich sagte sie wehmütig: »Vielleicht gehört sie zu den glücklichen Menschen, die mit einem schönen Traum leben können.«

Der alte Mond kletterte müde hinter dem Armenhaushügel hervor. Sein schwaches, trauriges Licht fiel auf die bleichen Dünen, auf den blaßgrauen Sand und auf die kleinen weißen Wellen, die sich seufzend am dunklen Strand brachen.

»Es ist nur der Kinder wegen, Melly...«

»Du mußt versuchen, mich zu vergessen, Rodney.«

»Ich kann dich nie vergessen.«

»Ich dich auch nicht«, schluchzte Melly und lauschte den seufzenden kleinen Wellen.

»Hast du schon Pläne gemacht, Melly?«

»Die Gnädigen haben mir eine Stellung in Dublin besorgt, bei einem Neurologen, der in ganz Europa einen großen Namen hat«, erklärte Melly sichtlich beeindruckt. »Aber er hat sich bereit erklärt, mich zu nehmen.«

»Inwiefern ist er den Gnädigen verpflichtet? Haben sie vielleicht seine chronische Verdauungsstörung geheilt?« Melly kicherte.

»O Melly! Wir haben uns gut miteinander amüsiert und uns gut verstanden, nicht wahr? Du bist ein braves, tapferes Mädchen!«

»Ich glaube, ich möchte mich jetzt von dir verabschieden, Rodney, und nicht mit dir zurück zur Stadt gehen. Bitte, laß mich hier.«

»Wie du willst, meine liebe Melly.«

Er gab ihr einen leichten Kuß auf die Wange und ging. Als sie ihm ein wenig später nachblickte, sah sie ihn nur noch als einen schwachen Schatten im bleichen Licht des Mondes, dann war er hinter einem Sandhügel und Büscheln von hohem Seegras verschwunden.

Sie wandte ihren Blick zu dem müden Mond und starrte traurig, aber zuversichtlich in sein mitgenommenes altes Gesicht.

Siebzehntes Kapitel

Eine Frau, die fast die ganze Nacht damit verbracht hatte, ein zahnendes Baby zu beruhigen, sah Richard Burke am Dienstag früh um sechs Uhr an Dr. Gormans Tür hämmern, und innerhalb einer Stunde verbreitete sich die Nachricht, daß Sarah Slaney im Sterben lag. Während des ganzen grauen und windigen Tages sprach man in Ballykeen kaum von etwas anderem. Vater Hanlon, der von einem Regenschauer überrascht worden war, kam durchnäßt im Kloster an, aber die Laienschwester, die ihm die Tür öffnete, nahm keine Notiz von seiner regenfeuchten Kleidung, sondern erkundigte sich nur nach Sarah Slaneys Befinden. Während er im Empfangszimmer auf die Äbtissin wartete, erschienen mehrere Nonnen, die ebenfalls wissen wollten, wie es Sarah gehe. Aus dem Schulflügel ertönte ununterbrochenes Klopfen und Hämmern, und der klösterliche Friede war in jeder Beziehung gestört.

Nur die Äbtissin war ruhig und gelassen. Sie rauschte graziös wie immer ins Zimmer, bedauerte, daß Vater Hanlon naß geworden war, und fragte, ob er, um einer Erkältung vorzubeugen, ein Glas Wein trinken wolle. Als er dankend ablehnte, nahm sie neben ihm Platz und wartete.

Vater Hanlon stellte fest, daß sie ihm heute noch etwas weniger gefiel als sonst.

»Sarah liegt in den letzten Zügen«, sagte er kurz.

»Hoffentlich ein friedliches Ende?«

»Auf jeden Fall ist es schmerzlos.« Vater Hanlon konnte nicht umhin zu lächeln. »Sie hat Peter und Paul gewarnt, sich nicht darüber zu streiten, wer von ihnen den silbernen Spiegel bekommen wird, da sie beschlossen habe, ihn mit ins Grab zu nehmen.« Dann fuhr er fort: »Es ist erschütternd, die armen alten Nonnen zu beobachten; sie lassen ihre Augen nicht von Sarah, und sie beten inbrünstig und unablässig.«

»Zweifellos wird sie ihnen nach all den Jahren fehlen«, stellte die Äbtissin mit dem korrekten Maß von Mitleid fest.

»Zweifellos«, erwiderte Vater Hanlon und lehnte sich in seinen Stuhl zurück.

Das nun folgende Schweigen wurde nur vom Hämmern und Klopfen aus dem Schulflügel unterbrochen. Bei einem besonders lauten Klopfen runzelte die Äbtissin die Stirn.

»Die Firma, die die Schulumbauten vornimmt, ist zuverlässig, aber leider entsetzlich geräuschvoll.« Sie schüttelte entschuldigend den Kopf. »Der Lärm geht uns allen auf die Nerven.«

Ihnen geht nichts auf die Nerven, weil Sie keine haben, dachte Vater Hanlon. Da er ihren Anblick nicht mehr ertragen konnte, stand er auf.

»Ich muß zurück ins Armenhaus.«

Sie geleitete ihn würdig und höflich zur Tür.

»Vielen Dank für Ihren Besuch, Vater.«

Plötzlich vermochte er seinen Ärger nicht mehr zu unterdrücken.

»Jetzt können Sie Ihren Willen endlich durchsetzen, was?« sagte er mit unpriesterlicher Wut.

Bevor sie die Augen senkte, sah er darin ihren triumphierenden Ausdruck.

Nachdem die Arbeit des Tages beendet war, strömten die Bewohner von Ballykeen zum Armenhaus. Sie starrten auf das graue Granitgebäude und bemerkten, daß alles einmal zu Ende gehen müsse und daß dies das Ende einer Epoche sei. Hin und wieder wurde angedeutet, daß durch die Fürsprache der Ehrwürdigen Mutter Assumpta vielleicht doch noch ein Wunder geschehen könne, aber im allgemeinen war man der Ansicht, daß die uralte Sarah wahrscheinlich nur durch ein Wunder bis jetzt gelebt habe. Man durfte nicht zuviel von Mutter Assumpta verlangen und nicht erwarten, daß Sarah Slaney ewig leben würde. Alle waren sich darüber einig, daß es ein Jammer wäre, wenn Ballykeen sich nicht mehr mit seinen Nöten und Sorgen an die Armenhaus-Gnädigen wenden könnte. Man erzählte sich von Schwierigkeiten und Krankheiten, bei denen die Gnädigen geholfen hatten. Allerdings behaupteten die fortschrittlichen Bürger, daß man heutzutage nicht auf die Hilfe der Gnädigen angewiesen sei, da es bekanntlich in England und Irland ein Gesundheitsamt und freie ärztliche Behandlung gebe. Andere, die schlechte Erfahrungen mit dem verstaatlichten Gesundheitsamt gemacht hatten, betonten, daß man die Gnädigen mehr denn je brauche. Alle waren sich darüber einig, daß es für Sarah selbst ein Glück war, das Zeitliche zu segnen, und daß die Armenhaus-Gnädigen einen ruhigen Lebensabend im Kloster verdient hatten, obwohl man fürchtete, daß ihnen das aufgezwungene Nichtstun schlecht bekommen werde.

Und so gingen die Leute in kleinen Gruppen vor den Mauern des Armenhauses auf und ab, beobachteten alle, die im Haus aus- und eingingen, und versuchten etwas über den Gang der Ereignisse aus ihren Gesichtern zu lesen. Vor allem aber beobachteten sie das Fenster von Sarah Slaneys Zimmer, denn sie wußten, daß die Vorhänge zugezogen wurden, wenn das Ende gekommen war.

Dr. Gormans Auto fuhr ächzend in den Hof und fuhr ächzend wieder hinaus. Die Leute behaupteten, daß er sehr traurig aussehe, und das war schließlich kein Wunder, wenn ein Arzt im Begriff stand, seine einzige Patientin zu verlieren.

Kurz danach ging Vater Hanlon mit schnellen Schritten auf das Armenhaus zu; man nahm an, um Sarah die Letzte Ölung zu geben. Als man ihn nach ihrem Befinden fragte, sagte er, daß man jetzt nur noch für sie beten könne. Das klang nicht sehr hoffnungsvoll.

Als ein elegantes Auto mit einer Dubliner Nummer vorfuhr, flüsterte man sich zu, daß ein berühmter Spezialist zugezogen worden sei, nachdem bereits ein Arzt aus Cork und ein Spezialist vom Kreiskrankenhaus bei Sarah waren.

Kurz darauf sah man Richard Burke über den Hof gehen. Einige Männer, die am vorigen Abend ein Glas Bier mit ihm getrunken hatten, begannen ihn auszufragen, aber Richard wußte nichts Neues zu berichten.

»Diese fremden Ärzte sind so hochnäsig und eingebildet, daß sie einem kein Wort sagen, und die Krankenschwester, die sie mitgebracht haben, ist noch schlimmer – sie ist unfreundlich, so steif wie ihre gestärkte Uniform, und sie riecht wie eine Apotheke.« Er lachte bitter. »Meine Nonnen sind plötzlich zu altmodisch für Sarah Slaney!«

Man versuchte Richard zu erklären, daß die Gnädigen selbst die Spezialisten und die Schwester zugezogen hatten. Eine gefühlvolle Frau blickte mit feuchten Augen zu Sarahs Fenster empor und sagte, es sei ungeheuer dramatisch, daß dort oben so viele Menschen um Sarahs Leben kämpften.

Richard spuckte angewidert auf den Boden.

»Nach allem, was für sie getan worden ist, sollte Sarah wenigstens den Anstand besitzen, noch etwas länger auszuhalten.«

Richards Stimme brachte einen Mißklang in eine traurige Symphonie.

Von jetzt bis zur Abenddämmerung wurde das lange Warten nur von wenigen Zwischenfällen unterbrochen. Ein Lichtschein fiel aus Sarahs Zimmer, und einmal kam Borgia aus dem Haus. Man stellte fest, daß sie in sich zusammengesunken war wie ein zerplatzter Ballon und daß sie mit müden, schleppenden Schritten über den Hof ging. Etwas später fuhr ein junger Mann vor, der wahrscheinlich ein Arzt war, denn er stieg mit wichtiger Miene aus und nahm etwas aus dem Auto, das man für einen Sauerstoffbehälter hielt. Jemand bemerkte, daß es sinnlos sei, mit Sauerstoffapparaten und künstlichen Nieren zu experimentieren, da das Ende zweifellos unabwendbar sei. Ein anderer sagte, daß man etwas Verständnis für die Ärzte haben müsse, die den begreiflichen Wunsch hätten, irgend etwas zu tun, selbst wenn es sinnlos sei.

Beim Anblick von Peter und Paul, die den großen Spezialisten aus Dublin zum Auto geleiteten, hörte man tiefe Seufzer des Mitgefühls und der Anteilnahme aus der Menge. Der Spezialist unterhielt sich noch eine Zeitlang mit den Gnädigen, dann schüttelte er ihnen freundschaftlich die Hand und stieg in seinen Wagen. Beim Abfahren gewann er die Herzen aller Umstehenden, als er sich umwandte und freundlich winkte. Dann richteten sich die Augen der Wartenden auf die Gnädigen. Beide sahen müde, bleich und alt aus; beide hielten den Rosenkranz in ihren gefalteten Händen, als sie zurück ins Armenhaus gingen. Nachdem sie im Haus verschwunden waren, schluchzte die gefühlvolle Frau laut und sagte: »Gott steh den unglücklichen Wesen bei!«

Gegen elf Uhr abends schlenderten die letzten Nachzügler den Armenhaushügel hinunter. Nur ein Auto, wahrscheinlich das der Krankenschwester, stand jetzt im Hof. Das Licht fiel noch immer aus Sarah Slaneys Fenster, aber nur wenige glaubten, daß sie die Nacht überleben werde.

Aufmerksame Augen bewachten das Fenster die ganze Nacht hindurch. Selbst Kinder, die für gewöhnlich folgsam waren, standen auf und preßten ihre Nasen an die Fensterscheiben. Erwachsene erwachten aus ihrem unruhigen Schlaf, warfen einen Blick aufs Armenhaus und bemühten sich vergeblich, wieder einzuschlafen. George Pepper saß aufrecht in seinem Bett in der Pension »Seeblick«, einen Notizblock auf der Bettdecke, und versuchte einen erschütternden, tiefschürfenden Artikel für die Freitag-Nummer des ›Argus‹ zu schreiben. Ein Stockwerk tiefer träumte Melly von Rodney, wachte auf, dachte an Sarah, fiel wieder in einen leichten Schlaf und träumte aufs neue von Rodney.

Mr. und Mrs. Dillon, durch entgegengesetzte Sympathien wie durch ein Schwert getrennt, lagen so weit wie möglich voneinander entfernt in ihrem breiten Doppelbett. Im Nebenzimmer weinte Girlie, trotz ihres eigenen unbeschreiblichen Glückes, für die Armenhaus-Gnädigen. In der Elm Road schlief Dr. Jim mit Hilfe von zwei Schlafmitteln, während Mr. Higgings im Schlaf lächelte, weil er im Traum eine riesige Statue von Sarah Slaney anfertigte.

Im Kloster war es still. Alle braven Nonnen schlossen gehorsam die Augen, obwohl viele von ihnen wach waren und beteten. Die Äbtissin schlief fest und friedlich in ihrer Zelle.

Das Damenstift war unruhig. Eine verkrüppelte und eine kurzsichtige alte Dame wälzten sich ruhelos in ihren Betten im rückwärtigen Teil des Hauses; die drei anderen Damen, deren Zimmer auf der Vorderseite lagen, fühlten sich magnetisch von dem Licht angezogen, das noch immer auf der gegenüberliegenden Seite der Bucht brannte. Mrs. Murphy und Mrs. O'Donnell riskierten achtlos eine Erkältung, indem sie wieder und wieder aus dem warmen Bett sprangen und ans Fenster eilten. Ihre Nachbarin, eine etwas stumpfsinnige alte Dame, hatte sich gar nicht erst hingelegt; sie saß in einem mit geblümtem Kattun bezogenen Sessel am offenen Fenster und rauchte. Seitdem sie bei der Gesellschaft im Glebehof ihre erste Zigarette geraucht hatte, fühlte sie ein unersättliches Verlangen nach Nikotin, dem sie heimlich nachgab. Sie rauchte nicht nur nachts in ihrem Zimmer, sondern auch in geschützten und verborgenen Ecken und Winkeln am Strand. Auf dem Fußboden neben ihr stand der Deckel einer Schokoladenschachtel, der mit Asche und Zigarettenstummeln gefüllt war.

Um zwanzig Minuten vor eins, in den dunklen frühen Morgenstunden des Mittwochs, wurden die Vorhänge im Armenhaus zugezogen. Ein Seufzer wehte durch die Stadt wie eine sanfte Brise. Sarah Slaney hatte ihren letzten Atemzug getan. Die Zigarette fiel aus der zitternden Hand der stumpfsinnigen alten Dame und landete im Deckel der Schokoladenschachtel.

Plötzlich wurde der stumpfsinnigen Dame übel. Sie wollte nicht weiterrauchen, sie hatte sogar das Gefühl, daß sie nie wieder Lust auf eine Zigarette haben würde. Sie zog sich aus, faltete ihre Kleidungsstücke ordentlich zusammen, legte sich in ihr Bett und war kurz darauf fest eingeschlafen.

Sie wachte auf, weil ihr Zimmer hell erleuchtet war. Das Licht kam nicht vom Fenster, sondern von unten, vom Fußboden in der Nähe des Fensters. Während sie erstaunt blinzelte, schoß das Licht vom Boden in die Vorhänge, und der Sessel begann fröhlich zu prasseln.

Die stumpfsinnige alte Dame stieg zitternd aus

ihrem Bett. Die hübschen bunten Blumen des Sesselbezuges brannten lichterloh, und auch die Blumen auf dem Teppich begannen zu brennen. Sie riß den Wasserkrug vom Nachttisch, ging einen Schritt vorwärts und goß das Wasser auf eine Flamme, die aus dem Teppich emporschoß. Diese Flamme verlosch zischend, aber andere Flammen schossen zur Decke empor. Der Raum wurde sehr heiß und trotz des offenen Fensters sehr rauchig.

Die verzweifelte alte Dame eilte aus ihrem Zimmer und ließ die Tür hinter sich offen, damit die Zugluft das Feuer und den Rauch vertreiben konnte. Dann schloß sie sich im Klosett ein, weil die Nonnen ihr nicht dorthin folgen konnten, um sie dafür zu bestrafen, daß sie ihr hübsches Zimmer ruiniert hatte.

Am Mittwoch morgen um drei war das Damenstift ein schwelendes Gerippe ohne Dach, aber die Stiftsdamen waren in Sicherheit. Die Menge murmelte mitleidig, als sie aus dem Kloster gebracht und in die wartenden Autos geführt wurden. Vater Hanlon und die Äbtissin nahmen sich der erbärmlichen Gestalten an; die alten Damen waren in Bettdecken und in die schwarzen Umschlagtücher der Nonnen gehüllt.

»In ihrem Alter werden sie diesen Schock nicht mehr überwinden«, sagte die gefühlvolle Frau, die in den letzten vierundzwanzig Stunden in Gefühlen geschwelgt hatte.

»Sie haben großes Glück gehabt, daß sie mit dem Leben davongekommen sind«, sagte einer der Zuschauer.

Darüber waren sich alle klar. Die Feuerwehrleute, die noch immer die vielen züngelnden Flämmchen, die das Klostergebäude und die Schule bedrohten, mit ihren Schläuchen besprengten, waren die Helden des Tages. Es war ihnen unter Lebensgefahr gelungen, vier halberstickte Stiftsdamen aus dem Flammenmeer zu retten, und einem Gerücht zufolge mußten sie eine Tür mit der Axt einschlagen, um die fünfte alte Dame zu befreien.

Neben dem Mietsauto, das die Gebrüder Doolin für diese traurige Gelegenheit gratis zur Verfügung gestellt hatten, ergriff die stumpfsinnige Stiftsdame plötzlich den Arm der Äbtissin.

»Sie werden mich doch nicht fortschicken?« fragte sie ängstlich. »Ich verspreche Ihnen, daß ich es niemals wieder tun werde.«

Obwohl die anderen Damen noch halb betäubt waren, warfen sie ihr haßerfüllte Blicke zu, bevor sie wieder in ihren Zustand zitternder Apathie verfielen.

»Nein, wir werden Sie bestimmt nicht fortschicken«, erwiderte die Äbtissin müde.

Nachdem alle Stiftsdamen in Doolins Mietauto

verstaut worden waren, fuhr es los. Die Äbtissin folgte mit Vater Hanlon. Ein Lastwagen, den die Firma Sealy, ebenfalls kostenlos, zur Verfügung gestellt hatte, war bereits mit Betten, Decken, Bettwäsche und einigen kleineren Möbelstücken vorausgefahren.

»Es ist ein Jammer, daß die Handwerker noch immer in der Schule sind, denn es wäre in jeder Beziehung einfacher gewesen, die Stiftsdamen vorläufig in den Schlafsälen unterzubringen«, sagte die Äbtissin.

Vater Hanlon antwortete etwas zerstreut: »Mag sein, mag sein.« Er schien sich völlig auf das Autofahren zu konzentrieren.

»Ich mache mir große Sorgen um die Damen. Sie brauchen sofortige Ruhe, um sich von ihrem furchtbaren Schrecken zu erholen.«

»Warum sollen sie sich nicht erholen?« fragte Vater Hanlon. »Sie werden nicht nur Ruhe, sondern auch die beste Pflege haben.«

Die Äbtissin antwortete erst nach einer beträchtlichen Weile.

»Es kann natürlich nur eine zeitweilige Lösung sein – es war die beste Lösung, die sich in der Eile finden ließ. Selbstverständlich kann man es den Schwestern Peter und Paul kaum zumuten, sich – wenn auch nur vorübergehend – mit der Pflege und Beköstigung der Stiftsdamen zu belasten. Mrs. Coyle hat sich anerboten, ihnen zu helfen, außerdem werde ich einige meiner jüngeren Nonnen zur Unterstützung ins Armenhaus schicken.«

»Sie können Ihre jüngeren Nonnen getrost im Kloster behalten; die Betreuung der Stiftsdamen ist für die Armenhaus-Gnädigen ein Kinderspiel«, sagte Vater Hanlon.

Die Äbtissin sprach kein Wort, bis sie beim Armenhaus vorfuhren. Dort blieb sie kerzengerade im Auto sitzen und beobachtete den Betrieb bei Doolins Mietsauto und Sealys Lastwagen. Auch Vater Hanlon blickte aufmerksam hinaus. Die Tür des Armenhauses wurde geöffnet, und die Gnädigen betraten den Hof. Sie verließen das Trauerhaus mit ernsten Mienen, aber für den Bruchteil einer Sekunde verklärten sich ihre Gesichter, sie griffen nach ihren Rosenkränzen und blickten verwundert und dankbar zum Himmel empor. Dann eilten Peter und Paul, trostreich und liebevoll, zu ihren neuen Schützlingen.

Vater Hanlon räusperte sich.

»Mir fällt gerade ein altes Kinderlied ein, Frau Äbtissin. Kennen Sie es?«

Die Äbtissin, die im Begriff war auszusteigen, wandte ihm höflich ihr würdiges Antlitz zu und setzte sich wieder hin.

»Der Refrain ist etwa so«, sagte Vater Hanlon mit zuckenden Mundwinkeln:

»Zwei Spatzen, Paul und Peter,
saßen auf dem Dach.
Da schlich ein böses Kätzchen
den Spätzchen drohend nach.
Fliege fort, Peter!
Fliege fort, Paul!«

»Ja, ich kenne das Lied«, sagte die Äbtissin ausdruckslos.

»Kehr zurück, Peter! Kehr zurück, Paul!« deklamierte Vater Hanlon, während er sich mit beiden Ellbogen auf das Lenkrad stützte.

Die Nichte des Grafen sah den Sohn des Bauern unverwandt an. »Sehr amüsant, Vater.« Es gelang ihr, hell zu lachen. »Wir werden den Stiftsdamen sehr bald eine andere Unterkunft verschaffen – irgendwo.« Vater Hanlon antwortete nicht, sondern zuckte die Achseln. »Die gegenwärtigen Vereinbarungen sind nichts als eine Notlösung«, fuhr die Äbtissin verzweifelt fort.

Vater Hanlon konnte nicht mehr an sich halten. Er lachte schallend, dann hob er eine Hand und wies auf die fünf verstörten alten Damen, die von Peter und Paul sanft ins Armenhaus geleitet wurden.

»Geben Sie den Kampf auf, Frau Äbtissin! Sie wissen ebensogut wie ich, daß unsere fünf verlorenen Schäfchen hier – mit Gottes Hilfe – ihr hundertstes Lebensjahr erreichen werden.«

dtv großdruck

Heinrich Böll:
Die verlorene Ehre der Katharina Blum · dtv 25001
Heinrich Böll zum Wiederlesen · dtv 25023
Nicht nur zur Weihnachtszeit
dtv 2575

Elisabeth Bowen:
Unheil, das Männer anrichten · dtv 25014

Italo Calvino:
Wenn ein Reisender in einer Winternacht · dtv 25031

Truman Capote:
Baum der Nacht · dtv 25043

Lena Christ:
Lausdirndlgeschichten
dtv 2577

Marion Gräfin Dönhoff:
Namen die keiner mehr nennt · dtv 25045

Friedrich Dürrenmatt:
Das Versprechen · dtv 2562

Daphne Du Maurier:
Dreh dich nicht um · dtv 2578
Der kleine Fotograf
dtv 25041

Hoimar v. Ditfurth:
Wir sind nicht nur von dieser Welt · dtv 25027

Umberto Eco:
Auf dem Wege zu einem Neuen Mittelalter
dtv 25025
Der Name der Rose
dtv 25033

Joseph von Eichendorff:
Aus dem Leben eines Taugenichts · dtv 2599

Eine Mutter hat man nur einmal · dtv 2586

Brigitte B. Fischer:
Sie schrieben mir oder was aus meinem Poesiealbum wurde
dtv 25026

Erich Fromm:
Haben oder Sein
dtv 25016

Gertrud Fussenegger:
Das verwandelte Christkind
dtv 2593

Curt Goetz:
Die Memoiren des Peterhans von Binningen
dtv 25006

Das Großdruck-Lesebuch
dtv 25092

dtv großdruck

Carl Haensel:
Der Kampf ums Matterhorn
dtv 2590

Ernst Heimeran:
Lehrer, die wir hatten
dtv 2535
Schüler, die wir waren
dtv 25042

Hinterm Ofen zu lesen
dtv 2595

Erich Kästner:
Die verschwundene
Miniatur · dtv 25034
Drei Männer im Schnee
dtv 25048

Irmgard Keun:
Das Mädchen, mit dem
die Kinder nicht verkehren
durften · dtv 25050

Irina Korschunow:
Glück hat seinen Preis
dtv 25009

Milan Kundera:
Die unerträgliche
Leichtigkeit des Seins
dtv 25040

Selma Lagerlöf:
Christuslegenden · dtv 2573

Lebenslehrzeit · dtv 25022

Siegfried Lenz:
Der Mann im Strom
dtv 2500
Der Geist der Mirabelle
dtv 2571
Einstein überquert die Elbe
bei Hamburg · dtv 2576

Doris Lessing:
Die andere Frau · dtv 25098
Ein nicht abgeschickter
Liebesbrief · dtv 25015

Konrad Lorenz:
So kam der Mensch auf den
Hund · dtv 2579

William Somerset Maugham:
Eine Frau von fünfzig Jahren
dtv 25013

Amei-Angelika Müller:
Pfarrers Kinder, Müllers
Vieh · dtv 25011

Christine Nöstlinger:
Haushaltsschnecken
leben länger · dtv 25030

Käthe von Normann:
Ein Tagebuch aus Pommern
1945 – 1946 · dtv 2597

Herbert Rosendorfer:
Briefe in die chinesische
Vergangenheit · dtv 25044

dtv großdruck

Eugen Roth:
So ist das Leben · dtv 2529
Der Weg übers Gebirg
dtv 2545

Hans Scheibner:
Der Weihnachtsmann
in Nöten · dtv 25036

Schöne Sommerzeit
Ein Jahreszeiten-Brevier
dtv 2568

Schöne Winterzeit
Ein Jahreszeiten-Brevier
dtv 25037

Manès Sperber:
Wolyna · dtv 2588

Heinrich Spoerl:
Der Gasmann · dtv 2539

Vilma Sturm:
Alte Tage · dtv 25049

J.R.R. Tolkien:
Der kleine Hobbit
dtv 25051

Friedrich Torberg:
Die Tante Jolesch
dtv 25021
Die Erben der Tante Jolesch
dtv 25038
Der Schüler Gerber
dtv 25047

Una Troy:
Mutter macht Geschichten
dtv 25003
Ein Sack voll Gold
dtv 25002
Die Pforte zum Himmelreich
dtv 25052 (März 1991)

Karl Heinrich Waggerl:
Die Kunst des Müßiggangs
dtv 2587
Das Lebenshaus
dtv 25007
Kraut und Unkraut
dtv 25019
Die Pfingstreise
dtv 25039

Weihnachten 1945
Ein Buch der Erinnerungen
Herausgegeben von
Claus Hinrich Casdorff
dtv 25028

Weil wieder Weihnachten
wird · dtv 25046

Christa Wolf:
Der geteilte Himmel
dtv 25020

Marguerite Yourcenar:
Ich zähmte die Wölfin
dtv 25017

Una Troy im dtv

Mutter macht Geschichten

Eine jung gebliebene Witwe, die es satt hat, sich von ihren drei erwachsenen Kindern bevormunden zu lassen, entschwindet eines Tages. dtv 1286 / großdruck 25003

Die Pforte zum Himmelreich

Zwei recht unkonventionelle Ordensschwestern im Kampf mit der Äbtissin des Klosters. dtv 10405 / großdruck 25052

Ein Sack voll Gold

Eine heitere Familien- und Liebesgeschichte vor dem Hintergrund eines konservativen irischen Dorfes. dtv 10619 / großdruck 25002

Trau schau wem

Als Ellen O'Sullivan den armseligen Hof ihrer Eltern für viel Geld verkaufen kann, wollen ihre Geschwister ihr plötzlich vorschreiben, wie sie ihr Leben einrichten soll... dtv 10867

Kitty zeigt die Krallen

Eine seit zweiundzwanzig Jahren glücklich verheiratete Frau nimmt den Kampf mit einer attraktiven Nebenbuhlerin auf. dtv 10898

Stechginster

Acht Ruhe suchende Weihnachtsurlauber in einem romantischen Gästehaus werden von sechs fanatischen Jugendlichen in einen ungewöhnlichen Kriminalfall verwickelt. dtv 10989

Das Schloß, das keiner wollte

Ein adeliger Verwandter hinterläßt einer eher bescheiden lebenden Lehrerfamilie ein Schloß. dtv 11057

Eine nette kleine Familie

Die allseits beliebte Lehrerin Miss Meade will Ordnung in die Verhältnisse einer »netten kleinen Familie« bringen, die durch die Ankunft eines fünften Kindes in ihren Grundfesten erschüttert wird... dtv 11150

Läuft doch prima, Frau Doktor

Ann Morgan ist nicht nur Ärztin aus Leidenschaft, sondern auch verantwortlich für ihre beiden jüngeren Geschwister, die ihr diese Aufgabe in keiner Weise erleichtern. dtv 11214

Die Leute im bunten Wagen

Eleanor Moore und ihre Großnichte Rose stellen den Park ihres Herrensitzes »fahrendem Volk« als Winterquartier zur Verfügung. dtv 11350 (März 1991)

Isabella Nadolny im dtv

Ein Baum wächst übers Dach

Ein Sommerhaus an einem der oberbayrischen Seen zu besitzen – wer würde nicht davon träumen? Für die Familie der jungen Isabella wurde dieser Traum in den dreißiger Jahren wahr. Doch wer hätte zum Zeitpunkt der Planung und des Baus daran gedacht, daß dieses kleine Holzhäuschen, »das so unvollkommen war und so liebenswert wie alle Träume, deren Erfüllung man sich anders vorgestellt hat«, eines Tages eine schicksalhafte Rolle im Leben seiner Besitzer spielen würde? dtv 1531

Seehamer Tagebuch

Heiter-ironisch erzählt die Autorin in diesem unkonventionellen Tagebuch vom Einzug des ersten Fernsehers in die ländliche Idylle des Seehamer Holzhäuschen, von einer Mittelmeerkreuzfahrt, von Putzfrauen und Handwerkern. Erinnerungen an den Vater werden lebendig, an frühere Festlichkeiten, an das erste Auto, an den Erwerb des Führerscheins, an Haustiere, an viele kleine Begebenheiten und Erlebnisse. dtv 1665

Vergangen wie ein Rauch
Geschichte einer Familie

Als einfacher Handwerker aus dem Rheinland ist er einst zu Fuß nach Rußland gewandert und hat es dort zum Tuchfabrikanten gebracht, in dessen Haus Großfürsten und Handelsherren, der deutsche Kaiser und der russische Zar zu Gast waren: Napoleon Peltzer, der Urgroßvater des Kindes, das ahnungslos die Portraits und Fotographien betrachtet, die in der Wohnung in München hängen. »Vergangen wie ein Rauch« sind die Zeiten, doch die Erinnerungen der Noch-Lebenden sind wach, und das Kind lauscht ihren Erzählungen. – Eine anderthalb Jahrhunderte umfassende Familiengeschichte. dtv 10133

Durch fremde Fenster
Bilder und Begegnungen

Treffsicher und liebevoll schildert Isabella Nadolny Menschen, denen sie begegnete und die sie bewundert. »Alltägliche Leute? Sie sind alle etwas Besonderes, denn sie haben ihre Merkwürdigkeiten und ihre Schicksale – man braucht nur hinzuschauen und hinzuhören, so wie es Isabella Nadolny mit Anmut und Empfindsamkeit hier tut.« (Frankfurter Allgemeine Zeitung) dtv 11159